Noorderlicht

Bezoek onze internetsite www.awbruna.nl
voor informatie over al onze boeken en dvd's.

Suzanne Vermeer

# Noorderlicht

A.W. Bruna Uitgevers B.V., Utrecht

*Omslagbeeld*
© Ted Levine/Corbis/HillCreek Pictures (landschap, slee, persoon, honden)
© Pauline St. Denis/Corbis/HillCreek Pictures (gezicht vrouw)
*Omslagontwerp*
Wil Immink Design

ISBN 978 94 005 0043 3
NUR 332

MIX
Papier van
verantwoorde herkomst
FSC
www.fsc.org
FSC® C013683

Dit boek is gedrukt op papier dat het keurmerk van de Forest Stewardship Council (FSC) mag dragen. Bij dit papier is het zeker dat de productie niet tot bosvernietiging heeft geleid. Een flink deel van de grondstof is afkomstig uit bossen en plantages die worden beheerd volgens de regels van FSC. Van het andere deel van de grondstof is vastgesteld dat hiervoor geen houtkap in de laatste resten waardevol bos heeft plaatsgevonden. Daarom mag dit papier het FSC Mixed Sources label dragen. Voor dit boek is het FSC-gecertificeerde Munkenprint gebruikt. Dit papier is 100% chloor- en zwavelvrij gebleekt en wordt geleverd door Arctic Paper Munkedals AB, Zweden.

# 1

Eric Romeijn stuurde zijn Volvo richting het zuiden van Rotterdam. Vanuit zijn ooghoek zag hij hoe Kim een laatste blik op begraafplaats Crooswijk wierp. Hij wist precies hoe ze zich voelde. Het verdriet was nog niet gesleten. Het was nu tien voor twaalf in de ochtend en dit afschuwelijke proces zou het verloop van haar dag en misschien zelfs haar leven bepalen. Ze was veel gevoeliger dan hij en nog altijd snel van slag. Vooral op deze dag.

'Ga je mee naar kantoor of moet ik je thuis afzetten?' vroeg Eric. Hij wist bijna zeker welk antwoord ze zou geven, maar vond het beter de vraag toch te stellen. Dan leek het of Kim de bestemming bepaalde, of ze zelf iets besloot. Als hij echt wilde, gingen ze namelijk naar kantoor, waar Kim een stapeltje papieren moest ondertekenen. Vandaag wilde hij echter geen dominante, maar een meelevende broer zijn. Iemand die op deze speciale dag de dagelijkse beslommeringen ondergeschikt maakte aan het welzijn van zijn treurende zus.

'Breng me maar naar huis,' antwoordde Kim afwezig. Ze draaide haar hoofd een kwartslag en keek recht vooruit.

'Waarom?' zuchtte ze. 'Waarom hij?'

Eric had op deze reactie gewacht. Elk jaar, op deze dag, op dit tijdstip, stelde ze deze vraag. Alsof ze er ooit antwoord op zou krijgen.

'We zullen het nooit weten, Kim,' sprak hij met compassie. 'Hoe vreselijk het ook is, het is gebeurd. We kunnen het niet meer terugdraaien. Ermee leven is het enige, hoe moeilijk dat ook is.'

Kim viel stil. Ze bleef recht voor zich uit kijken en vocht weer tegen de tranen. Elk jaar rond half oktober begonnen voor haar de donkere dagen voor kerst.

Eric wist wat er door haar hoofd speelde. Vandaag vier jaar geleden was hun vader Willem bij een vliegtuigcrash in de Zuid-Amerikaanse jungle om het leven gekomen. Eerst was er die onzekerheid toen het vliegtuig werd vermist. Daarna het telefoontje van het ministerie van Buitenlandse Zaken dat het vliegtuig was gevonden en het aantal doden overeenkwam met de passagierslijst. Niemand had de crash overleefd.

In de moeilijke tijden die toen aanbraken, had het ministerie van Buitenlandse Zaken zich van zijn beste kant laten zien. Ze werden dagelijks op de hoogte gehouden van de ontwikkelingen, wat voor hem een houvast was geweest in het 'gevecht' dat hij toen met zijn zus voerde.

Nadat het echt tot Kim was doorgedrongen dat hun vader was overleden, wilde ze per se naar Zuid-Amerika. Met behulp van de informatie die hij van het ministerie kreeg, lukte het hem om haar er uiteindelijk van te overtuigen thuis te blijven. Hoe moeilijk het ook voor hen was, ze moesten in Nederland blijven en wachten tot het stoffelijk overschot van hun vader vanuit Zuid-Amerika werd overgebracht. Buitenlandse Zaken had toegezegd dat zij dit gedeelte op zich zouden nemen en het was voor alle partijen het beste dat het ook op deze manier ging gebeuren. Nabestaanden konden niets meer doen. Willem Romeijn was inmiddels geïdentificeerd. Wat restte was een papierwinkel van documenten waarin de Staat beter kon bemiddelen dan een burger.

Toch kon het ministerie niet naar Erics volledige tevredenheid antwoorden geven op zijn vragen, dus begon hij zelf aan een onderzoek. Het toestel waarin hun vader was verongelukt bleek geen lijnvliegtuig te zijn, maar een privécharter. Ook de plek van de crash, in de buurt van de grens tussen Paraguay en Argentinië, was onlogisch. Hun vader deed veel zaken in Zuid-Amerika, maar zijn lijnvlucht van Buenos Aires naar Madrid was al gepland, wat inhield dat hij zes uur voordat dit vliegtuig zou vertrekken niets te zoeken had boven het grensgebied. Ook zijn terugvlucht van luchthaven Barajas naar Schiphol was al geboekt.

Erics zoektocht bracht de waarheid naar boven. Een lastminutedeal over vee, grond en vleestransport had hun vader van zijn reisschema doen afwijken. Door snel een lucratieve zaak in Paraguay tot een goed einde te brengen en hier veel geld aan te verdienen, was hij genoodzaakt geweest om samen met een aantal andere zakenlieden een privétoestel te huren dat hen naar Buenos Aires zou transporteren. Hij wilde namelijk zijn lijnvlucht halen. Business was belangrijk, maar zijn kinderen en kleinkinderen waren alles voor hem.

'Kon ik er maar zo mee omgaan als jij,' zuchtte Kim. 'Dat zou het stukken makkelijker voor mij maken.'

'Ik heb het er ook moeilijk mee,' reageerde Eric meteen. Stukje voor stukje probeerde hij het gapende gat van onzekerheid en zelfmedelijden te dichten waarin Kim bleef staren.

'Toch is het anders,' antwoordde ze met trillende lip. 'Jij bent altijd een winnaar geweest.' Ze telde op haar vingers af: 'Je liet je niet uit het veld slaan door de medicijnen die je moest nemen. Altijd goed op school. Later op de universiteit afgestudeerd met uitstekende cijfers. Je koos de juiste vrouw, kreeg twee schatten van kinderen en bouwde een schitterende carrière op als advocaat.'

Voordat Eric de kans kreeg iets te zeggen stak ze meer vingers op. 'Tussen al die activiteiten door heb jij je altijd over mij ontfermd. Jij bent de grote broer die ieder meisje wil hebben. Van mijn kindertijd tot nu heb ik op je kunnen rekenen, met als dieptepunt de dood van mama en papa. Ik zat helemaal stuk, jij was de rots in de branding. Mijn laatste houvast.'

Eric legde even zijn hand op haar dij. Op dit soort momenten kon ze doordraaien. Hij moest haar afremmen. Zichzelf enigszins van dat voetstuk halen waarop zij hem al zo lang had geplaatst.

'Het verschil tussen jou en mij is echt niet zo groot,' sprak hij op een neutrale toon, waarmee hij probeerde de voor hem zo kenmerkende standvastigheid niet al te veel te laten doorklinken.

'Ook ik heb mijn moeilijke momenten gehad en ik heb ze nog steeds. Edith is er dan voor mij, net zoals ik er voor jou ben. En de kinderen zijn een inspiratiebron voor mij in lastige tijden. Als vader moet ik er voor hen zijn, maar soms is het omgedraaid. Dan is enkel het besef van hun aanwezigheid een steun in de rug voor me, begrijp je wat ik bedoel? Onze situatie is gewoon anders. Ik heb meer support dan jij.'

Tot zijn opluchting zag hij een dunne glimlach op haar gezicht. Een tijdelijke opleving, maar tenminste iets positiefs.

Tijdens de rest van de rit staarde Kim voor zich uit en werd er verder weinig gezegd. Toen Eric zijn auto vlak bij de ingang van het appartementencomplex parkeerde, slaakte Kim een diepe zucht.

'De Maasboulevard,' fluisterde ze. 'Mijn nieuwe thuis.' Ze schudde traag haar hoofd. 'Ik hoor het papa nog zeggen: "Vergeet nooit waar je vandaan komt, kind." En nu zit ik dus hier. Als een van de nouveaux riches.'

Eric wist dat hij alert moest zijn. Ze verviel weer in zo'n roes van melancholie en zelfmedelijden. In zo'n toestand wilde hij haar eigenlijk niet alleen laten, want hij realiseerde zich dat hij verder weinig grip op de situatie had als ze eenmaal thuis was.

'Dat is niet eerlijk, Kim. Je vergeet er namelijk bij te zeggen dat toen het zakelijk voor papa begon te lopen, wij wel degelijk van Crooswijk naar Hilligersberg verhuisden. Je moet het wel in perspectief blijven zien, hoe moeilijk dat ook is. Ja, ze kwamen allebei uit Crooswijk, maar toen het financieel stukken beter ging, waren ze er ook heel snel weg. Puur omdat ze zich qua huis en omgeving konden verbeteren. Een flinke stap vooruit in het leven. Hij heeft er hard voor gewerkt ja, maar dat betekent niet dat je daar niet van mag genieten.'

'Maar...'

'Nee, Kim. Er is geen maar. Hetzelfde geldt voor jou nu we dit schitterende appartement voor je hebben gevonden. Ook jij moet vooruit in het leven, net zoals papa en mama dat deden. Probeer er een beetje van te genieten. Bovendien hebben we een *escape* ingebouwd. Contractueel hebben we een periode afgedwongen waarin je een definitieve beslissing over het kopen van het appartement kunt nemen. Tot die tijd huur je, dus je zit nergens aan vast.'

Ze knikte en kuste hem teder op zijn wang.

'Jij hebt gelijk... zoals altijd.'

'Onzin, ik heb niet altijd gelijk maar ik probeer het zo realistisch

mogelijk te bekijken. Wat soms best lastig is, kan ik je vertellen.'
Kim glimlachte meewarig. Ze opende het portier en wilde uitstappen.
'Ik bel je straks nog,' zei Eric snel. 'En vergeet niet dat je deze week
nog wat papieren moet komen tekenen op mijn kantoor.'
'Doe ik.'
'Nog iets: ben je vanavond alleen of heb je een afspraak? Ga je ergens
naartoe?'
'Geen afspraken. Misschien komt Brian, hij weet dat ik vandaag een
moeilijke dag heb en wel wat steun kan gebruiken.'
'Oké, zus. Probeer sterk te zijn.'
'Ik doe mijn best, bel me straks maar.' Ze stapte uit en sloot het portier achter zich.
Eric bleef wachten tot ze de hal binnenliep. Daarna gaf hij gas en reed
naar het centrum van Rotterdam, waar zijn kantoor was. Onderweg
dacht hij aan Kim, zijn overleden ouders, zijn eigen gezin en Brian,
de nieuwe liefde van zijn zus. Een makelaar van Surinaams-Neder-
landse afkomst, over wie hij zo zijn twijfels had. Een snelle jongen uit
Spangen die had bemiddeld bij de verhuizing van Kim naar dit appartement. Was deze man werkelijk verliefd op zijn zus of zag hij
haar als een toekomstig melkkoetje? Eerlijk gezegd vreesde hij het
laatste.

# 2

De windvlagen vonden steeds opnieuw openingen in haar kleding. Hoe ze ook aan haar jas plukte, de kou drong altijd wel ergens naar binnen. Trok ze haar jas een stukje omhoog om haar nek te beschermen dan gleed de kou langs haar heupen onder haar trui, en omgekeerd vatte ze weer kou met de wind rond haar nek en schouders. Het was dus nooit goed. Beter kon ze haar leven niet typeren.

Dit was de eerste keer dat ze op de sterfdag van haar vader op een balkon stond met uitzicht op de Maas en de skyline van Rotterdam, die met name 's avonds erg indrukwekkend was. Op dit moment deed de omgeving haar echter weinig. Daarvoor werd ze te veel in beslag genomen door alle gedachten die door haar hoofd schoten.

Tot het plotselinge overlijden van haar moeder had ze haar zwaarmoedige karakter redelijk onder controle gehad. Natuurlijk was het zeer bepalend in haar leven, maar met hulp van haar familie sloeg ze zich er wel doorheen. De middelbare school had ze dan ook zonder al te veel problemen doorlopen. De zesjes en een sporadische zeven waren genoeg geweest voor het behalen van haar diploma.

Na die vreselijke ochtend dat haar vader haar moeder dood naast zich in bed vond – als gevolg van een hersenbloeding, zo bleek later – werden de vertrouwde zesjes tijdens haar studie drieën en vieren, met af en toe een uitschieter naar een vijf. Ondanks de steun van haar vader en Eric werden haar zwaarmoedige buien een serieuze depressie. Het enige positieve dat ze uit die tijd kon putten, was dat ze nooit in drank- of drugsmisbruik was vervallen. Ze was zelfs niet verslaafd geraakt aan de antidepressiva die ze een tijd geslikt had. Gezien haar geestelijke toestand was dat een klein wonder op zich...

Ze keek weer naar het gekrioel van mensen en verkeer onder zich.

Een klein figuur aan de oever van de rivier trok haar aandacht. Een man in een overall die twee emmers droeg. Een hardwerkende arbeider die zich niets van de weersomstandigheden aantrok en gewoon zijn werk deed. Met elke stap kwam hij verder in het leven. Aan zijn doelbewuste manier van lopen zag ze dat de haven niet zijn eindstation was. Zijn kinderen moesten het beter en makkelijker krijgen dan hij.

'Papa,' fluisterde ze. Een windvlaag gleed via haar kraag naar binnen en kroop over haar rug.

Het doorzettingsvermogen en de slimheid van haar vader waren beslissend geweest voor haar leven en dat van haar moeder, die altijd als een rots achter hem had gestaan. Eric leek alle positieve eigenschappen van hun vader geërfd te hebben. Zelfs zijn diabetes leek hem niet te deren. De eerste momenten die ze zich van haar broer kon herinneren, straalden al kracht uit. Op jonge leeftijd wist hij al wat hij wilde en daarin was nooit verandering opgetreden. Ondanks de medicijnen die hij dagelijks slikte en het daaraan verbonden dieet, sportte hij, doorliep hij zijn scholen en de universiteit met het grootste gemak, en was hij ook nog populair bij de meiden. Tenminste, zo had zij het beleefd. Vanaf de zijlijn. Zo had ze wel vaker haar leven beschouwd, tot haar vader of broer weer tot haar door kon dringen en haar zich geliefd liet voelen. Natuurlijk had Eric ook zijn moeilijke momenten gekend, maar dat had hij zelden laten blijken. Simpelweg omdat hij zichzelf altijd onder controle had en zijn eigen problemen oploste.

Ze vroeg zich voor de zoveelste keer af hoe verschillend een broer en zus konden zijn. De diabeet die zijn hele leven op de rit had en de lichamelijk gezonde zus die geestelijk niet spoorde. Het was een constatering die haar altijd weer pijn deed.

Ze draaide zich om en verliet het balkon. Het werd nu guur en dat begon door te werken in haar hoofd. In plaats van dat haar hoofd er leeg van werd, kwamen er alleen maar donkere wolken bij. Ze was er vandaag al niet best aan toe; hier blijven staan zou het alleen maar erger maken. Ze had door therapie de signalen leren herkennen en probeerde er nu naar te handelen. Met een achteloos gebaar gooide ze haar jas op de bank en zonk zelf weg in de dikke kussens. Deze gemoedstoestand zou haar zeker vandaag en waarschijnlijk de komende dagen nog achtervolgen, maar de behaaglijkheid van het appartement hielp iets. Ze forceerde een glimlachje. Zomaar een goede beslissing, en dat op een slechte dag. Misschien werd het ooit nog wel wat met haar.

Uit de koelkast van haar moderne keuken graaide ze snel wat ingrediënten bij elkaar voor een broodje gezond. Hoewel haar hoofd niet naar eten stond, zou ze het broodje toch opeten. Ook dat had ze geleerd. Gezond en bij voorkeur smakelijk, op gezette tijden eten. Ze had gemerkt dat het haar inderdaad hielp en het feit dat ze haar fysieke gezondheid daarmee een beetje onder controle had, gaf moed. Voor haar doen had ze zich er al vrij grondig in verdiept. Al had ze niet zonder de hulp van Marieke gekund.

Marieke werkte in een winkel waar natuurlijke producten werden verkocht. Kims sluimerende interesse in voedingsleer had hen samengebracht. Er waren verder geen klanten in de winkel geweest en ze raakten aan de praat. In korte tijd bezocht ze de winkel vaak en Marieke bleek een schat van een meid. Een stil, verlegen, bescheiden persoon die net als zijzelf niet zo makkelijk door het leven fietste. Tot haar verbazing had zij zich de laatste maanden een beetje over Marieke ontfermd, als een soort van oudere zus. Het was een totaal andere relatie dan die van haar met Eric, waarin zij degene was die gesteund moest worden, maar toch voelde het goed dat zij een keer een poging deed om er voor iemand te zijn.

Met het broodje en een flesje mineraalwater liep ze terug naar de woonkamer en nam plaats op de bank. Marieke zou straks wel bellen, dacht ze. Waarschijnlijk later op de middag, want haar vriendin wist niet precies hoe laat ze samen met Eric het graf van haar vader had bezocht. En o wee, als ze op een ongelegen moment zou bellen... Dan was Marieke geheid van slag en zou ze zich rot schamen, dus dat risico zou ze nooit nemen. Ze was een heel gevoelige vrouw van begin twintig die grote aanpassingsproblemen had met het snelle

Rotterdamse leven, dat zo verschilde van haar rustige jeugd buiten de stad.

Daarin was ze de tegenpool van de vrouw die Kim als haar beste vriendin zag. Celine kende ze al vanaf de middelbare school. Hoewel ze totaal andere types waren, ontstond er toch een vriendschap die tot op de dag van vandaag had standgehouden. Dat was opmerkelijk, want Celine was commercieel directeur bij een marketingbureau en werkte dagelijks aan haar carrière. Ze was getrouwd met een ingenieur en samen hadden ze een dochter van twee. Net als hun loopbaan was het kind gepland. Celine had uitgerekend dat ze op haar achtentwintigste een kind wilde en zo gebeurde het ook. Haar vriendin liet niets aan het toeval over. Zelfs Moeder Natuur was in haar ogen een factor die ze kon bespelen, of liever zelfs manipuleren. Kim had daar bewondering voor, al was dat niet de enige reden van hun vriendschap. Celine nam Kim zoals ze was en dat wederzijdse respect hield hun contact zo goed.

Van alle mensen die ze kende waren alleen deze twee haar echte vrienden te noemen. Brian kon ze daar niet toe rekenen. Ze moest er nog steeds aan wennen, ook al waren ze nu al een tijdje een stel. Toen Eric haar had afgeraden een appartement in het centrum te kopen waar ze haar oog op had laten vallen, was Brian in haar leven gekomen. Hij was makelaar en had bemiddeld bij de huur van haar nieuwe onderkomen. Omdat er een vonk tussen hen leek over te springen, hadden ze afgesproken in de kroeg en van het een kwam het ander. Ze werden verliefd en waren nog steeds bij elkaar. Over samenwonen had ze wel nagedacht, maar ze had er bewust nog niet over gesproken. Het ging nu zo goed tussen hen dat ze het ongeluk niet over zich wilde afroepen door iets te forceren. Ze had tenslotte al twee nare ervaringen achter de rug met samenwonen. Toen had ze te snel aan haar opspelende gevoelens toegegeven en in beide gevallen bleek enkele weken later dat die mannen nog niet toe waren aan zoveel intimiteit. Datzelfde gold voor haar, al was dat nogal moeilijk om toe te geven, aangezien zij het initiatief had genomen. Deze relaties waren als een zeepbel uit elkaar gespat, pijnlijke periodes in haar leven, die haar veel zeer hadden gedaan. Maar ze had het rustig aan gedaan en was nog steeds gek op Brian. Diep in haar hart wilde ze meer.

Indirect was Eric er verantwoordelijk voor dat ze Brian had ontmoet. Hij had haar ervan kunnen overtuigen dat de aankoop van het appartement in het centrum weer een van haar bevliegingen was. Dat ze het pand kon betalen was geen gespreksonderwerp, want haar maandelijkse toelage uit de erfenis van haar vader was een wisselend, maar altijd hoog bedrag, waarvan ze bij wijze van spreken als een vorstin kon leven. Het ging Eric om de wijze waarop. Ze had het appartement gezien, was er na enkele minuten hoteldebotel van en wilde het meteen aanschaffen. Oftewel: *the story of her life*. Ergens snel enthousiast over raken, eraan beginnen, snel weer afglijden, het laten versloffen en het nooit afmaken en weer iets nieuws willen.

Eric stelde een verandering van omgeving voor. Hij regelde de constructie in het contract dat ze eerst kon huren, zodat ze na een periode van bezinning een onderbouwde beslissing kon nemen over de koop. Een wijs besluit, dacht Kim toen ze op haar horloge keek. Naast de liefde voor haar broer had ze ook enorm veel respect voor hem. Hij was haar beschermengel en had alle praktische ervaring om iets goed te organiseren. Zonder hem had ze zich nu nog verweesder gevoeld, zonder hem zou het ongetwijfeld een puinhoop zijn geweest.

Het geluid van de bel deed haar opschrikken. Dat is Eric, dacht ze meteen, om daarna te beseffen dat hij een eigen sleutel had en dus niet in de hal hoefde aan te bellen. Wel zou hij bij de voordeur aanbellen, uit fatsoen. Het was ook onlogisch dat hij zo snel nadat ze elkaar hadden gezien langs zou komen, hij had immers beloofd te bellen.

Ze liep naar de gang en zag op de display dat Brian beneden in de hal stond. De aanblik van haar vriend verdreef even alle sombere gedachten. Ze drukte op de knop die de tussendeur in de hal ontgrendelde en zei: 'Hallo, vreemdeling. Kom snel naar boven.'

Brian liep naar de deur en verdween uit haar zicht toen hij de lift in stapte.

Even later was hij boven en vloog ze hem enthousiast om zijn nek.

'Dat is nog eens een ontvangst,' mompelde hij tussen de kussen door.

'Die heb je verdiend.' Ze slaakte een diepe zucht waarin vooral opluchting klonk. Dit was voor haar zoveel beter dan alleen zijn. 'Wat fantastisch dat je er bent. Maar hoe heb je dat klaargespeeld, je moest toch werken?'

Brian haalde nonchalant zijn schouders op. 'Dat bureauwerk ligt er morgen ook nog wel. Ik wilde vandaag bij jou zijn, op zijn minst een groot deel van de dag. De bezichtigingen die al stonden gepland heb ik zo snel mogelijk doorlopen.' Hij maakte een vluchtig wegwerpgebaar. 'Het is maar werk, dit is pas echt belangrijk.'

Hij hing zijn regenjas aan de kapstok en maakte aanstalten om naar de huiskamer te lopen. Een wilde omhelzing van Kim verhinderde dat. Ze pakte hem beet en trok hem stevig tegen zich aan.

'Dit vind ik zo ontzettend lief van je,' fluisterde ze. Voor even was ze veranderd in de gelukkigste vrouw op aarde.

# 3

Eric maakte zijn dagelijkse rondje langs de slaapkamers van de kinderen. Floortje van zes sliep al. Haar twee jaar oudere broer Thymen was nog niet zover. Hij mocht wat later naar bed dan zijn zusje en woelde zichzelf nog in slaap. Hoewel hij doodop moest zijn, wachtte hij op zijn vader die hem nog een nachtkus kwam geven. Hij wilde best gaan slapen, maar niet zonder die kus.

Eric keek nog even naar zijn slapende dochter, die hij een uur geleden al een kus had gegeven en liep toen door naar de slaapkamer van Thymen. Hij hield van dit ritueel en deed dan ook zijn best om het in stand te houden. Edith was tandarts en zij paste haar werktijden aan aan de schooltijden van de kinderen en het sociale deel daaromheen. Zij bracht de kinderen 's morgens naar school en haalde ze 's middags weer op. Alleen als zij het door drukte op haar praktijk niet trok en geen geschikte vervanger kon vinden, paste hij zijn agenda aan. Gelukkig was dit een uitzondering in hun dagelijkse schema, want regelmaat was belangrijk voor het hele gezin. Mede daarom hield hij zich zo strak mogelijk aan de reguliere kantooruren en liet zich uitsluitend verleiden tot een uitgebreide lunch of een etentje in de avonduren door een invloedrijke cliënt of iemand die voor zijn kantoor in de toekomst van groot belang kon zijn.

Hij boog voorover en kuste Thymen teder op zijn wang.

'Welterusten, pap.'

'Slaap lekker, vent van me.'

'Wat zal het nu koud zijn in het bos, hè pap?' zei hij slaperig.

Eric speelde het spelletje mee en huiverde opzichtig.

'Zeker weten. Wees daarom maar blij dat jij in zo'n lekker warm bedje ligt.'

Hij deed een stap naar achteren, draaide zich om en liep naar de deur.

'Tot morgen.'

'Dag, papa. Tot morgen.'

Tevreden liep hij de trap af. Het was ook voor hem een verademing na de afgelopen dagen weer te kunnen vertrouwen op de warmte en de regelmaat van zijn gezinsleven. Edith zat in de woonkamer op de bank en keek televisie. Voordat hij naast haar ging zitten liep hij eerst even naar de schuifpui en keek naar buiten. Het regende en er stond een harde wind. De struiken in de tuin bewogen aritmisch heen en weer, de staart van oktober gaf hen er flink van langs.

Hier op Kralingen was het prettig wonen. Het was een contrastrijke buurt, met een beetje fantasie zou je het zelfs een afspiegeling van de maatschappij en het Nederlandse landschap kunnen noemen. Je had er de Kralingse plas, omringd door het Kralingse bos. Maar er waren bijvoorbeeld ook bedrijventerreinen, Woudenstein, het stadion van voetbalclub Excelsior en de Erasmus Universiteit. Zelf woonden ze aan de oostkant in een fraaie, vrijstaande woning. Aan de andere kant van de wijk was er veel sociale woningbouw. Op Kralingen kon je dus alle kanten uit, er was voor elk wat wils. Bovendien hadden ze hier de juiste school voor hun kinderen gevonden, wat ook zeker meespeelde bij de beslissing om te verhuizen naar deze buurt.

Enkele maanden voordat zijn vader was overleden, hadden ze het huis gekocht. Omdat ze allebei goed verdienden, was de hoge hypotheek geen probleem. Met de erfenis van zijn vader had hij die lening moeiteloos in één keer kunnen aflossen, maar dit had hij om belastingtechnische redenen niet gedaan. Een beslissing waarvan hij inmiddels enorm veel spijt had. Als hij had geweten wat de huidige financiële situatie zou worden, had hij anders gehandeld, want als hij niet snel een oplossing zou vinden om het tij te keren, zou het nog weleens erg lastig voor hem kunnen worden om dit leven te blijven leven. Hij had tijd nodig. En heel veel geluk. Hij draaide zich om en keek Edith aan.

'Ik pak een cola light.'

Edith keek hem aan. 'Doe mij maar een mineraalwater.'

'Komt voor elkaar.'

'En daarna moeten we geloof ik praten.'

Hij keek haar verbaasd aan.

'Ik kan aan je zien dat je iets dwarszit. Het lijkt mij een goed idee om daar zo over te praten.'

Zonder erop in te gaan liep hij naar de keuken, schonk cola light en mineraalwater in, liep de woonkamer weer in en ging naast zijn vrouw zitten.

'Waarom kijk jij toch steeds weer door mij heen?' vroeg hij verongelijkt en slaakte een diepe zucht.

Edith haalde haar schouders op. 'Macht der gewoonte, misschien?'

'Wat is dat nou voor een antwoord?'

'Jouw beroep dwingt je bijna om tijdens je werk een ander persoon te zijn dan je in werkelijkheid bent, Eric. Het is toch logisch dat je regelmatig een masker moet opzetten en je soms vergeet dat thuis af te zetten? Ik ken je inmiddels lang genoeg om bepaalde signalen op te vangen. Ik zie nu bijvoorbeeld dat je ervan geniet om thuis te zijn, maar toch wat ballast van vandaag op je rug meedraagt. Gooi het eruit, misschien lucht het op.'

Hij maakte een hulpeloos gebaar met zijn handen.

'Je hebt gelijk. Vandaag kwam Kim bij mij op kantoor. Voor het eind van de maand moest ze een stapeltje papieren tekenen en dus heb ik erop aangedrongen dat ze vandaag echt zou komen. Voor het weekend was het ook al niet gelukt, maar toen heb ik het er maar bij laten zitten, omdat ze er toch niet met haar hoofd bij was.'

'Dus het gaat weer over Kim. De kleuter die maar niet volwassen wil worden.'

'Hou eens op, zeg. Het is echt niet haar keuze om zo stuurloos te leven. Het overkomt haar gewoon.'

Edith maakte een wegwerpgebaar. 'Je weet dat ik gek ben op Kim en ik weet ook hoe serieus depressies kunnen zijn. Maar dat wil nog niet zeggen dat ik het altijd eens ben met haar levensstijl, haar gebrek aan doorzettingsvermogen en de manier waarop jij met haar situatie omgaat. Want het is wel heel makkelijk om altijd een grote broer achter de hand te hebben die alles voor je oplost. Dat is gewoon een verkeerde instelling en jij weet dat net zo goed als ik. Als ze niet gedwongen wordt het zelf op te lossen, zal ze altijd stuurloos blijven.'

Ze bleef Eric aankijken maar hij reageerde niet.

'Maar vertel,' ging ze op dezelfde, zelfverzekerde toon verder. 'Wat zit je echt dwars?'

'Terwijl ze de papieren tekende, meldde ze terloops dat Brian begin november bij haar intrekt. Ze gaan samenwonen.' Hij schudde moedeloos met zijn hoofd. 'Niet te geloven, het werd me zo verteld. Ze vroeg niet eens wat ik ervan vond.'

Edith glimlachte breeduit. Als ze dit deed, kwam automatisch haar charmantste kant boven. Ze was vijfendertig, had een goed figuur, halflang donkerblond haar en een perfect gebit. Een passend visitekaartje voor een tandarts.

'Ze vroeg niet eens wat ik ervan vond,' herhaalde ze op Erics verbouwereerde toon van daarnet. 'En dat is dus geweldig nieuws. Ze heeft zomaar een beslissing genomen zonder jou daarvan eerst op de hoogte te stellen. Zonder vooraf te peilen hoe jij erover dacht. Zie je, dat is nu precies wat ik bedoel.'

'Of ze probeerde mijn mening te omzeilen,' bromde Eric.

'Hoe bedoel je? Zie je Brian niet zitten? Die paar keer dat ik hem heb gezien, leek hij mij wel een aardige vent.'

'Dat is wat anders dan samenwonen, Edith. Daar is Kim gewoon nog niet aan toe. Ze zit nog veel te veel met zichzelf in de knoop. Dit is bij voorbaat een doelloze missie. Net als die vorige keren.'

'En wie lost het dan weer op?' vroeg Edith op een stroperig, bijna jennend toontje. 'De grote broer die haar al zijn halve leven voor misstappen probeert te behoeden. Weet je wat misschien bij haar zou werken? Dat ze voor de verandering een keer wél keihard op haar bek gaat, sorry dat ik het zo grof stel. Dat er geen vangnet is dat haar val breekt en haar weer zachtjes op de grond zet. Wellicht dat haar ogen dan eindelijk opengaan, dat ze zichzelf een schop onder haar kont geeft en op een volwassen manier in deze maatschappij integreert.'

Eric schudde zijn hoofd. 'Ze heeft genoeg klappen gehad. Ze is al vaak genoeg op haar bek gegaan. Dat kun jij niet beoordelen. Het enige wat ik deed was erger voorkomen. Als ik niet had ingegrepen, had ze veel te vaak in de goot gelegen.'

'Wat is dan het verschil met nu? Wat heeft het uiteindelijk gebracht, want ze ligt nog steeds in de goot. Psychisch, bedoel ik. Godzijdank grijpt ze niet naar alcohol of drugs.'

Hij kon niet anders dan haar woorden met een korte knik bevestigen. Hij had zijn zus altijd geholpen, haar levensstijl en -visie naar een hoger plan brengen was hem nooit gelukt.

'Ik ga hierover nadenken,' mompelde hij.

'Voor de zoveelste keer, schat,' antwoordde ze zonder enig verwijt in haar stem. 'Dit is een onderwerp dat vaak ter sprake is geweest. Jij geeft aan dat je erover gaat nadenken, maar in de praktijk verandert er niets. Je bent een nuchtere man die helder denkt, maar waar het Kim betreft drijf je regelmatig af van de realiteit. Neem nu dit weer, de manier waarop je reageert als een vrouw die binnenkort dertig wordt je vertelt dat ze gaat samenwonen. Een beslissing die geheel bij haar ligt. Maar diep in je hart steekt het jou dat ze dit vooraf niet met jou heeft besproken. Probeer hier alsjeblieft eens serieus over na te denken en ga er daadwerkelijk mee aan de slag. Ik weet hoe belangrijk ze voor je is, maar dat zijn wij ook. Je laat je zo leiden door je beschermdrift, dat kan weleens ten koste gaan van anderen. Van ons. En wat als er iets met jou gebeurt? Kim moet echt meer op haar eigen benen gaan staan en jouw visie over en plichtsbesef ten opzichte van haar moet je aanpassen. Dat is echt beter voor iedereen.'

Nadat hij had beloofd haar woorden te overdenken en er iets mee te gaan doen, lieten ze het onderwerp rusten. Toen ze tegen middernacht naar bed gingen wist hij het zeker. Ditmaal had hij zijn vrouw om de tuin kunnen leiden. Hoezeer hij haar ook liefhad, in dit geval had ze ongelijk. Dat Kim ging samenwonen kon hem weinig schelen. Het ging om de man die bij haar introk. Die vormde een bedreiging.

# 4

'Binnen.' Eric had het komende uur één afspraak staan en degene die zou komen was zoals gewoonlijk meer dan twintig minuten te laat. Dat moest Kim dus zijn.

'Sorry, hoor,' stamelde Kim verontschuldigend toen ze zijn kantoor binnenkwam.

'Maakt niet uit,' antwoordde Eric zo laconiek mogelijk. Dit kostte hem enige moeite, want achter Kim verscheen de gestalte van Brian in de deuropening.

'Goedemiddag,' zei Brian joviaal. Hij glimlachte vriendelijk toen Kim meteen een stoel bijtrok en hij ging zitten nadat Eric hem met een knik duidelijk had gemaakt dat hij eveneens plaats kon nemen.

Eric trok een stapel papieren uit de la van zijn bureau, legde ze op zijn bureaublad en schoof ze in de richting van Kim, die iets naar voren boog.

'Heb je een pen voor me?'

'Jawel, maar het lijkt me verstandiger dat je eerst je jas uitdoet. Het temperatuurverschil met buiten is nogal groot, dus als je zo blijft zitten kun je erop wachten dat je straks een fikse kou oploopt. Het is eind november en het lijkt me dat je daar voor de kerstdagen niet op zit te wachten.'

Kim stond op en bleef even staan. 'De kerstdagen,' zei ze langzaam. 'Daar moeten we het straks nog over hebben.'

'Is goed,' antwoordde Eric. 'Maar eerst die jas uit.' Hij grijnsde. 'En die reggaemuts, waar heb je die in hemelsnaam op de kop getikt? Je lijkt het zusje van Bob Marley wel.'

Brian stond op en hielp Kim uit haar bruine winterjas die hier en daar slijtplekken vertoonde. Verder droeg ze een wollen trui en een spijkerbroek en een paar suède laarzen waarvan de kunstbontranden tot net onder haar knie reikten. Ze trok de muts van haar hoofd en haalde snel een hand door haar haar. Haar hele voorkomen contrasteerde met het stijve en zakelijke interieur van Erics kantoor. Brian hing zijn regenjas naast die van Kim aan de kapstok en nam weer plaats. Hij droeg een blauw, neutraal confectiepak en een rode stropdas. Voor de kenner een wezenlijk verschil met het maatpak van de advocaat die tegenover hem zat. Hij deed zijn best relaxed over te komen, maar daar keek Eric doorheen. Hij wist zeker dat Brian enigszins nerveus was en kon zich daar ook wel iets bij voorstellen. Tenslotte kenden ze elkaar nog niet zo goed en was er toch sprake van een licht spanningsveld tussen hen, al probeerden ze dit beiden voor de buitenwereld te verdoezelen. De vraag die echter prominent door Erics hoofd speelde was: waarom is hij meegekomen, dit heeft toch geen enkele meerwaarde? Het gaat hem niets aan.

Hij vouwde enkele pagina's van de stapel open zodat Kim alleen maar een krabbel hoefde te zetten op de juiste pagina. Kim tekende de papieren ongezien. Ze had dit al zo vaak gedaan dat het een routineklusje was geworden en ze vertrouwde Eric altijd volledig de verdere afhandeling van hun vaders zaken toe.

Hoewel Brian acteerde hier als figurant aanwezig te zijn, bleef zijn oogopslag toch regelmatig rusten op de hand van Kim die in een regelmatig tempo handtekeningen zette. Ineens keek hij verbaasd op.

'Is dat, eh, hoe heet het ook al weer?'

Eric boog naar voren en keek ondersteboven naar het vel wat Kim zojuist had ondertekend.

'Cyrillisch,' antwoordde hij en mat zich weer dezelfde houding aan die het midden hield tussen zorgzame broer en behulpzame, ietwat strenge, advocaat.

'Dat bedoel ik, Russisch.'

'Niet per se,' sprak Eric gedecideerd. 'Er zijn ook nog andere landen waar... Ach, dat maakt ook niet uit. Zoals je weet deed onze vader wereldwijd zaken. Daar wil ik het graag bij laten.'

Brian maakte een afwerend gebaar.

'Blijkbaar ben ik wat te vrijpostig geweest,' sprak hij op een verontschuldigend toontje, dat niet bepaald spontaan of gemeend overkwam.

'Voor iemand die nauwelijks een maand met mijn zus samenwoont wel,' bevestigde Eric zonder daarbij een spiertje in zijn gezicht te vertrekken.

Brian keek hem aan. De uitdagende twinkeling in zijn ogen kon hij niet camoufleren. 'Eerst huisje-boompje-beestje en dan mag ik iets vragen over de familiezaken. Daar komt het dus op neer.'

'Dat lijkt me een prima uitgangspunt.'

Terwijl ze doorging met tekenen, schudde Kim mismoedig haar hoofd. 'Jongens, willen jullie alsjeblieft stoppen met dat machogedoe? Gedraag je eens volwassen.' Na die woorden schoot ze in de lach. 'Hoor eens wie het zegt!'

Eric reageerde met een dunne glimlach. Ze waren bijna door de stapel heen.

'Eigenlijk gaat dit helemaal nergens over,' mompelde Kim. 'Geld is zo onbelangrijk.'

'Maar wel makkelijk als je het hebt,' zei Eric. 'Nog een paar krabbels en je kunt dit bolwerk van kleingeestig conservatisme en kapitalisme verlaten voor de echte wereld.'

'Zo bedoelde ik het niet,' antwoordde Kim op schuldige toon. 'Ik zou me moeten schamen tegenover de mensen die het zoveel minder hebben. Zonder daarvoor iets te hoeven doen, krijg ik elke maand heel veel geld overgemaakt.'

Ze zette de laatste handtekening, hield haar hoofd een beetje schuin en keek haar broer aan.

'Ik bedenk me opeens dat die uitkering elke maand een beetje minder wordt. Niet dat het wat uitmaakt, hoor. Er blijft genoeg over om te doen en laten wat ik wil. Blijft dat zo doorgaan of trekt het weer aan?'

Eric haalde zijn schouders op. 'Papa heeft wereldwijd geïnvesteerd. Daar zitten goede beleggingen tussen, maar helaas ook een fiks aantal projecten waarop we stevig verlies lijden. Ik werk me een slag in de rondte om onze schade te beperken maar het blijft tegenzitten. Bereid jij je er maar op voor dat het minimaal tot volgend jaar zomer duurt voordat ik alle lekken boven heb. Daarna volgt het repareren, wat ook enige tijd zal vergen. Op den duur komt het natuurlijk alle- maal wel weer in orde. Op de economische wereldmarkt draait het voornamelijk om *long-term policy*. De aanhouder wint.'

Kim knikte en stond op. 'Ik laat het helemaal aan jou over. Jij hebt onze zaken altijd perfect geregeld, terwijl ik een expert in verknoeien ben.'

Eric pakte haar bij haar schouders, trok haar zacht tegen zich aan en gaf haar een kus op haar voorhoofd.

'Niet zo raar praten, joh. Ik zou me geen lievere zus kunnen wensen. Ik ben er trots op om jouw broer te zijn.'

Kim straalde. Ze liep naar de kapstok waar de stilgevallen Brian haar in haar jas hielp.

'O ja,' begon ze twijfelend. 'Deze kerst vier ik niet op de traditionele manier. Met jou, Edith en de kinderen, bedoel ik.'

Wat nu weer, dacht Eric.

# 5

Brian zat op de bank in zijn ouderlijk huis. Hij nam een slok van zijn koffie en zag vanuit zijn ooghoek hoe een voertuig van de gemeentereinigingsdienst het twee verdiepingen beneden hem gelegen pleintje op kwam rijden.

'Ze komen zomaar schoonmaken, mam,' zei hij cynisch. 'Dat was vroeger wel anders.'

Rita Ketting knikte. Ze zat op haar favoriete stoel, die recht tegenover de televisie stond. Deze flatscreen, die ze vorig jaar voor haar verjaardag van haar oudste zoon had gekregen, was het middelpunt van haar bestaan. Alleen als ze in bed lag, niet thuis was of bezoek had (wat zelden gebeurde), stond het apparaat op stand-by. De televisie hield haar op de hoogte van wat zich in de wereld afspeelde. Een blik uit het raam meldde haar hoe het met de directe omgeving was gesteld.

'Die commissies en comités en hoe ze allemaal ook mogen heten hebben er toch voor gezorgd dat het hier wat beter wordt, jongen. Er zijn tijden geweest dat de schoonmakers Spangen niet eens in durfden, weet je nog?'

Brian klakte met zijn tong. Die jaren stonden hem nog helder voor de geest en zouden de rest van zijn leven ook niet meer vervagen. Daarvoor had hij in deze wijk te veel ellende gezien en meegemaakt.

'Toen ik een jaar of twaalf was, moest je uitkijken voor de spuiten die overal op de grond lagen. Daar struikelde je bij wijze van spreken over. Dat kan ik me nog goed herinneren.'

'Dat was inderdaad een rottijd. Voor ons allemaal in de wijk. Behalve voor het dealende en vechtende schorremorrie dat Spangen naar de rand van de afgrond bracht.'

Ze stak haar vinger op.

'En kijk uit, hè. Zo op het eerste gezicht lijkt het hier beter te gaan, maar 's avonds laat en 's nachts komen de ratten nog hun holen uit, hoor. Dat is zo'n beetje het grootste verschil met vroeger, toen hadden ze overal maling aan en ging het dag en nacht door. De opkomende sociale controle heeft ervoor gezorgd dat ze zich in elk geval overdag redelijk gedeisd houden, zodat de kinderen buiten kunnen spelen en de oudere wijkbewoners de straat op kunnen zonder zich bedreigd te voelen.'

Brian zag hoe een groepje tieners samenkwam bij een portiek en onderling heftig met veel opzichtige handgebaren begon te discussiëren. 'Ik zie anders dat het eerste groepje al samenklontert.' Hij keek op zijn horloge. 'Het is pas halftwee.'

Rita boog iets voorover, wierp een snelle blik uit het raam en maakte een wegwerpgebaar. 'Die gasten ken ik wel. Marokkaantjes met een grote waffel die een beetje stennis maken om stoer te doen. Heus geen slechte jongens, ik heb nooit gehoord dat ze dealen, stelen of kinderen en ouderen lastigvallen. Althans, niet in deze wijk. Voor dat groepje hoef je niet bang te zijn. Als het moet, vreet ik ze allemaal met huid en haar op.'

Brian grijnsde om de reactie van zijn moeder. Ze mocht dan in de vijftig zijn, met zich laten sollen kwam niet in haar woordenboek voor. Een echte Rotterdamse met het hart op de tong, die haar mond optrok als er in haar kleine wereldje iets gebeurde wat haar niet beviel. Een opstelling die haar, met name de laatste jaren, veel respect had opgeleverd onder de medebewoners van het huizenblok waar hij was opgegroeid en het grootste deel van zijn leven had doorgebracht. Terwijl zijn blik over het pleintje gleed, kwamen de herinneringen boven. De eerste maanden na zijn verhuizing, nu ruim vijf jaar geleden, naar zijn eigen appartement een paar straten hiervandaan op de Mathenesserweg, had hij zich ertegen verzet. In die periode vond hij het onnodig sentimenteel gedoe om vanaf de bank van zijn moeder het verleden te analyseren. Hij was tenslotte verhuisd om verder te komen in het leven, niet om stil te blijven staan in de tijd. Toen bleek dat het sterker was dan zijn wil, had hij het geaccepteerd. Bij ma op de koffie komen was gelijk aan terugkeren in de tijd.

Op het pleintje liep een jongen van een jaar of zestien langs het groepje tieners. Er steeg wat verbaal geweld op, maar de jongen trok zich daar niets van aan. Zonder hen zelfs maar een blik of woord waardig te gunnen, liep hij door, om even later in een portiek te verdwijnen.

Hoewel hij de jongen niet kende, voelde Brian direct verwantschap. Toen hij ongeveer even oud was, had hij in dezelfde positie verkeerd. Met één verschil. In zijn tijd waren degenen die hem aanspraken al notoire randcriminelen. Volk dat aangezogen werd door het vervuilde milieu van Spangen in de jaren tachtig en negentig.

'Jij nog een bakkie, mam?'

Zijn moeder glimlachte breeduit. Er verschenen direct rimpeltjes op haar voorhoofd en wangen. Hoewel ze zichzelf goed verzorgde, was het haar nog niet gelukt een middeltje te vinden dat deze ouderdomstekentjes wist te camoufleren. Diep in zijn hart deed dit hem goed. Het waren zichtbare aanwijzingen van het zware leven dat zijn moeder had geleid. Littekens waar ze trots op mocht zijn, want voor haar kinderen had ze het fantastisch gedaan.

Hij wist hoe fijn ze het vond als hij op bezoek kwam. Hoewel ze het soms met een stoere houding probeerde te verdoezelen, was ze eenzaam.

Eenmaal in de keuken kwamen de herinneringen als een vloedgolf. Beelden, geuren, indrukken: zijn moeder stond eten te koken, samen met zijn vier jaar jongere zusje Kekeli dronk hij cola uit een literfles en kleine Ruben kroop over de vloer, terwijl hijzelf stiekem snoep uit het keukenkastje haalde.

Van de eerste tien jaar van zijn leven kon hij zich weinig voor de geest halen. Zijn vader was de man die af en toe in zijn leven opdook. Winston Leenheer was muzikant en voerde in de late uurtjes een imitatieact van James Brown op in Rotterdamse bars. Hierdoor sliep hij het grootste deel van de dag en bleef er weinig tijd over voor zijn zoon. Soms schoof zijn vader aan bij het avondeten en kreeg hij voor het slapen een nachtkus van hem, maar het gebeurde ook dat hij al voor zessen de deur uit was voor een jamsessie of het regelen van een schnabbel.

Toch waren de eerste tien jaar van zijn leven redelijk gelukkig. Pa verdiende het geld en ma verzorgde de twee kinderen. Dit veranderde toen Ruben in hun leven kwam. Vlak na de geboorte van het nakomertje, verliet hun vader het gezin. Later had hij gehoord dat zijn vader terug was gekeerd naar Suriname. Hij had nooit meer iets van zich laten horen. Op de eerste vier jaar van zijn tienertijd na, had hijzelf nooit de behoefte gevoeld zijn vader te zien. Nog steeds niet. Die klootzak had zijn moeder met drie kinderen in de steek gelaten en kon wat hem betreft doodvallen. Misschien was dit zelfs al gebeurd zonder dat hij er iets over had gehoord. Het kon hem geen lor schelen.

'Lukt het, jongen?'

Hij pakte de twee koppen koffie, liep terug naar de woonkamer en zette er eentje naast zijn moeder op het bijzettafeltje. Het moment waartegen hij zo had opgezien kon hij niet langer uitstellen. Verleden week was ze een uurtje op bezoek geweest in het appartement van Kim, met wie hij inmiddels vijf weken samenwoonde. Zowel de ligging als de luxe had veel indruk op haar gemaakt. Ze had Kim drie maanden daarvoor al een keertje ontmoet en later had ze zich tegenover hem zeer positief uitgelaten over haar 'toekomstige schoondochter'. Omdat ze verleden week al zo vol emotie zat, was het toen niet het juiste moment geweest voor een mededeling die ongetwijfeld hard bij zijn moeder zou aankomen.

'Mam, ik moet je wat vertellen over komende kerst.'

De blik in de ogen van zijn moeder veranderde van ontspannen naar vragend en een tikkeltje argwanend.

'Wat dan?'

'Kim en ik vieren deze kerst op Aruba. Dat vind ik lullig voor jou, maar het was een kans die ik niet mocht laten schieten.'

'Aruba,' mompelde ze. 'Dat zal wat kosten met kerst. Ik wist niet dat jij zo goed in de slappe was zat.'

Hij schudde zijn hoofd. Hij had van tevoren geweten dat ze ongeveer zo zou antwoorden, maar toch raakte hij geïrriteerd door haar reactie.

'Hoor nou wat ik zeg, mam. Het was een mogelijkheid die ik moest pakken. Kim betaalt de reis- en verblijfskosten. Ik zit daar bijna voor niets.'

Zijn moeder knikte. 'Jij hebt het maar goed getroffen, jongen. Een rijke vrouw met een schitterend appartement, die ook nog eens je vakantie betaalt. Als ik jou was, zou ik zo snel mogelijk met haar trouwen, dan zit je helemaal gebeiteld.'

'Zo zwart-wit ligt het niet,' reageerde hij ongewoon fel. 'Trouwens, ik hou van haar. Vergeet dat alsjeblieft niet.'

Rita aarzelde even en stak toen haar beide armen recht vooruit. Hij stond op en liet zich door zijn moeder omarmen.

'Ik vind het zo fijn voor je,' zuchtte ze. 'Ik red me heus wel alleen met kerst.'

Hij wilde direct reageren door zijn zus en broer te noemen, maar wist zich op tijd te beheersen. Kekeli woonde in Maastricht en had haar eigen gezin. Wellicht zou ze tijdens de kerstdagen even langskomen, maar met nog een kindje onderweg was de kans klein. Wat Ruben met kerst deed was onduidelijk. Zijn levensstijl liet geen afspraken of regelmaat toe. Of het moesten criminele activiteiten en drugsgebruik zijn.

Hij haalde zijn portefeuille uit de binnenzak van zijn colbert en haalde er zes briefjes van vijftig euro uit.

'Dit heb ik kunnen sparen, doe er iets leuks mee. Bewaar het voor jezelf, of pak met kerst de trein naar Maastricht. Verstop het op een plek die Ruben niet kent. Dit is voor jou en niemand anders, afgesproken?'

Zijn moeder sloot haar ogen en knikte traag. Hoewel ze zichtbaar haar best deed het droog te houden, lukte dit haar niet.

'Ik heb toch zoveel verdriet om die jongen,' snikte ze. 'Hoe is het in hemelsnaam mogelijk dat jullie zoveel verschillen?'

Hij trok haar dichter tegen zich aan.

'Rustig maar, mam. Ik hou van je en met Ruben komt het heus goed.

Dat beloof ik je.'

Toen ze hem met haar vochtige ogen aankeek, dacht hij ondanks alle teleurstellingen die ze te verwerken had gekregen, hoop te zien. Die glimp bood hem houvast en gaf hem kracht. Om zijn moeder daadwerkelijk te helpen, moest hij drastisch ingrijpen. Al jarenlang balanceerde Ruben op het randje. Het zou niet lang meer duren of het ging echt fout. Aan hem nu de taak om hem echt te helpen, om hem onder z'n reet te schoppen en op het goede pad te brengen. Hij moest nog maar zien of het nu echt ging lukken, want hij had al jarenlang geprobeerd zijn broertje uit het criminele milieu te trekken en steeds had Ruben het bij loze beloftes en vage toezeggingen gelaten. Uiteindelijk ging het dan hooguit een week goed, waarna hij weer terugviel in zijn oude gewoonten.

Hij hield zijn moeder nog steviger vast. Ditmaal moet ik wel slagen, nam hij zichzelf, net als al die andere keren, voor.

# 6

Met haar laptop geopend op haar bovenbenen zat Kim tussen Eric en Edith op de bank. Brian zag vanaf een comfortabele stoel hoe het drietal de vakantiefoto's bekeek. Vanuit de logeerkamer klonken af en toe opgewonden kreetjes van Thymen en Floortje, die op het tweepersoonslogeerbed de grootste lol beleefden met de spelletjes die ze voor kerst hadden gekregen. Het was zaterdagavond en voordat ze op bezoek gingen bij tante Kim, waren ze eerst bij de snackbar geweest. Omdat hun ouders aan regelmatige etenstijden en gezond voedsel hechtten, waren de producten van de snackbar een ware traktatie voor het tweetal. Voor hen mocht het elke avond zaterdagavond zijn, wat ze op weg naar Kim regelmatig en enthousiast hadden bevestigd.

'Schitterend,' zei Edith bij een van de meest geslaagde bounty-eilandfoto's.

'Beter kun je Aruba bijna niet samenvatten,' meende Kim. 'Deze foto heeft Brian trouwens gemaakt. Het kinderlijke knoeiwerk is van mijn hand.'

'Klets toch niet,' zei Edith. 'Het zijn stuk voor stuk prachtige foto's. Hé, hij komt me bekend voor.'

'Dat is Ruud van den Brink, een acteur,' bevestigde Kim. 'Hij doet veel gastrollen in soaps en speelt af en toe in theaterstukken. Omdat ik net als jij sporadisch naar het theater ga en soaps mij gestolen kunnen worden, kon ik ook niet meteen op zijn naam komen. Maar een jong stel uit Vlissingen, dat even verderop aan de bar zat, herkende hem direct en even later kwamen we aan de praat. Ruud en ik, bedoel ik. Dat stelletje had toen al uitgebreid foto's gemaakt en was vertrokken.' Ze rolde met haar ogen. 'Gelukkig maar, want je wilt niet weten hoe irritant mensen kunnen zijn als ze met een bekende Nederlander aan de praat raken. Die stomme vragen en onbeduidende verhalen, om gek van te worden!'

Eric grinnikte met zijn vrouw mee. Brian bekeek het tafereel met een tevreden gevoel. Gaandeweg de avond had hij het idee gekregen dat Eric het een beetje zat begon te worden. De geografische link met Suriname was dan snel gelegd. Dat kon het gespreksonderwerp makkelijk op zijn 'roots' brengen, al lagen die wat hem betrof niet in Suriname. Hij was een Rotterdamse jongen, geboren en getogen in Spangen, met een Surinaamse vader met wie hij geen band had en zero behoefte om die alsnog op te bouwen.

Aan hun reacties te zien, waren ze bij de foto van de andere BN'er aangekomen.

'En zóóó gewoon gebleven, hè?' zei hij licht spottend. 'Zelfs tijdens de vakantie nemen die BN'ers de tijd voor een praatje en een drankje met hun fans! Geen sprake van sterallures, hoor!'

'De meesten wel, ja,' lachtte Kim. 'Er waren ook galbakken bij, die duidelijk lieten merken dat ze zichzelf hoog verheven voelden boven het gewone volk. Ze hadden zich walgelijke maniertjes aangemeten en het gros van deze zogenaamde BN'ers waren B-artiesten van wie ik nog nooit had gehoord. De echt bekende mensen deden over het algemeen heel normaal.'

'Zit Aruba echt zo vol met BN'ers? Ik dacht dat dat meer op Ibiza was,' zei Eric.

Voordat Kim kon reageren, klonk de bel. Brian stond op en liep naar de hal.

# 7

In de lift probeerde Brian zichzelf te kalmeren. Hoe haalde die jongen het in zijn hoofd om zonder een berichtje vooraf hier te verschijnen? Hij was daarover toch heel duidelijk tegen hem geweest? Natuurlijk mocht hij langskomen, maar dat moest wel gebeuren op een tijdstip dat het hen schikte. En zaterdagavond, terwijl ze al visite hadden, was duidelijk niet zo'n tijdstip.

Naast het feit dat Ruben opeens in de gang had gestaan, ergerde hij zich ook aan diens kleding. De gewatteerde jas kon ermee door, maar die capuchon... Hierdoor had hij nauwelijks zijn eigen broer herkend, omdat die eruitzag als een hooligan die bewust zijn gezicht verborg voor eventuele camera's. Wat een onzin!

Toen de lift stopte en hij uitstapte, draaide Ruben zich een kwartslag, zodat Brian hem recht kon aankijken. Nu werd het hem duidelijk waarom zijn broer de capuchon droeg. Voorzichtig pakte hij de zijkant van de capuchon en trok deze langzaam naar achteren.

'Mijn god, wat is er met jou gebeurd?'

Ruben haalde zijn schouders op. 'Een beetje geknokt.'

Toen de lift omhoogging, realiseerde Brian zich dat ze hier in de hal te veel in het zicht stonden. Het gehavende gezicht van zijn broer was niet bepaald het ideale visitekaartje, dus tikte hij Ruben tegen zijn schouder.

'We praten buiten verder.'

Op de boulevard sloeg hij links af. Mocht er iemand op het balkon van Kims appartement staan, dan waren ze slechts op de rug te zien. Hij moest er niet aan denken dat met name Eric een blik zou kunnen werpen op het gehavende gelaat van zijn broer. Dat was niet goed voor zijn imago en zou enkel tot discussies leiden, waarop hij niet zat te wachten. Eric zat hem al zo op de huid.

'Waarom heb je geknokt?'

'Ik werd aangevallen in een snackbar. Was een paar meiden tegengekomen en dacht wat te kunnen verdienen. Voordat het tot een deal kwam, stond er opeens een groepje gasten voor mijn neus die begonnen te meppen. Ik was op hun terrein en dat pikten ze niet. Ze maakten mijn zakken leeg en trapten me die tent uit.' Uit woede beet hij op zijn gezwollen lip, die meteen begon te bloeden.

'Al mijn handel weg, verdomme. Ik zit echt in de problemen.'

'Wat bedoel je met handel?'

Ruben keek hem aan met een ongelovige blik.

'Kom op, zeg. Jij bent toch niet achterlijk? Hasj, coke, pillen en wat geld. In totaal ben ik vijfhonderd euro armer en de handel had ik net op de pof meegekregen. Voor maandag moet ik het terugbetalen en ik heb geen cent meer over. Je moet me helpen, anders ben ik pas echt de lul. De gasten die me een pak slaag hebben gegeven zijn kleuters vergeleken bij degenen voor wie ik werk.'

'Voor wie je dealt, bedoel je.'

'Dat is hard werken. De concurrentie is moordend, man. Soms zelfs letterlijk. Eigenlijk ben ik er vandaag nog goed van afgekomen. Ze hadden me ook zomaar kunnen prikken.'

Brian zuchtte. 'Dit moet afgelopen zijn, Ruben. Hoe je het doet, maakt me niet uit, maar dat dealen is over.'

'Van een uitkering alleen kan ik niet leven, man.'

'Ik ben je broer, hou op met dat "man". Die straattaal is een voorbeeld van gebrek aan respect.'

Het gemompelde antwoord van Ruben ging langs hem heen. De ellende leek nooit op te houden. Hij herinnerde zich nog de auto's uit Noord-Frankrijk met daarin de drugskoeriers. De heisa rond de tippelzone op de Keileweg. De vechtpartijen op straat tussen rivaliserende bendes, die elkaar dagelijks naar het leven stonden.

Het lag op zijn lippen om een preek af te steken, de zoveelste. Maar toen realiseerde hij zich dat het geen zin had. Spangen was nog steeds een slechte buurt en Ruben en hij hadden verschillende persoonlijk-

heden. In het kort kwam het erop neer dat hij, voornamelijk op doorzettingsvermogen en een dosis geluk, uit het criminele milieu was
gebleven en zichzelf had opgewerkt tot waar hij nu was. Ruben bevond zich daarentegen in een vicieuze cirkel en het ontbrak hem aan
de zelfdiscipline en de kracht om die te doorbreken.

Geen woorden, maar daden, dacht hij. Woorden die iemand uit
Spangen nooit hardop zou uitspreken. Toch werkten ze voor hem.
En dat had hij nodig. Het was de hoogste tijd om daadwerkelijk in te
grijpen. Een actie te ondernemen die Rubens leven drastisch zou
veranderen. Niet een klus die hij erbij deed. Het resultaat dat hij
daarmee de afgelopen jaren had bereikt, was daarvoor het beste bewijs. Tegenover zijn moeder en broer had hij gewoon gefaald.

'Kun jij vannacht bij iemand slapen?'

Ruben knikte. 'Dat lukt wel, waarom?'

'Omdat ik niet wil dat ma je zo ziet.'

Brian haalde uit de binnenzak van zijn jack een briefje van twintig en
gaf dat aan zijn broer.

'Dit is alles wat ik bij me heb. Ga naar zo'n fastfoodhut, knap je wat
op in het toilet, ga wat eten en zoek een slaapplaats. Als de zwellingen
wat minder zijn, kun je naar huis. Mocht ma iets over je gezicht op-
merken, dan zeg je dat je bonje om een meid hebt gehad. Hopelijk
maakt ze zich dan minder zorgen om je.'

Hij bleef staan en keek Ruben doordringend aan.

'Er komen geen drugs meer in huis, denk daarom. Ik ga de komende
tijd mijn best doen om je te helpen. Dan bedoel ik niet dat ik je poen
voor dope ga geven, maar echt helpen. Om je leven op de rit te krijgen.'

Ruben keek hem troosteloos aan. Alsof hij er zelf ook niet meer in
geloofde. 'Hiermee schiet ik niks op. Ik moet voor maandag vijfhonderd hebben. Anders kom ik nooit van ze af.'

'Ditmaal gaat het lukken,' sprak Brian zo zelfverzekerd mogelijk. 'Je
gaat uit dat circuit komen. Dat beloof ik je, maar ik kan je nu niet
meer geld geven.'

Hij draaide zich om naar het appartement.

'Ik neem snel contact met je op. Doe wat ik je heb gezegd. Ik ga naar binnen en jij blijft doorlopen. Is er de komende dagen iets heel dringends aan de hand, dan bel je mij of je stuurt een sms. Blijf weg uit deze buurt.'

'Oké,' antwoordde Ruben op timide toon en hij deed wat hem was opgedragen.

# 8

'Dat was toch Ruben?' vroeg Kim, toen Brian de woonkamer binnenkwam. 'Waarom zijn jullie buiten gebleven?'
Brian maakte een wegwerpgebaar. Hij had vlak voordat hij het gebouw binnen was gelopen omhooggekeken en had Kim zien staan.
In de lift had hij zich op deze vraag voorbereid. Omdat ze op zijn
stoel zat, liep hij door naar de bank.
'Hij heeft wat problemen met een meisje en wilde even zijn hart luch-
ten. Het leek me beter om dat onder vier ogen te doen.'
'Grote broer, kleine broer,' zei Eric. 'Ik begrijp wat je bedoelt.' Uit zijn
toon was niet goed op te maken of hij het ook echt meende.
Brian ging er niet op in. 'Ik kom tussen jullie in zitten. Nu Kim op
mijn plek zit, weet ik hoe laat het is. Dat wil zeggen: ze wil ergens
over praten. Ik weet ongeveer waarover het gaat, maar ik ken de
details niet. Ben dus ook benieuwd.'
'Ik heb Brian inderdaad verteld wat er de laatste weken door mijn
hoofd heeft gespeeld, maar waar het precies over gaat weet hij niet,'
sprak Kim op een licht verontschuldigende toon.
'Prima,' zei Edith. 'Vertel je verhaal, wij zijn nieuwsgierig.'
'Het is eigenlijk begonnen nadat Eric en ik bij het graf van papa waren geweest. Deze keer, en het klinkt misschien wel vreemd, heb ik
me de rest van de week niet door mijn depressieve gevoel laten leiden, maar werd ik door een soort kracht overvallen. Kracht is misschien niet het juiste woord. Ik... ik was opeens klaar met mijn zelfmedelijden. Had er genoeg van. Ik wil veranderen, of nou ja, dat kan
misschien niet, maar ik wil weer aan mijn doorzettingsvermogen werken. Het positieve zien in de dingen die ik wel heb, in plaats van te
focussen op wat er niet is of niet meer is. En daardoor voel ik me nu

weer sterker. Ik wil iets gaan doen. Iets ondernemen.'

'Oké,' begon Eric voorzichtig, 'maar...'

Edith klakte geërgerd met haar tong. 'Eric,' zei ze waarschuwend. Hoewel zij de meeste scepsis had ten opzichte van Kim en nieuwe plannen, zag ze dat Kim echt haar best deed. Wie weet had ze wel een goed idee. Eric moest haar eerst het hele verhaal laten doen. Ze zag nu goed dat het gebrek aan initiatief niet geheel Kims schuld was. Eric ontnam haar ook vaak het iniatief met goedbedoeld, maar soms beweterig commentaar. De dynamiek tussen die twee moest veranderen. Ze vermeed de boze blik van Eric en keek Kim vragend aan.

'Het samenwonen met Brian gaat fantastisch,' vervolgde Kim. De korte onderbreking van Eric en Edith had haar totaal niet in de war gebracht.

'Dit zal enigszins onwezenlijk of zweverig op jullie overkomen, maar ik ben er zeker van dat onze relatie een heel lang leven is beschoren. Brian en ik zijn voor elkaar geschapen. Ja, dat klinkt na zo'n korte periode van samenzijn naïef, maar dat gevoel overheerst sterk bij mij en het maakt me gelukkig.'

Brian stak beide handen op. 'En dat is wederzijds. Ik word honderd in deze gouden kooi met mijn eigen prinses.'

'Gouden kooi?' vroeg Edith verbaasd.

'Voor een jongen uit Spangen is dit een paleis, ja. Daarvan heb ik ook nog eens de sleutel en de liefde van mijn leven ligt elke nacht naast me. Nee, mij zul je niet horen klagen.'

Eric lachte heimelijk. 'Jullie lopen wel hard van stapel, zeg. Maar goed, beter zo dan anders, toch?'

'Inderdaad,' reageerde Kim voor haar doen alert. 'Toen wij op Aruba waren, groeiden niet alleen mijn gevoelens voor Brian, maar werden ook mijn voornemens krachtiger. Ik word binnenkort dertig en van die dag wil ik iets speciaals maken.'

Ze stond op, liep naar een kast en trok een dunne map met een matte omslag uit een lade.

'Waarschijnlijk kwam het doordat we op reis waren en ik daar zo van genoot, dat ik nog meer van de wereld wil zien. Met de mensen om wie ik geef.'

Ze gaf de map aan Brian, die hem direct opensloeg. Hij zat in het midden, zodat Edith en Eric gemakkelijk konden meekijken.

'Noorwegen in de winter,' zei Edith. Brian sloeg de pagina van de brochure om. 'Wat een prachtige plaatjes. Zo ongerept.'

'Zo ongelofelijk koud,' huiverde Brian. 'Dat is geen land voor een donkere jongen, weet je wel,' sprak hij met een zwaar aangezet Surinaams accent.

'Dus jij wilt me vertellen dat jij hiervan niets afwist?' zei Eric.

Brian haalde twijfelend zijn schouders op. 'Ik wist dat ze reisplannen had en ik heb inmiddels van 18 tot en met 24 maart vrijgenomen. Wat het verder precies inhoudt, weet ik niet. Daarover is ze onwaarschijnlijk zwijgzaam geweest. Dit was haar geheim en ze wilde er pas echt over praten als jullie erbij waren.'

'Oké, ik zal het toelichten. De reis is dus een zesdaagse trektocht door Noorwegen, plus een reisdag. We vertrekken op 18 maart en komen terug op de 24e. Mijn wens is om dit avontuur met een groep van zes mensen aan te gaan. Naast Brian en mijzelf moet er nog iemand beslist mee. Dat ben jij, Eric. Als het jou niet lukt om aan deze trip deel te nemen, gaat het niet door.'

Eric en Edith wisselden een korte blik uit. Ze hadden dus snel een hoop te bespreken.

# 9

'Dat heb ik weer,' gromde Brian. Hoewel het wegennet in en rond Rotterdam weinig geheimen meer voor hem kende, schoot het niet op. Het ijzelde en het verkeer stond regelmatig vast. Door zijn stratenkennis wist hij veel knelpunten te ontwijken, maar de tijdwinst die hij hiermee dacht te boeken viel tegen. Hij was inmiddels een kwartier te laat en het had er alle schijn van dat hij nog minstens een kwartier bezig zou zijn voordat hij zijn auto op de Maasboulevard kon parkeren.

'Waarom nu?' zuchtte hij. Dit was zo'n belangrijke avond voor Kim en juist vandaag kwam hij niet op tijd. Natuurlijk had hij een excuus, maar was dat niet altijd het geval als je te laat kwam op een belangrijke afspraak? Hij baalde als een stekker en sloeg uit frustratie op zijn stuur toen de remlichten van de auto voor hem opnieuw oplichtten.

Kim was de afgelopen weken in de ban van haar project geweest. Ze had zich uit de naad gewerkt om er een succes van te maken. Geen gemakkelijke klus, want het ging om zes mensen die ze allemaal op één lijn moest krijgen. Dat was haar gelukt. Ze had haar 'dreamteam' zoals ze het spottend noemde compleet en vanavond kwam iedereen bij elkaar om bij te praten, de reis in grote lijnen door te nemen en eventuele vragen te stellen. Natuurlijk hield ze nog details achter om hen te kunnen verrassen in Noorwegen zelf.

Als Eric niet had toegezegd was alles misschien niet doorgegaan, maar als iemand er een beetje buiten viel, was hij het wel. Van de zes kende hij drie mensen redelijk tot goed, eentje van gezicht en barkeeper Martin Visser was een onbekende voor hem. Niet dat hij op voorhand problemen zag, want Eric was flexibel. Brian had intussen gemerkt dat Eric feilloos kon inschatten hoe hij zich in bepaalde situaties diende op te stellen. Hij was ervan overtuigd dat Eric naast advocaat ook uitstekend als *people manager* zou kunnen functioneren.

De altijd aanwezige, soms iets te luidruchtige en aimabele Martin mocht dan Erics tegenpool zijn, hij had als barkeeper in het populaire café Het Kennisvat in de loop der jaren veel mensenkennis opgedaan en wist situaties goed in te schatten. Hierdoor verwachtte Brian, ondanks hun verschillende persoonlijkheden, geen wrijving tussen die twee. Hooguit zo op zijn tijd wat onbenulligheden. Niets om je ongerust over te maken.

Nee, dan waren hij en Eric misschien nog wel meer aan elkaar gewaagd. Ook nu zou hij door te laat te komen, vast weer een flater slaan in Erics ogen. Gelukkig had Kim begripvol gereageerd op zijn telefoontje dat het iets later kon worden. Bijna joviaal, waarschijnlijk om hem gerust te stellen, had ze gezegd dat de anderen ongetwijfeld ook last van het verkeer hadden. En ze zouden niet over de details praten voordat hij thuis zou komen, dus hij hoefde zich niet druk te maken. Ze was ervan overtuigd dat het allemaal goed zou komen en met dit weer moest hij zich vooral niet gaan haasten.

Toch trapte hij daar waar mogelijk het gaspedaal dieper in. Later komen dan een halfuur wilde hij gewoon niet. Dan werd het gênant, zeker voor Kim.

Tot in de namiddag was alles volgens schema verlopen. Hij had zijn afspraken keurig op tijd afgehandeld en hij had met de laatste cliënten van vandaag afgesproken nog wat te drinken in de buurt van het appartement waar ze serieus in geïnteresseerd bleken te zijn. Ze waren al voor de tweede keer komen kijken en na afloop van de bezichtiging wilden ze nog even in alle rust over hun aanstaande woning praten. Hij had ingestemd. Hoewel de huizenprijzen nog steeds daalden en deze mensen hadden gemeld over spaargeld te beschikken, bleef het een lastige markt. De gouden tijden dat er bij wijze van spreken elke dag een huis werd verkocht lagen ver achter hen en het zag er niet naar uit dat deze tijden in de nabije toekomst zouden terugkeren. Elke verkoop was voor hem dus een overwinning en in financieel opzicht een bonus, zoals in zijn contract was overeengekomen.

Tegen het eind van het gesprek had hij een sms'je van Ruben ontvangen. Zijn jongere broer was thuis en vroeg hem direct te komen. Hij had hem meteen teruggebeld, maar Ruben nam zijn telefoon niet op. Door de urgentie van het bericht, had hij zo snel mogelijk afscheid genomen van zijn toekomstige klanten en Kim gebeld om te zeggen dat Ruben hem dringend wilde spreken en het zeer waarschijnlijk wat later zou worden.

Toen hij zijn auto was ingestapt, begon hij pas echt nerveus te worden. Dit was dus het moment waarvoor hij zo had gevreesd. Tot nu toe was het goed gegaan, maar de dreiging dat Ruben alsnog in de fout zou gaan, bleef altijd op de achtergrond spelen.

De week nadat Ruben met zijn opgezwollen gezicht bij hen voor de deur had gestaan, was hij via zijn netwerk bij Nico de Kogel beland. Deze internetondernemer runde een bedrijf in de Provenierswijk, in het noorden van Rotterdam. De Kogel was een typisch Rotterdamse ondernemer die het gezegde 'Niet lullen, maar poetsen', hoog in het vaandel had staan. Naast het verkopen van spullen via het internet had hij ook een koeriersbedrijf, dat het transport van de spullen verzorgde. Van zijn personeel eiste hij inzet en multifunctionaliteit. Het kon dus gebeuren dat iemand de ene dag stond in te pakken om de volgende dienst met een bedrijfsauto op verschillende adressen in Nederland pakketjes af te leveren.

Na een goed gesprek met Nico kreeg Ruben een kans. Tevens bemiddelde de ondernemer bij de huur van een etage die een paar straten bij zijn bedrijf vandaan lag. Hierdoor vertrok Ruben bijna per direct uit Spangen. Weg uit de zo vertrouwde omgeving waarin hij langzaam maar zeker ten onder ging.

Ruben had de kans met beide handen aangegrepen. Hij werkte hard en liet Spangen met rust. Alleen voor een bezoekje aan zijn moeder maakte hij een uitzondering. Tenminste, zo beweerde hij. Met deze nieuwe situatie was Ruben onder de pannen, zijn moeder gelukkig, Kim razend enthousiast en hijzelf een beetje trots dat hij eindelijk iets voor Ruben had gevonden wat goed leek uit te pakken.

Tot zijn opluchting had hij Ruben lichamelijk ongeschonden aangetroffen op zijn etage. Dat was wel zo'n beetje het enige positieve. Toen zijn broer het verhaal vertelde over wat hem was overkomen, had hij moeite gehad zijn zenuwen onder controle te houden.

In een overmoedige bui was Ruben gisterenavond na zijn werk toch naar Spangen gegaan om wat oude 'vrienden' te bezoeken. Ze hadden hem al een paar keer aangespoord weer langs te komen en hij begon zich een beetje eenzaam te voelen. Daar moest hij nu voor boeten. Hij had zijn oude clubje dealers verteld dat hij vandaag een route door Nederland had en bij wijze van grap uitdagend gevraagd of er nog wat te verdienen viel. Tegenover Brian had hij vanavond met zijn hand op zijn hart verklaard dat het echt om een geintje ging, maar zijn oude makkers zagen het anders. Hij werd geronseld voor een transport pillen en toen hij zag dat het hen menens was, kon hij niet meer terug.

In Eindhoven volgde een ripdeal. Bestolen van de kostbare pillen, maar verder lichamelijk ongedeerd keerde hij terug naar Rotterdam. Daar meldde hij zich ziek op zijn werk, vertelde in Spangen wat hem was overkomen en hoorde de consequenties van zijn falen terneergeslagen aan.

De schade bedroeg vijfentwintigduizend euro. Binnen een week zou hij het moeten terugbetalen. Zo niet, dan zou hij pijnlijkere gevolgen van zijn blunder ondervinden, wat onder meer inhield dat ze het geld bij zijn familie gingen halen. Hoe dan ook, het verlies moest door hem worden gecompenseerd.

Brian reed de Maasboulevard op en keek op het klokje in het dashboard. Hij was vijfendertig minuten te laat. Daarna wierp hij een blik in zijn achteruitkijkspiegel. Wat hij zag beviel hem niet. Door de ergernis van het verkeer en de zorgen om zijn broer zag hij er vermoeid uit. Hij parkeerde de auto, sloot zijn ogen en dwong zichzelf om de donderwolken in zijn hoofd over te laten drijven. Kim mocht niet de dupe worden van zijn humeur. Vanavond moest haar avond worden.

# 10

Kim gaf hem even de tijd zijn jas op te hangen, liep de gang in en omhelsde hem stevig.

'Fijn dat je er bent. Nu zijn we compleet. Iedereen is er.'

Brian zuchtte. 'Ja, wrijf het er maar in.'

'Doe niet zo raar, joh. Celine is er net en Martin is pas vijf minuten binnen. Zij hadden ook last van de files.'

Hij grijnsde. 'Mooi. Voel ik me minder lullig.' Hij gaf haar een dikke kus op haar wang.

'Gauw naar binnen.'

Marieke Koedam zat een beetje voor zich uit te staren. Ze droeg een spijkerbroek en een trui die haar veel te ruim leek te zitten, wat door haar fragiele postuur al gauw het geval was bij Marieke. Ze oogde als een onzeker muisje, dat een beetje schichtig de wereld inkeek, wat niet altijd wilde zeggen dat ze het niet naar haar zin had. Ze was gewoon vaak op haar hoede. Hoewel ze alleen zat, leek ze zich wel op haar gemak te voelen. Waarschijnlijk had Kim zich op haar warme manier over Marieke ontfermd vanaf het moment dat haar jonge vriendin was binnengekomen.

Celine Oudjans stond voor het raam en keek naar buiten. Ze droeg een donker mantelpakje met daaronder een lichte blouse. Ze was zo te zien direct uit haar werk gekomen en was dus onberispelijk gekleed.

Martin Visser en Eric zaten op de bank en waren in gesprek. Martin droeg een zwart overhemd dat goed bij zijn donkere haar paste. Hij voerde het woord. In zijn beige broek en voor deze gelegenheid toepasselijke trui met een Noors motief, luisterde Eric naar de druk met zijn handen gebarende horecaman.

Brian stak zijn hand op en zei luid: 'Hallo, allemaal!' Iedereen draaide zich kort naar hem toe en groette terug.

Hij besloot als eerste naar Eric en Martin te gaan.

'Ik vind het een geweldig idee van Kim, die reis, het saamhorigheidsgevoel en alles wat daarbij komt,' hoorde hij Martin zeggen. 'Maar laat ik heel eerlijk zijn, als we met z'n allen in India een op het boeddhisme geïnspireerde trektocht op een vliegend tapijtje zouden maken, was ik ook meegegaan. Ik klink misschien als een parasiet, maar ik ben hier heel eerlijk in, voor mij gaf de doorslag toch wel dat het me nauwelijks geld kost, want ik kan het me gewoon niet permitteren. Ik verdien tegen modaal en alles wat er maandelijks overblijft gaat naar mijn ex en mijn dochtertje.'

Eric knikte begrijpend. Hij keek Brian aan en zei: 'Toch geen problemen, hoop ik?'

Omdat Brian bij Eric nooit wist of hij met zijn vragen iets insinueerde of niet, besloot hij zich neutraal op te stellen. Hij wist niet wat Kim aan haar broer had verteld en wilde hem niet wijzer maken dan hij al was.

'Ik zat prima op schema en wist de meeste knooppunten te ontwijken, maar ja, die files hè, die stonden overal.'

'Ik weet precies wat je bedoelt,' vulde Martin aan. 'Ik ken Rotterdam op mijn duimpje, maar als het vaststaat, is het over. Naast ons zijn er nog duizenden die de sluiproutes kennen, dus slibben die ook dicht. Onbegonnen werk, het kostte mij bijna drie kwartier om naar Zuid te komen. Gek word je ervan!'

Met een minzame glimlach stond Eric op en liep langs hen heen.

'Ik zie jullie zo weer.' Hij liep naar Celine toe.

'Het uitzicht lijkt je te bevallen.'

'Het blijft boeien deze stad,' antwoordde Celine bedachtzaam. 'Vooral 's avonds met al die lichtjes.' Ze deed een stapje terug en keek Eric recht aan.

'Ik zal eens aan Brian vragen of hier nog meer te huur of te koop staat.'

Hij keek haar verbaasd aan.

'Wil je dan verhuizen? Jullie wonen toch mooi?'

'Ik eh... dacht meer aan een pied-à-terre. Iets voor de weekenden en vakanties. Dan is dit wel een prachtige locatie.'

De flits in haar ogen ontging hem niet. Ze loog. Zijn intuïtie vertelde hem dat hij niet door moest vragen, niet nu. Hij kende Celine van vroeger en de afgelopen jaren hadden ze elkaar regelmatig ontmoet, meestal bij Kim. Voor zover hij wist, ging het zowel met haar gezin als met haar carrière fantastisch. Maar haar opmerking had een alarmbel bij hem laten rinkelen. Het leek hem het beste haar maar even met rust te laten. Hij kneep haar vriendschappelijk in haar arm. 'Geniet van het uitzicht, we spreken elkaar straks weer.'

'Prima,' antwoordde Celine en ze richtte haar blik weer op de imposante skyline van Rotterdam.

'Dames,' zei Eric met een vriendelijke glimlach toen hij naast Kim en Marieke stond.

Hij richtte zich tot Marieke. 'Hoe is het met de gezonde voedselbranche? Lopen de zaken naar wens?'

Marieke haalde haar schouders op. 'Het is nog steeds zo moeilijk om de mensen ervan te overtuigen dat een groot deel van de reguliere producten in de supermarkt barsten van de kleur-, smaak- en geurstoffen.'

'En als het je toch lukt, dan moet je ze op het rechte pad zien te houden,' vulde Kim aan. 'Vaak is dat nog het lastigste traject, want mensen vallen meestal na verloop van tijd weer terug in hun oude gewoonten.'

Marieke knikte, haar gezichtsuitdrukking was nu ronduit somber. Haar werk was haar leven en omgekeerd. 'Gezond voedsel en een uitgebalanceerd eetpatroon zijn zo ontzettend belangrijk,' mompelde ze. 'Maar er hoeft maar weer een aanbieding te zijn bij de supermarkt en ze lijken dat weer vergeten te zijn.'

Eric had het gemopper en de verontwaardigde verhalen al vaker gehoord en had de vraag meer uit beleefdheid dan interesse gesteld. 'Ik ga wat te drinken pakken,' zei Eric. 'Mineraalwater zonder al die vervuilende rommel lijkt mij de beste optie.'

Kim en Marieke leken de grap niet op te pikken. Eric vond dat prima en ging er niet verder op door. Hij liep naar de keuken en schonk voor zichzelf een glas bronwater in. Nadat hij een slok had genomen, kwam Kim de keuken binnenlopen.

'Kom je erbij? We doen een vragenrondje.'

Hij knikte. 'Leuk. Daarna een avondje bingo?'

'Bingo? Waar heb jij het over?'

'Hap toch niet zo snel, joh. Dat was maar een geintje.'

'Haha, heel grappig. Kom nou maar.'

# 11

'Het is inderdaad een aparte samenstelling,' zei Eric. 'Een betere definitie schiet me zo snel niet te binnen... een samengeraapt zooitje, misschien?'

Edith trok haar mondhoek omhoog. 'Het lijkt me een leuke groep mensen bij elkaar. Maar wel met zes uiteenlopende karakters.'

'Wellicht is dat wel de charme van dit gezelschap. Het laat zich vooraf niet raden hoe het gaat lopen. Pas na Noorwegen kan ik het je vertellen.'

Edith knikte. De afgelopen weken had ze zich groot gehouden, maar het zat haar helemaal niet lekker dat Eric meeging. Ze begreep best dat het voor Kim belangrijk was en ze vond het ook heel goed van haar schoonzus dat ze haar idee had uitgewerkt en uitgevoerd, maar haar eigen gezin stond toch voorop. Ze mocht dan een zelfstandige vrouw zijn, het feit dat ze er een klein weekje alleen voor stond was niet bepaald een prettig vooruitzicht. Haar werk was het minste probleem, dat had ze adequaat geregeld. Hoe de kinderen zich zouden gedragen baarde haar meer zorgen. Dit was de eerste keer dat hun vader zo lang zonder hen ergens naartoe ging, terwijl hij altijd zo zijn best had gedaan hen elke dag nog even voor het slapengaan te zien. Ze deden zoveel samen en de opvoeding ging zo vanzelfsprekend dat het voor iedereen wennen zou zijn.

Dan was er nog Erics gezondheid. Hij hield zich altijd groot, maar de werkelijkheid was dat hij deze levensstijl voor een groot gedeelte kon volhouden vanwege zijn dieet. Hij hield zich daar streng aan en daarom kwam hij op iedereen over als een kerngezonde man. Maar dat was in het dagelijks leven, thuis, in Nederland. Ook voor hem was deze trip een avontuur in een onbekende omgeving, onder extreme omstandigheden. Op internet had ze gelezen dat het daar in maart min 20 graden of kouder kon zijn. Een deel van de reis brachten ze in de natuur door. Hoe zou zijn lichaam daarop reageren? Wat aten ze onderweg, kon hij het opbrengen om ook onder die barre omstandigheden zijn dieet strak te volgen en zijn medicijnen op tijd te nemen?

Ze zag dat Eric haar aandachtig opnam. Hij wist dat ze zat te piekeren en ze wilde hem daar niet ook nog eens mee opzadelen. Snel hervatte ze het gesprek.

'Je weet in elk geval hoe deze groep is samengesteld. De keuze voor jou en Brian is logisch. Celine is haar oudste en beste vriendin en met Marieke is ze op het moment erg dik. Blijft Martin over. Die kennen we niet.'

'Hij is de gangmaker van de groep,' antwoordde Eric. 'Tenminste, dat lijkt me de bedoeling. Een echte horecajongen die de boel op sleeptouw neemt. Iemand die voor een goede sfeer zorgt.'

'Toch blijft hij een soort van buitenstaander,' meende Edith weifelend. 'Grappenmakers vind je overal. Er moet vooraf toch wel iets van een band zijn en ik vraag me af of dit in het geval van Martin ook zo is. Ik ken hem natuurlijk niet persoonlijk, maar toch... Hij werkt in een kroeg waar de rest, afgezien van jou, af en toe eens komt. Je kunt dat Kennisvat absoluut geen stamcafé noemen, want niemand uit de groep is een kroegloper.'

'Niet dat ik weet, nee. Maar... stille wateren kunnen diepe gronden hebben.'

'Jij doelt op Marieke.'

Hij schudde krachtig van nee.

'Ik doel op niemand in het bijzonder. Ik stel enkel vast dat je het nooit zeker weet.'

Hij stond op en tikte speels op haar knie. 'Laten we naar bed gaan. Vanaf morgen lig ik zonder jou een klein weekje in Noorse bedden. Een vooruitzicht waar ik me niet heel erg op verheug.'

Eric wilde haar afleiden, want hij wist dat ze zich ongerust maakte en allerlei vervelende scenario's bedacht over zijn gezondheid en zijn afwezigheid de komende week. Hij had ook zijn zorgen, maar die waren van een heel andere aard.

# 12

Het espressoapparaat deed met veel misbaar zijn werk en liet het kleine kopje langzaam vollopen. Celine nam het geurende brouwsel mee naar haar bureau, ging zitten en begon er nadenkend in te roeren, hoewel ze al jaren geen suiker meer gebruikte.

Ze schrok op uit haar gedachten toen het jolige hoofd van de algemeen directeur om de hoek van haar kamerdeur verscheen.

'Ik hou het voor gezien,' meldde hij opgewekt.

Celine keek naar de grote stationsklok die boven haar archiefkast aan de muur hing. Het was nog niet eens kwart voor vier.

De jongeman met het modieus geknipte blonde haar volgde haar blik. Met een brede grijns stapte hij naar binnen. Zoals altijd ging hij gekleed in een getailleerde broek, een blauw-wit gestreept overhemd en een rode stropdas. Zijn colbertjasje hing aan één vinger losjes over zijn schouder.

'De afspraken met die textieljongens zijn rond,' vertelde hij. 'Morgen timmer ik de promotieplannen verder in elkaar met die lui van hun reclamebureau. Maar nu ga ik eerst naar huis, want ik heb vanavond nog dat werkoverleg met Schouten & Co.'

'Bij een etentje zeker, Frits?' vroeg Celine.

'Natuurlijk! Er moet toch gegeten worden in het leven?' Weer liet hij de jongensachtige, brede glimlach zien die het bij de klanten van hun marketingbedrijf ook altijd zo goed deed. 'Bewaak jij het fort verder vanmiddag? Emiel en Fosco zijn naar Schiphol om die Amerikaanse ICT-mensen op te vangen en Karlijn zal wel niet meer langs kantoor komen als ze terug is uit Enschede: die staat geheid in de file.'

Celine knikte. 'Komt helemaal goed. Vergeet niet dat we morgenmiddag nog even langs de drukker moeten om die folders van Heinsius na te kijken.'

'Goed dat je het zegt!' Hij tikte met zijn wijsvinger tegen zijn slaap en haalde zijn smartphone tevoorschijn. 'Ik check meteen even of het in mijn agenda staat. Zo'n zeperd als die misdruk in dat advertentiekatern kunnen we niet nog een keer gebruiken. Ik stond compleet voor joker tijdens die vergadering!'

Terwijl zijn vingers over het minitoetsenbordje gingen en hij naar de display van zijn mobiel tuurde, liep hij de kamer uit. 'Ik zie je morgen. Later!'

'Ja, tot morgen,' antwoordde ze automatisch. Ze begon weer in haar espresso te roeren en keek door het raam naar buiten.

Anderen verbaasden zich er regelmatig over dat Frits ter Velde zijn eigen gang leek te gaan en een bijzonder losse manier van leidinggeven hanteerde. Maar zij wist dat daarin juist zijn kracht school. Frits was nog niet halverwege de dertig, had Veldwerk Marketing in vijf jaar tijd opgezet en energiek uitgebouwd, en wist ervoor te zorgen dat hun positie ten opzichte van de concurrentie in de crisisperiode zelfs werd verstevigd. Wie zoiets presteert heeft recht op een eigen stijl, zelfs als die soms wat vrijgevochten overkomt.

Eigenlijk kwamen ze in de huidige topdrukte mensen tekort, maar Celine had zich er allang bij neergelegd dat Frits koste wat kost met een klein team van hardwerkende vertrouwelingen wilde blijven werken. Ook al hield die beslissing in dat ze soms gewoon 'nee' moesten zeggen tegen grote klussen van multinationale ondernemingen. Het maakte hen gek genoeg soms alleen maar gewilder. Schaarste staat voor kwaliteit, riep Frits dan.

Buiten zag ze een schip onder de Erasmusbrug door varen. Vanaf de hoogte van hun kantoor, dat op de vierentwintigste verdieping van een torenflat gevestigd was, had ze een prachtig uitzicht op de Nieuwe Maas en de merkwaardig geknakte, witte hoge staander die de brug zijn bijnaam 'de Zwaan' had opgeleverd.

Ze zuchtte en nam een slok van haar espresso. Een van de redenen waarom het momenteel zo slecht liep tussen Bart en haar, was dat ze na hun huwelijk in Capelle waren gaan wonen. Celine, die was opge-groeid in Rotterdam, had nooit kunnen aarden in de nieuwbouw van deze forensenplaats. Haar onvrede was alleen nog maar groter ge-worden na de geboorte van hun dochtertje. Natuurlijk, Hannah was een schat en ze had in een kindvriendelijke plaats als Capelle alle ruimte, maar Celine voelde zich steeds ongelukkiger worden te mid-den van al die blijmoedige moeders met kleine kinderen in een buurt vol doorzonwoningen en woonerven.

Bart en zij maakten allebei lange dagen. Daardoor kwam het nogal eens voor dat ze Hannah pas tegen zevenen konden ophalen. De verwijtende blikken waarmee het personeel van het kinderdagverblijf dan naar haar keek ontgingen haar niet. Ze weigerde zich daar schul-dig over te voelen en foeterde tegenover Bart over de 'dorpse menta-liteit' waarmee ze in 'dit rotgehucht' geconfronteerd werden.

Hoewel Bart haar altijd welwillend aanhoorde, veranderde er niets in hun woonsituatie. Voordat Bart in Delft was gaan studeren, had hij altijd in Gouda gewoond, en hij vond dat er niets mis was met een plaats als Capelle. Bovendien hield hij vol dat de huizenmarkt op dit moment zo ongunstig was, dat ze voorlopig niet konden verhuizen.

Celine was daar woest over. Ze voelde zich veronachtzaamd, niet se-rieus genomen. Dertig jaar oud was ze, en hij behandelde haar als een klein kind, dat vooral niet moest zeuren. Daarom speelde ze met het idee om zelf een appartement in Rotterdam te huren, of zelfs te kopen. Op Barts aandringen waren ze niet in gemeenschap van goe-deren getrouwd. En Frits betaalde goed en beloonde haar zelfs regel-matig met bonussen, omdat ze haar werk als commercieel directeur voortreffelijk deed. Ze zou het misschien zelfs zo kunnen regelen dat Bart er niets van wist als zij een plekje voor zichzelf verwierf. Beslist met uitzicht op de Maas! Bovendien bleven de huizenprijzen dalen, dus als er een gunstige tijd aanbrak om te kopen, dan was het nu wel. Ze dronk haar kopje leeg. Als het haar erg beviel, zou ze er misschien zelfs wel helemaal gaan wonen. Zonder Bart. Hij moest niet denken dat haar geluk van hem afhankelijk was. Ze was altijd gewend ge-weest haar eigen gang te gaan, en in het begin dacht ze ook dat ze hetzelfde van een relatie wilden, maar juist omdat ze allebei zo aan hun eigen waarden en carrière hechtten, bleek die relatie steeds minder goed te werken. Hij moest ook niet denken dat zij degene was die haar dromen op zou geven om huismoeder in Capelle te gaan spelen en zo zijn carrière te kunnen faciliteren. Ze deed al meer dan genoeg. Volgende week zou ze een week weg zijn, naar Noorwegen. Dan zou hij wel merken hoe ongemakkelijk zijn leven was zonder haar in de buurt. Celine was benieuwd hoe hij het zou redden, alleen met Hannah.

Denkend aan de trip met Kim wendde Celine haar blik naar het beeldscherm. Ze drukte op de spatiebalk van haar toetsenbord, waardoor de computer ontwaakte uit zijn stand-bystand. Bij het nalopen van de gegevens van een van de klanten was ze vandaag iets tegengekomen waar ze meer van wilde weten.

Ze opende de bijlage bij een van haar e-mails en begon te lezen. Zie je wel: Romeijn. Ze maakte een aantekening op een geel Post-it-velletje.

De achternaam van Kim was haar direct opgevallen bij het doorlezen van de bedrijfsactiviteiten uit de afgelopen boekjaren van hun nieuwe klant. Dat was iets waar Frits heilig in geloofde: kennis van de dossiers. Als je de marketing voor een bedrijf ging doen, moest je alles weten over zo'n firma, vond hij: bedrijfscultuur, sterke en zwakke punten, recente geschiedenis, achtergronden van de gezichtsbepalende functionarissen.

Gewoontegetrouw had Celine dus de laatste tien jaarverslagen van de nieuwe klant doorgenomen. En in een van die jaarverslagen stond het inderdaad: de klant was voor een groot project in Argentinië een joint venture aangegaan met Romeijn Holding. Dat was het bedrijf van Kims vader, wist ze. Met gefronste wenkbrauwen keek ze naar de passage waarin de haar zo bekende naam stond. Het ging om een aanzienlijke investering, waaraan beide partijen deelnamen. Maar nog voordat het project was afgerond, had Romeijn Holding zich teruggetrokken uit de gezamenlijke onderneming. Waarna alle winst was toegevallen aan het bedrijf van haar klant.

Celine keek naar de datering van de overeenkomst en leunde achterover in haar bureaustoel. De joint venture was vier jaar geleden tot stand gekomen en iets meer dan drie jaar geleden ontbonden. Ze wist nog precies wat er toen gebeurd was. In die tijd was ze net zwanger van Hannah. En toen was het vliegtuig met de vader van Kim erin neergestort.

Met een verbeten trek op haar gezicht ging Celine rechtovereind zitten. Kim stond al niet zo sterk in haar schoenen, maar na de noodlottige dood van haar vader was ze nooit meer dezelfde geworden. Het was toch wel een raar toeval dat haar nieuwe klant zo te zien beter was geworden van Willem Romeijns dood.

Gedecideerd pakte ze de telefoon en toetste een nummer in.

'Stokebrand Investments, met Claudia van Zijl, goedemiddag,' klonk het vrijwel direct aan de andere kant van de lijn.

'Dag, Claudia, met Celine Oudjans van Veldwerk Marketing.' Celine draaide haar stoel naar het raam en schudde haar haren naar achteren. 'Mag ik de heer Brandsma van je?'

'Een ogenblikje, ik zal even kijken of meneer beschikbaar is.'

Het bleef even stil, waarna een veel donkerder stem zich meldde. 'Met Brandsma, hallo Celine. Heb je alle spullen in goede orde ontvangen?'

'Jazeker, meneer Brandsma, en daar wilde ik het even met u over hebben, als dat uitkomt.'

'Natuurlijk, ga je gang,' antwoordde hij welwillend. 'Ik zou graag zien dat ons account zo snel mogelijk in orde komt, dan kunnen we aan de gang. *Time is money*, nietwaar!'

'Beslist,' zei ze afgemeten. 'Ik heb alleen een vraag over een van uw jaarverslagen. Daarin zie ik dat u een joint venture hebt gesloten met Romeijn Holding in verband met een project in Argentinië.'

'In Argentinië en Paraguay, om precies te zijn. Wat wil je daarover weten?'

'Als ik afga op de investeringen bent u dat samenwerkingsverband ingegaan als gelijkwaardige partners. Klopt dat?' vroeg ze.

Het duurde even voordat het antwoord kwam. 'Inderdaad. Nogmaals: waarom wil je dat weten? Dat is toch niet van belang voor ons account?'

'Nee, dat niet.' Celine sloot haar ogen en haalde diep adem. Frits zou niet blij zijn met wat ze nu ging vragen aan een man die een belangrijke klant beloofde te worden, dat besefte ze maar al te goed. 'Maar ik zou graag willen weten of het klopt dat uw bedrijf na de dood van Willem Romeijn alle winsten heeft geïnd van de joint venture.'

Het bleef lang stil aan de andere kant van de lijn. Daarna sprak de donkere stem enigszins schor: 'Als je het niet erg vindt, zal ik je daarover moeten terugbellen, Celine. De exacte gegevens van die deal staan me niet meer helemaal helder voor ogen. Dat zal ik allemaal even moeten nakijken. Ik kom hier nog op terug, oké?'

'Prima. We houden contact,' antwoordde ze koeltjes.

# 13

Met zachte drang werkte Martin Visser ook de laatste klant van Het Kennisvat naar buiten. Meteen draaide hij de deur op slot en sloot de gordijnen. Buiten praatten een paar mannen nog enige tijd luidop na, voordat ze de weg naar huis opzochten.

Zoals gebruikelijk hadden de stamgasten na de laatste ronde nog een extra laatste rondje weten te versieren. Maar toen enkelen van de stevigste drinkebroers met veel bombarie probeerden hun snel geledigde glas nogmaals gevuld te krijgen, had Martin voet bij stuk gehouden. Het was inmiddels over halftwee, eigenlijk hoorde het café al om één uur dicht te zijn, dus ze moesten verder niet zeuren.

Vanzelfsprekend duurde het vervolgens nog bijna een halfuur voordat iedereen had afgerekend, gecontroleerd had of er echt niets meer in hun lege glazen zat en nog een laatste keer het toilet had opgezocht.

Martin keek er niet van op, hij kende zijn pappenheimers. Grote monden, altijd dorst en te veel vrije tijd, maar verder waren de vaste klanten van Het Kennisvat beste mensen. Voor de meesten van hen was de kroeg een soort tweede huiskamer; alleen hadden ze hier wel aanspraak, terwijl ze thuis alleen tv konden kijken of communiceerden via de telefoon of computer.

Hij had de glazen al gespoeld en afgedroogd, en was net bezig met het afnemen van de tafeltjes, toen er langdurig werd aangebeld.

Een van de jongens is iets vergeten, was Martins eerste gedachte. Hij wilde eerst rustig het tafeltje afmaken waar hij net aan begonnen was, maar kreeg wat meer haast toen er vervolgens ook hard op de deur werd gebonsd.

Toen hij het gordijn voor het grote raam wat opzijschoof om te zien wie de late gast was, zag hij Ward Lievens, de eigenaar van het café, in het portiek staan. Meteen draaide hij de deur van het slot en deed open.

'Hoe later op de avond...' begon hij.

'Ja, ja, die ken ik zo langzamerhand wel,' onderbrak zijn baas hem licht geïrriteerd en hij liep langs hem heen. Samen met hem kwam een golf kou naar binnen. 'Heb je nog koffie? Ik wil even wat met je doorpraten.'

Martin deed de deur weer op slot, veegde zijn handen droog met een doek en keek nadenkend naar het koffiezetapparaat dat hij net helemaal had schoongemaakt. 'Eh... als het jou niet uitmaakt, schenk ik je liever wat anders in. Ik heb de boel net op orde.'

Lievens – een gezette man van middelbare leeftijd met een kalend hoofd en een slecht zittend confectiepak zonder stropdas – ging zitten aan een van de tafeltjes en legde zijn regenjas op de stoel naast hem neer. Vervolgens wapperde hij ongeduldig met een hand in de richting van de bar: 'Shit, ik had net trek in koffie. Nou ja, doe dan maar een jonge borrel. Met ijs.'

Zwijgend liep Martin om de bar heen. Hij vulde een whiskyglas voor de helft met ijs en goot daar jenever overheen.

'Een beetje meer,' zei Lievens kortaf, toen hij zag dat Martin halverwege het glas wilde stoppen. 'Ik ben geen klant, weet je wel?'

Dat wist Martin maar al te goed. Ward Lievens liet zelden een mogelijkheid voorbijgaan om te laten zien wie er de baas was. Hij bezat een achttal cafés in Rotterdam, en omdat hij al zijn leven lang in de horeca zat, kende hij het klappen van de zweep. Niemand hoefde hem iets wijs te maken. En als hij ook maar een vaag vermoeden had dat een van zijn werknemers hem belazerde, greep hij meteen meedogenloos in.

Zelf had Martin nooit problemen met Lievens gehad. Hij was naast zijn werk als beheerder in het nabijgelegen buurtcentrum regelmatig als barkeeper ingevallen bij Het Kennisvat en andere cafés. En toen hij drie jaar geleden al bij de eerste bezuinigingsgolf in het jeugd- en buurtwerk op straat kwam te staan, had hij een goed gesprek met

Lievens gehad. Sindsdien werkte hij officieel op parttimebasis bij Het Kennisvat, met behoud van een deel van zijn uitkering. In werkelijkheid stond Martin er echter vrijwel elke middag en avond achter de bar, en kreeg hij het grootste deel van zijn verdiensten onder de toonbank uitbetaald.

'Kom eens even zitten!' gebood Lievens, toen Martin het bijna volle glas voor hem neerzette, en hij gebaarde naar de stoel aan de andere kant van het tafeltje. 'Drink je zelf niks?'

Martin wilde automatisch weigeren, maar bedacht zich. Zijn baas zou het vast niet waarderen als hij hem in zijn eentje liet drinken. Dus schonk hij enigszins gehaast een longdrinkglas vol met een klein beetje rum en een heleboel cola, en nam plaats tegenover Lievens.

'Proost,' zei hij en hij hield zijn glas omhoog.

'Ja, ja.' Lievens deed geen moeite om mee te proosten. Zijn wenkbrauwen waren gefronst, toen hij met een ongeduldig gebaar een papier uit zijn binnenzak haalde en dat tussen hen op het tafeltje smeet.

'Stront aan de knikker,' meldde hij. 'De belastingdienst doet moeilijk. En daardoor krijg ik ook problemen met de sociale dienst.'

'Maar dat had je toch allemaal geregeld?' vroeg Martin verbaasd.

Lievens vouwde het papier open. 'M'n boekhouder had het allemaal goed voor elkaar: jij staat hier nominaal op de rol voor een variabel percentage tussen de 40 en 60 procent.'

'Zoals afgesproken,' zei Martin.

'Precies.' Lievens wees op het papier. 'En formeel staan Anita of ik hier dan overdag en op de avonden dat jij op papier niet werkt.'

Martin knikte. Hij had Anita, de vrouw van Lievens, nog maar heel zelden in Het Kennisvat gezien, al werden er wekelijks heel wat uren op haar naam geschreven. 'Wat is dan precies het probleem?'

'Het ziet ernaar uit dat ze daar niet meer intrappen.' Lievens sloeg met de achterkant van zijn gestrekte vingers tegen het papier, dat hij in zijn andere hand omhooghield. 'Die hufters willen weten hoe het kan dat Anita en ik vorig jaar zomer zes weken in Spanje hebben gezeten, terwijl in onze boekhouding staat dat we hier gewoon hebben doorgewerkt.'

Martin schoot in de lach, maar het lachen verging hem al snel toen hij de ijzige blik van zijn baas zag. 'Sorry, maar dat klonk grappiger dan het is,' verontschuldigde hij zich. 'En nu?'

'Nu willen ze m'n boeken zien.' Lievens smeet de brief op tafel en nam een grote slok van zijn jenever. 'Daar krijg ik dus het grootste gelazer mee, want er is een heuse heksenjacht aan de gang op alles wat op zwartwerken lijkt.' Hij leunde achterover in zijn stoel. 'En dus moet ik maatregelen nemen.'

Martin keek zijn baas bezorgd aan. Hij had tijdens zijn werk en in de perikelen rond zijn scheiding genoeg slechtnieuwsgesprekken meege-maakt om te weten dat dit niet veel goeds voorspelde.

'Wat had je dan in gedachten?' vroeg hij voorzichtig.

'Er zijn diverse opties.' Lievens stak een vinger omhoog. 'Eén: jij gaat hier fulltime werken, of ik huur een andere fulltime barkeeper in, dat is mij om het even. Dat lijkt mij niet zo'n goed plan, want daar draait deze tent simpelweg niet goed genoeg voor. Wil ik hier met ook maar een kleine winstmarge draaien, dan zal dat ongeveer zo moeten als het nu gaat.'

Martin knikte. Anders dan de wat meer trendy, modernere cafés in de binnenstad was Het Kennisvat een rustig buurtcafé met een vaste klantenkring, die geen dure drankjes, maar vooral gewoon bier be-stelde. Hijzelf vond dat gezellig, maar het was natuurlijk niet goed voor de omzet.

'Optie twee,' vervolgde Lievens, en hij stak een tweede vinger op. 'Ik hou ermee op, gooi deze hele tent dicht en ga iets nieuws proberen op een andere locatie.'

Daar was Martin al bang voor. 'Is er ook een derde optie?' infor-meerde hij hoopvol.

'Jazeker.' Lievens stak een derde vinger op. 'Ik heb het er met de brouwerij over gehad: die wil wel verder met dit café. Maar dan moet iemand van het bestaande personeel de nieuwe uitbater wor-den, anders geloven ze er niet meer in.' Ten overvloede wees hij op Martin. 'Dat zou jij dus moeten zijn.'

'Ik?' reageerde Martin geschrokken en hij gooide bijna zijn glas om.

'Hoe zou ik dat dan moeten doen?'

'Heel eenvoudig.' Lievens keek hem indringend aan. 'Jij neemt het huurcontract van me over en het aansluitingscontract met de brouwerij. Je hebt toch je diploma's als horecaondernemer?'

Martin knikte.

'Oké, dan hoef je dus alleen nog maar mij uit te kopen voor de inventaris, de vergunningen en de goodwill,' constateerde Lievens tevreden. Hij dronk zijn glas in één teug leeg en stond op. 'Daar moeten we met hooguit een paar ton wel uitkomen.'

Martins gedachten gingen razendsnel. Sinds zijn scheiding woonde hij in een huurflat en zijn bankrekening was aan het eind van elke maand beangstigend leeg. 'En hoe ga ik dat betalen?' vroeg hij schor.

'Dat mag je helemaal zelf bedenken, vriend.' Lievens liep langs hem heen en draaide zich om bij de deur. 'Maar ik moet het wel snel weten, anders moet ik achter een alternatief aan.'

'Je weet dat ik volgende week weg ben, toch?' wierp Martin tegen.

'O ja, dat is waar. Ook alweer zoiets lastigs. Maar goed, dan moet ik meteen daarna een antwoord hebben. Gegroet.'

Nadat Ward Lievens de buitendeur achter zich had dichtgetrokken, zakte Martin weer neer op zijn stoel. Hij moest iets bedenken om dit op te lossen. Maar wat?

# 14

De dikke, te zwaar opgemaakte dame die aan de andere kant van de toonbank stond droeg een lange jas met aan de kraag een imitatievossenbontje. Marieke bekeek het met onverholen afkeuring, maar de vrouw had het niet in de gaten. Ze bekeek beurtelings het pak linzen dat ze in haar ene hand had en het pak zilvervliesrijst in haar andere hand.

Met een komisch-wanhopige blik en de twee pakken omhooggehouden vroeg ze aan Marieke: 'Ik begrijp natuurlijk best dat dit soort spullen heel erg gezond en goed voor me zijn. Maar waarom moet het er toch allemaal zo onsmakelijk uitzien?'

Marieke kon er niet om lachen. Er zijn dingen waar je geen grapjes over maakt, vond ze. En ze kon maar niet begrijpen waarom de meeste mensen zo weinig leken te geven om het welzijn van de planeet en om hun eigen gezondheid.

'In de supermarkt koopt u fraai verpakte producten waarvoor veel reclame wordt gemaakt. Alles wat u in deze winkel vindt heeft dat soort opgeklopte opsmuk niet nodig: wij verkopen alleen levensmiddelen die op een organische manier tot stand zijn gekomen. Hier krijgt u alleen puur natuur. En ik hoef u niet te vertellen dat biologische producten veel gezonder zijn dan al die chemische troep waarmee de consumptie-industrie ons volpompt.'

De vrouw glimlachte beleefd. Ze legde de twee pakken neer, keek even naar de donkere grof volkorenbroden die achter Marieke op een schap lagen en zei: 'Ik geloof graag dat u gelijk hebt. Maar ik moet er toch nog even over nadenken.' En terwijl ze al op weg was naar de uitgang: 'Een prettige dag nog.'

'Dag, mevrouw,' antwoordde Marieke afgemeten. 'Tot ziens, hoop ik.'

Met een vinnig gebaar zette ze een streepje in het klantenboek. Geertrui, de eigenares van Casa Natura, wilde dat het aantal bezoekers van de winkel precies werd bijgehouden: door het klantenboek naast het kasregister te leggen, kon ze zien hoeveel procent van de kijkers ook daadwerkelijk kopers werden.

Zojuist had Marieke dat percentage weer iets ongunstiger gemaakt, dat besefte ze maar al te goed. Geertrui had haar al vaker gezegd dat ze meer geduld moest hebben met types als die dame van daarnet; dat ze voorlichting moest bieden, informatie moest geven. En vooral niet moest proberen om mensen zich schuldig te laten voelen.

Maar dat viel niet altijd mee, wist Marieke. Sommige mensen begrepen er gewoon helemaal niks van. En hoewel zijzelf doorgaans wat verlegen was in de omgang met anderen, kon ze nog weleens geïrriteerd reageren als ze in contact kwam met domheid, onwil of onverschilligheid. En dat gebeurde in een winkel als Casa Natura regelmatig.

Pas toen ze opkeek, zag ze dat er nog iemand in de winkel was. Een gesoigneerde man in een driedelig pak stond bij het rek met de gedroogde vruchten naar haar te kijken. Hij moest zijn binnengekomen toen ze met de vrouw in gesprek was. Ze schatte hem tegen de zestig. Hij droeg zijn haar kort. Hoewel ze niet echt verstand had van mannenmode, vermoedde ze dat zijn pak een Armani was.

Zodra hij in de gaten had dat ze hem had opgemerkt, liep hij naar de toonbank toe en stak zijn hand uit. 'Goedemiddag,' sprak hij met een strakke glimlach, die zijn perfecte gebit liet zien.

Automatisch schudde ze hem de hand. 'Goedemiddag, wat kan ik voor u doen? Hebt u iets op het oog of wilt u eerst even rondkijken?'

Hij keek haar scherp aan. 'Als ik het goed heb, bent u de dochter van Peter Koedam?'

Marieke slikte. Haar relatie met haar vader was niet optimaal. In haar jeugdjaren hadden zij en haar broertje Ernst eronder geleden dat hun vader zo vaak voor zaken naar het buitenland was gegaan. Als reden voor de verwaarlozing van zijn gezin gaf hij steevast op dat er nu eenmaal niets belangrijkers was dan geld verdienen, als je wat wilde voorstellen in deze maatschappij. Ze moesten hem als voorbeeld zien, zodat ze later ook zelfstandig en succesvol zouden worden. Zijn materialistische instelling was een van de belangrijkste redenen dat Marieke ervoor gekozen had een veel spiritueler, op de natuur gerichte manier van leven te zoeken. Al leek het haar niet veel gelukkiger te maken.

'Dat klopt, ik ben Marieke Koedam,' gaf ze toe. 'Bent u een bekende van mijn vader?'

De man ontblootte zijn tanden weer, maar zijn ogen glimlachten niet mee. 'Dat mag u wel zeggen, ja. Uw vader en ik hebben de afgelopen jaren veel samengewerkt. Hij is bij herhaling een betrouwbare kracht gebleken voor mijn bedrijf.'

'Blij dat te horen,' zei Marieke afstandelijk. 'Mag ik vragen wat voor bedrijf dat is?'

'Laten we het erop houden dat ik een zakenman ben. En dat mijn activiteiten zeer internationaal zijn. Wereldwijd, mag ik wel zeggen.' Hij wachtte even.

'Daar wilde ik het even met u over hebben.' De man kwam nu vlak voor de toonbank staan. Hij keek even om zich heen, om er zeker van te zijn dat ze alleen waren, en boog zich toen wat verder naar haar toe. 'Er is namelijk iets wat u moet weten over uw vader, mevrouw Koedam.'

# 15

'Jij weet niet wat voor mensen dat zijn,' zei Ruben somber.

Brian bekeek zijn broertje bedachtzaam. De zwellingen in het gezicht van de jongen waren volledig weggetrokken, maar aan enkele, vrij verse littekens was duidelijk te zien dat hij recentelijk nog gevochten had.

En toch zag Ruben er anders uit dan toen hij nog elke dag op Spangen rondhing. Hij droeg zijn kleding niet meer zo nonchalant en er zaten geen scheuren in. In plaats van zijn afgetrapte sneakers had hij nu instapschoenen.

'Wees maar niet bang, ik ga dit voor je regelen.' Brian sloeg zijn arm om zijn jongere broer heen. 'Spangen krijgt jou niet meer terug, dat beloof ik je.'

Ruben trok wat onwillig met zijn schouder, maar duwde de arm niet weg. 'Dit is geen huizenhandel, Brian. Je hebt er geen idee van wat deze lui kunnen doen.'

'Hoe heet die vent met wie je hebt afgesproken?' wilde Brian weten, terwijl hij om zich heen keek. De coffeeshop in de wijk Charlois was niet bepaald een plek waar hij zich thuis voelde, maar dit kwam nog het meest in de buurt van neutraal terrein. Hij kon die drugstypes immers moeilijk naar een trendy restaurantje op de Kop van Zuid laten komen.

Achter de bar stond een Jamaicaans ogende man met een minuscuul brilletje op de punt van zijn neus en dreadlocks een enorme joint te draaien. Zijn verrichtingen werden belangstellend gevolgd door twee lusteloze slungels die op barkrukken zaten. Hoewel het buiten een klaarlichte winterdag was, heerste hier een soort halfduister dat niets van de gezelligheid van een bruin café had en waardoor alles wat hier gebeurde clandestien aandeed. Uit een oude geluidsinstallatie klonk de stem van een radio-dj, te zacht om te kunnen verstaan waar hij het over had.

'Cisco,' antwoordde Ruben. 'Cisco Hoving. Als hij tenminste zelf komt. Meestal laat hij zijn zaakjes opknappen door Murray of Ulrich. Maar ik heb hem laten weten dat jij erbij zou zijn, dus wie weet.'

Op dat moment ging de deur open en kwam een kleine man met een wijd openstaand, felpaars met geel overhemd binnen. Hij had nauwelijks borsthaar op zijn lichtbruine huid. Onder zijn strakke broek droeg hij puntige Italiaanse schoenen en ondanks het schemerduister hield hij zijn zonnebril op. Pal achter hem liep een lange, gespierde man met een kaalgeschoren hoofd en een blauw-wit trainingspak, die de deur achter hen sloot en opmerkzaam om zich heen keek.

'Dat is Cisco zelf,' zei Ruben zacht tegen zijn broer. 'En die gozer achter hem is Ulrich. Moet je mee uitkijken.'

Brian knikte en draaide zich naar de nieuwkomers.

De kleine man stak groetend een hand op naar de bar, zonder iemand aan te kijken. Hij bleef niet staan bij Brian en Ruben, maar liep meteen door, langs hen heen. Achter in de zaak aangekomen wees hij op een verzakt bankstel en een krakkemikkige fauteuil, die waren opgesteld bij een tafeltje met een enorme asbak erop.

'Hier gaan we zitten,' sprak hij op een toon die geen tegenspraak duldde. 'Ulrich, zorg jij dat we niet gestoord worden?'

De grote man knikte en leunde een paar tafeltjes verderop quasiontspannen tegen de muur.

Cisco Hoving nam plaats in de fauteuil en maakte een gebaar naar de bank. 'Ga zitten. Ik heb niet veel tijd, dus wil ik dit snel geregeld hebben.'

Ruben en Brian lieten zich zakken op de goorbruine bank, waarop duidelijk zichtbaar een paar grote vochtplekken zaten. Een van de leuningen was gescheurd en afgeplakt met zwart tape.

Omdat Ruben met neergeslagen ogen zweeg, nam Brian het woord. 'Fijn dat u hebt kunnen komen, meneer Hoving. Ik hoop ook dat we snel zaken kunnen doen. De kwestie is...'

'De kwestie is dat jouw kleine broertje ons veel geld heeft gekost,' onderbrak de ander hem lomp. 'En dat willen we zo snel mogelijk terug. Einde verhaal.'

Maar zo makkelijk liet Brian zich niet uit het veld slaan. Hij had in het verleden een paar keer te maken gehad met zware jongens die hem in opdracht van vastgoedhandelaren onder druk kwamen zetten en wist dat het van levensbelang was om je niet te laten intimideren. Met een geringschattend grijnsje sloeg hij zijn armen over elkaar. 'Niet om het een of ander, meneer Hoving, maar voor zover ik het begrijp hebt u mijn broer betrokken bij illegale activiteiten en is hij...' Toen hij zag dat de man hem weer in de rede wilde vallen, hief hij met een autoritair gebaar zijn hand op. 'Nee, laat me uitpraten! ... en is hij bij de aflevering overvallen en beroofd. Volgens enkelen van mijn vrienden – zeer invloedrijke vrienden, mag ik daaraan toevoegen – zou dat best eens een vooropgesteld plan geweest kunnen zijn. Of er kan een lek in uw organisatie zitten. Hoe dan ook, mijn broer is in deze zaak net zozeer slachtoffer als u. Daarom stel ik voor dat we het eerdergenoemde bedrag ter discussie stellen. En dat u mijn broer verder met rust laat.'

'Uitgepraat?' vroeg de kleine man sarcastisch. Hij leunde achterover en zette de vingers van zijn handen tegen elkaar, waarna hij Brian schattend aankeek. 'Laat ik volkomen duidelijk zijn, meneer-met-de-belangrijke-vrienden: ik heb een deal met dat broertje van je. Hij is mijn spullen kwijt, dus moet hij betalen. Daar heeft hij nu nog drie dagen de tijd voor.'

'Geen sprake van!' wierp Brian boos tegen. 'U denkt toch werkelijk niet dat ik kan toestaan dat Ruben vijfentwintigduizend euro gaat betalen, alleen maar omdat...'

Alsof hij niets merkte van Brians woede, boog Cisco Hoving naar voren en vroeg op conversatietoon: 'Woont Rita Ketting nog altijd daar vlak bij het Marconiplein?'

Meteen viel Brian stil. Geschrokken keek hij van de kleine man naar zijn broertje en weer terug. Hoving was inderdaad volkomen duidelijk, de toespeling naar hun moeder zei meer dan genoeg.

Brian slikte moeilijk. 'Maar dit is toch helemaal nergens voor nodig. U hoeft haar toch niet hierbij te betrekken? Ik...'

De kleine man stond op en trok zijn overhemd recht. 'U zorgt er dus voor dat ik het geld binnen drie dagen heb?'

Brian knikte en ging ook staan. 'Kan ik het overmaken?'

'Natuurlijk niet!' Hoving lachte schamper. 'Deze betaling bestaat officieel helemaal niet. Ik wil cash.'

'Dan laat ik het afleveren door een koerier,' sprak Brian beslist. 'Ik wil hoe dan ook een ontvangstbewijs.'

'Moet jij weten, maar ik teken niks,' zei de kleine man, terwijl hij zijn metgezel wenkte. 'Ik zie het geld wel komen.'

Zonder verder nog woorden aan hen vuil te maken, vertrokken de twee mannen.

Brian draaide zich om naar Ruben, die nog altijd als een dood vogeltje in de hoek van het bankstel zat.

'Dit komt goed,' beloofde hij zijn kleine broertje. 'Ik regel dit. Maar dan moet je me beloven dat je je verder nooit meer zult inlaten met lui als deze schoften.'

'Oké,' antwoordde Ruben toonloos. Hij stond op en zuchtte diep. 'Maar ik weet niet of ze mij met rust zullen laten.'

# 16

In zijn Volvo zat Eric hard mee te zingen met een nummer dat hij van jaren geleden kende. '*I bless the rains down in Africa!*' liet hij door de auto schallen, terwijl zijn vingers ritmisch meetrommelden op het stuur.

Hij had een zakelijke afspraak gehad in Vlissingen en had niet de snelste route terug genomen, maar was in plaats daarvan zo veel mogelijk langs de kust gereden. Genietend keek hij op de Ooster-scheldekering naar de zon, die laag boven de Noordzee hing. Hij hield van dit waterige land en van de robuuste manier waarop de bewoners ervan de zee getemd hadden.

Nu reed hij langs Maassluis, waar de fabrieken aan weerszijden van de weg een surrealistische aanblik boden: in de avondschemering laaiden oranje vlammen hoog op uit lange schoorstenen en de complexe buizenstructuur leek wel een bouwwerk uit een robotstad.

Ietwat geërgerd merkte Eric dat hij gebeld werd. Zijn mobiel zat in zijn binnenzak en stond op de trilstand, zoals hij dat meestal deed wanneer hij in bespreking zat. Hij haalde het apparaatje tevoorschijn en zag op de display een hem onbekend nummer.

Terwijl hij zijn auto naar de vluchtstrook stuurde, nam hij op. 'Hallo, met Romeijn.'

'Ha Eric,' zei een bekende stem. 'Brian hier.'

De Volvo kwam langzaam tot stilstand. Eric schakelde de radio uit en zijn alarmlichten aan. 'Dag Brian. Ik zit in de auto. Is er iets met Kim?'

'Nee, maak je geen zorgen. Heb je even? Ik moet je iets vragen.'

Eric haalde diep adem. Hier had hij eigenlijk helemaal geen zin in, maar hij wilde niet onbeleefd lijken. 'Ik sta nu volkomen illegaal geparkeerd. Kan het wachten of is het dringend?'

'Het is dringend, ja. Heel dringend. Kan het nu?'

'Oké,' antwoordde Eric niet erg enthousiast. 'Wat is er aan de hand? Gaat het om de reis?'

'Nee, nee. Het eh... Nou ja, laat ik dit maar rechttoe rechtaan zeggen: ik heb een beetje een onverwachte tegenvaller gehad en zit nu met een acuut liquiditeitsprobleem dat ik niet met eigen middelen kan opvangen. Dus vroeg ik me af of jij me misschien kunt helpen.'

Eric keek naar de langs zoevende auto's, masseerde zijn neusbrug met zijn vingers en wachtte even voordat hij vroeg: 'Om hoeveel gaat het?'

'Vijfentwintigduizend. Het dient echt alleen als overbrugging, want ik heb nu een acute betalingsverplichting. Maar ik kan het al snel terugbetalen, binnen twee of drie maanden. En ik betaal natuurlijk rente, dat spreekt vanzelf.'

Met een zucht zei Eric: 'Dat is een behoorlijk groot bedrag, Brian. En ik heb met mijn vrouw de principiële afspraak gemaakt geen geld uit te lenen, ook niet aan vrienden en bekenden. Want daar komt alleen maar narigheid van, weet ik helaas uit ervaring.'

Toen het stil bleef aan de andere kant van de lijn vervolgde hij: 'Weet Kim hiervan?'

'Nee, Kim staat hier helemaal buiten,' antwoordde Brian haastig. 'Die wil ik hier ook niet in betrekken. Dit is iets zakelijks.'

Eric was het er niet met zichzelf over eens of hij dit een goed antwoord vond of niet. Aan de ene kant was hij blij dat Brian niet namens Kim om geld kwam vragen. Dat zou het een stuk moeilijker maken voor zijn eigen situatie. Maar aan de andere kant vond hij het niet bepaald veelbelovend dat de vriend van zijn zus buiten haar om naar hem toe kwam om zo'n fors bedrag te lenen. Dat maakte zijn toch al niet zo rooskleurige beeld van Brian er niet beter op.

'Dus je vraagt in feite aan mij om Kim hier ook niet van op de hoogte te stellen,' zei hij sceptisch.

'Ja, precies.'

Weer liet Eric een stilte vallen, om het effect van die uitspraak duidelijk te laten doordringen. Buiten begon het inmiddels zachtjes te regenen, dus zette hij de ruitenwissers aan.

'Ik weet het niet, Brian. Eerlijk gezegd wil ik niet tegen de afspraak met Edith ingaan. Zelfs niet voor jou.'

'Maar je hebt toch de volmacht voor de trustfondsen van Kim en jou: daar heb jij als enige toegang toe. Het is echt maar voor een paar maanden. En ik betaal een betere rente dan de bank!' opperde Brian, met iets wanhopigs in zijn stem.

'Ik zal maar net doen alsof ik dat niet gehoord heb,' antwoordde Eric scherp. 'Want volgens mij suggereerde je zojuist dat ik op frauduleuze wijze gelden zou moeten onttrekken aan de trustfondsen van mijn familie.'

'Nee, nee, natuurlijk niet! Ik wil alleen...'

'Het is mij volkomen duidelijk wat jij wilt, Brian. Het spijt me, maar daar doe ik niet aan mee. We zien elkaar volgende week.'

Eric drukte het gesprek weg en bleef een tijdje hoofdschuddend voor zich uit zitten kijken. De achterdocht die hij tegenover Brian gevoeld had was dus terecht geweest. Die man was alleen maar op Kims geld uit. Hij zou hem nauwkeurig in de gaten moeten houden.

Hij belde Kim, maar kreeg haar voicemail. Dus sprak hij in dat hij haar die avond graag even wilde spreken. En of ze hem daarover kon terugbellen.

Daarna startte hij zijn auto, wachtte tot hij kon invoegen en reed weg in de regen. Pas toen hij de ringweg van Rotterdam bereikt had, merkte hij dat zijn alarmlichten nog altijd aanstonden.

# 17

Precies om acht uur ging de bel.

Kim glimlachte. Zo kende ze haar broer: punctueel en nauwgezet als altijd. Als de klok op haar ladekast nu vijf vóór of vijf over acht had aangewezen, zou ze eerder aan het uurwerk hebben getwijfeld dan aan de stiptheid van Eric.

Ze drukte op de zoemer om de buitendeur voor hem te openen en benutte de tijd die hij nodig had om met de lift naar boven te komen voor het op tafel zetten van de kopjes, de koffiekan en een schaaltje koekjes.

Toen haar voordeurbel klonk deed ze snel open en wenkte met een uitnodigend gebaar haar broer naar binnen.

'Kom binnen, de koffie is al klaar.'

'Mooi.' Hij gaf haar een kus op haar wang, hing zijn jas aan de kapstok in de gang en liep achter haar aan de grote woonkamer in. Handenwrijvend bleef hij voor het raam met het panorama staan. In de donkere avondlucht leken de lichten van Rotterdam door de regen nog meer te twinkelen.

'Het blijft mooi,' zei hij en hij keek opzij naar zijn zus. 'Wist je dat je vriendin Celine geïnteresseerd is in net zo'n soort flat als jij hebt?'

'O ja?' reageerde ze luchtig. 'Dat zal Brian goed nieuws vinden. Misschien kan hij wel iets voor haar regelen.'

Of ze begreep de achterliggende mededeling in zijn vraag niet, of ze deed net alsof. En misschien wist ze wel meer dan hij. Eric keek aandachtig naar haar, terwijl ze door de kamer liep en op haar vaste stoel bij de salontafel ging zitten.

'Zal ik inschenken?' vroeg ze, terwijl ze zich al naar de koffiepot boog.

'Graag,' antwoordde hij en hij nam plaats op de bank.

Ze wisten allebei dat Eric niet voor de gezelligheid was gekomen, maar een reden moest hebben gehad om te vragen of hij haar die avond kon spreken. Hij had niet gezegd dat Edith en Brian daar beter niet bij konden zijn, maar dat had Kim wel begrepen. Nu wachtte ze af tot Eric zou vertellen wat hij op zijn hart had.

Eric nam eerst de tijd om zijn koekje op te eten en wat koffie te drinken voordat hij zei: 'Ik wou het toch nog even met je hebben over je reisgezelschap.'

'Ja?' Kim leunde achterover en bleef hem aankijken.

'Tja, hoe moet ik dat zeggen?' Erics blik ging weer naar het raam. Het was harder gaan regenen en de halvemaan verdween achter een grote wolk. 'Ik weet dat het kort dag is, maar dit is niet zomaar een reisje. We gaan met z'n allen naar een onherbergzaam, ruig gebied, waar we volkomen op elkaar aangewezen zullen zijn. Daarom wil ik eigenlijk weten of je wel helemaal zeker bent van je keuze voor de groepsleden.'

Kim trok een van haar wenkbrauwen op. 'Hoe bedoel je?'

Hij ging wat ongemakkelijk verzitten. 'Oké, ik zal volkomen eerlijk tegen je zijn. Ik ben blij en vereerd dat je mij hebt meegevraagd. En ik begrijp natuurlijk je keuze voor Brian en Celine. Maar ik heb het er met Edith over gehad, en wij denken dat Martin en Marieke zomaar buiten de groep zouden kunnen vallen. Geen van de anderen kent die twee goed en...'

'Dit is mijn reis en mijn keuze, Eric,' onderbrak ze hem, voor haar doen ongewoon fel. 'Ik heb deze trip bedacht, opgezet en georganiseerd. En ik zou het heel vervelend vinden als jij het idee hebt dat ik het allemaal in een opwelling heb gedaan, want ik heb alles grondig overwogen.'

'Nee, nee, zo bedoel ik het helemaal niet!' bezwoer hij haar, met opgeheven handen.

Ze knikte tevreden. 'Gelukkig maar. Want van elk van onze reisgenoten ben ik heel zeker. Celine is natuurlijk mijn oudste vriendin, maar daar staat tegenover dat ik de laatste maanden veel met Marieke heb opgetrokken, en dat we een heel goede, zeer persoonlijke band heb- ben gekregen. Ik ben ook erg benieuwd hoe die twee zich in het hoge noorden zullen gaan voelen en gedragen, als we allemaal weg zijn uit ons normale leventje, maar dat was ook zo'n beetje de bedoeling. Een nieuwe ervaring die ik met mijn beste vrienden wil delen.'

'En Martin?' vroeg Eric voorzichtig.

Kim glimlachte en nam een slok van haar koffie. 'Martin is inder- daad de vreemde eend in de bijt. Maar hem heb ik er speciaal bij gehaald voor het groepsproces.' Ze zette haar kopje neer. 'Kijk, eerst dacht ik erover om met z'n vijven te gaan. Maar een oneven aantal is nooit goed, en ik was bang dat we dan geen groep zouden hebben, maar een paar afzonderlijke groepjes.'

'En je dacht dat Martin daar de oplossing voor zou kunnen zijn.'

'Ja, precies!' zei ze enthousiast. 'Martin is soms misschien wat luid- ruchtig en hij is natuurlijk altijd heel nadrukkelijk aanwezig, maar hij is ook een schat van een vent, ondanks zijn vaak wat stoere gedoe. Jij komt nooit in Het Kennisvat, maar de rest van ons weet dat Martin een enorme gangmaker kan zijn, die de sfeer er goed in houdt. Daar- naast heeft hij aan zijn werk veel mensenkennis overgehouden. Vol- gens mij kan hij met iedereen opschieten, en dat is ideaal voor de in- teractie in het groepsproces. Dat maakte hem voor mij tot een ideale reisgenoot.'

Daar kon Eric weinig tegen inbrengen. 'Oké, je hebt er inderdaad goed over nagedacht. Sorry dat ik daaraan twijfelde.'

Het kwam niet vaak voor dat haar broer zoiets toegaf. Opgetogen sloeg Kim haar handen in elkaar. 'Eric, het gaat geweldig worden! Ik heb alles geregeld met het reisbureau en ik kan bijna niet wachten tot we vertrekken!'

Eric perste er een glimlachje uit. Hoe graag hij het ook wilde, hij kon Kims enthousiasme niet delen. Niet vanwege de reis op zich, want daar zag hij niet tegenop: ondanks zijn suikerziekte was hij lichame- lijk in een uitstekende conditie en bovendien gunde hij het zijn zus graag dat haar initiatief een enorm succes werd.

Zijn grote probleem was Brian. Het telefoongesprek van die middag had Eric meer dan duidelijk gemaakt dat zijn oorspronkelijke wantrouwen tegen de vriend van zijn zus gerechtvaardigd was: die man was simpelweg niet te vertrouwen. Hij zat alleen maar achter Kim aan voor het geld.

Daar kwam nog bij dat Brian de afgelopen tijd bij herhaling veel belangstelling getoond had voor de manier waarop Eric het familievermogen had belegd. Dat ergerde Eric nog het meest van alles, want die interesse kwam op een zeer ongelegen moment, nu hij zoveel problemen had met hun beleggingen. Hoe dan ook wilde hij Kim daar volkomen buiten zien te houden, totdat hij alles weer had rechtgetrokken. Anders zou het nog weleens rampzalig kunnen uitpakken.

'En weet je wat het leukste is?' ging Kim met een stralende glimlach verder.

Eric kreeg een onheilspellend voorgevoel, maar hij schudde zijn hoofd en wachtte af.

'Als we daar helemaal in *the middle of nowhere* zitten, ver van de bewoonde wereld, ga ik mezelf op mijn verjaardag het mooiste cadeau geven dat ik me zou kunnen wensen.' Ze ging op het puntje van haar stoel zitten en keek haar broer verwachtingsvol aan: 'Dan ga ik Brian ten huwelijk vragen!'

Het was alsof Eric een stomp in zijn maag kreeg. Toch lukte het hem om zijn glimlach intact te houden. Hij pakte de handen van zijn zus beet en wist uit te brengen: 'Kim, wat ontzettend leuk voor je. Heel romantisch!'

'Ja, vind je ook niet?' Ze sprong op. 'Ik ben zo blij dat je het een goed idee vindt! Ik kan haast niet wachten om weg te gaan. Dit wordt echt een geweldige reis!'

Achter haar rug slikte Eric moeizaam. Dit beloofde een catastrofe te worden. Koortsachtig zocht hij naar een mogelijkheid om het ergste te voorkomen. Hij moest haar enthousiasme temperen, maar wilde deze reis niet voor haar vergallen. Bovendien moest hij eerst uitzoeken wat Brian nou precies van hen wilde.

# 18

Met een professionele glimlach duwde de stewardess een wagentje voor zich uit door het smalle gangpad van het vliegtuig.

'Wilt u misschien nog iets drinken?' vroeg ze aan Martin.

'Koffie, graag,' antwoordde hij vriendelijk.

'En u, mevrouw?'

Kim, die naast Martin bij het raampje zat, maakte haar blik los van de witgrijze wolkenmassa's die onder het vliegtuig door gleden en haar leken uit te nodigen om zich in hun wattenachtige zachtheid te laten vallen.

'Doet u mij maar wat jus d'orange,' zei ze.

Zodra ze de beide bestellingen had aangereikt, verplaatste de stewardess haar wagentje een stukje verder, om met steeds dezelfde glimlach andere reizigers te bedienen.

Martin bekeek haar met een opgetrokken wenkbrauw en wachtte tot de jonge vrouw in het blauwe uniformpakje buiten gehoorsafstand was voordat hij tegen Kim zei: 'Ik heb echt nooit begrepen wat al die meisjes er nou zo aantrekkelijk aan vinden om stewardess te worden. Het klinkt natuurlijk romantisch en avontuurlijk, dat je met zo'n baan de hele wereld over vliegt. Maar in de praktijk hangen ze alleen maar rond op vliegvelden en bedienen ze op elf kilometer hoogte vakantiegangers in een veel te kleine ruimte.'

Kim schoot in de lach. Ze was blij dat Martin mee was met haar trip, want hij was goed gezelschap. Met zijn chronisch goede humeur en zijn tegendraadse manier om alledaagse dingen te bekijken wist hij de sfeer er goed in te houden. Daarom mocht ze hem ook zo graag, want zelf had ze nog weleens de neiging om ongemerkt weg te zakken in een van haar sombere buien.

'Daar heb ik eigenlijk nooit zo bij stilgestaan,' antwoordde ze geamuseerd. 'Nu je het zegt: eigenlijk is zo'n baan als stewardess niks anders dan werken in de horeca, maar dan op grote hoogte.'

'Zij en ik zijn dus eigenlijk collega's.' Martin maakte een gebaar in de richting van de stewardess. 'Met dat verschil dat ik een vaste klantenkring heb, die me niet bij het minste of geringste afzeikt. Bovendien kan ik 's avonds gewoon naar huis en hoef ik niet te gaan slapen in een of ander hotel. En in een vliegtuig vinden mensen alle service vanzelfsprekend, terwijl ik ook nog weleens een fooitje krijg. Zelfs zonder dat ik er zo vreselijk voor hoef te glimlachen.'

Hij vertrok zijn gezicht in een grijnzende grimas, die Kim weer aan het lachen maakte.

'Volgens mij zou jij een uitstekende steward zijn!'

'Over m'n lijk,' bromde Martin.

Nadat hij zijn koffie had opgedronken, vroeg hij: 'Je hebt nog helemaal niet zoveel verteld over wat je voor ons gepland hebt. Ik weet dat we naar het noorden gaan en dat daar veel sneeuw en ijs is, maar verder weet ik zo goed als niks. Wat gaan we eigenlijk doen?'

Kim trok een mysterieus gezicht. 'Ja, dat zou je wel willen weten, hè? Maar dat merken jullie pas als we er zijn. Dan vertel ik het aan iedereen tegelijk.'

'Is er wel een soort doel waar we naartoe gaan?' drong Martin aan.

'Ik zal je nog één ding vertellen, en dan zeg ik niks meer.' Ze boog vertrouwelijk naar hem toe. 'Er staat een plek op ons programma die zo ontzettend mooi is, dat het volgens sommigen behoort tot de mooiste bezienswaardigheden ter wereld. Dat is alles wat je van me loskrijgt!'

Een enkele blik op haar triomfantelijke gezicht was voor Martin voldoende om te beseffen dat ze verder niets meer zou loslaten.

Op de stoelen voor hen zaten Eric en Marieke. Kim had bij het reisbureau alle details van de reis geregeld, ook de plaatsverdeling in het vliegtuig. Ze had de koppels zo ingedeeld dat er geen voor de hand liggende tweetallen ontstonden. Op die manier werden de reisgenoten gedwongen om contact te maken met niet alleen degenen met wie ze toch al konden opschieten.

Marieke en Eric voerden een beleefd gesprek over de reis en over de verschillende landen waar ze al eens naartoe waren geweest. Geen van beiden bleek Noorwegen eerder bezocht te hebben.

Toen de stewardess hen wat te drinken had gebracht, stond Eric op en haalde een etui uit zijn weekendtas, die hij in het bagagecompartiment boven hun hoofd had gelegd.

Marieke keek geïnteresseerd toe hoe hij een paar pillen nam en die doorslikte met een paar slokken van het bronwater dat de stewardess hem zojuist gebracht had.

'Vervelend voor je, al die pillen,' merkte ze meelevend op.

Eric grinnikte. 'Nee, hoor, voor mij zijn ze mijn redding. Voor een gezond mens als jij zouden ze pas echt vervelend zijn. Als je niet uitkijkt, zou je mijn pillen misschien zelfs niet overleven.'

'Hoezo niet?'

'Bij iemand die geen diabeet is, veroorzaken deze pillen acute hypoglycemie,' vertelde Eric. 'Dat betekent dat er een sterke verstoring van het natuurlijke zuur-base-evenwicht optreedt, waardoor er een overvloed van ketonzuren in je bloed komt.'

Toen hij zag dat ze hem niet-begrijpend aankeek, verduidelijkte hij lachend: 'Laten we het erop houden dat zoiets niet gezond zou zijn voor een mens zonder diabetes. Het zou voor mij ook niet best zijn als ik de medicijnen van een hartpatiënt of van iemand met een bloeddrukprobleem zou krijgen.'

Marieke knikte. 'Dat soort dingen gelden ook voor de natuurgeneeswijzen. De mens is nu eenmaal een chemisch wezen, en we zijn allemaal afhankelijk van de juiste balans van de verschillende stoffen in ons lichaam.'

'Precies,' beaamde Eric.

Terwijl ze toekeek hoe hij de resterende pillen weer in zijn etui opborg, zei Marieke: 'Maar jij bent dus diabeet. Ik heb wel een tante gehad die ook aan suikerziekte leed, maar verder weet ik er niet zoveel van af. Alleen dat je verschillende soorten schijnt te hebben.'

'Klopt. Je hebt type 1 en type 2,' legde Eric geroutineerd uit. 'Type 2 is wat ook wel ouderdomssuikerziekte genoemd wordt. Dat komt ver-

reweg het meeste voor. Mensen krijgen het meestal pas na hun vijfen-
veertigste, soms al wat jonger, vooral als ze niet al te gezond leven.'

'Dat heb jij dus niet,' begreep Marieke.

'Nee, ik heb type 1, al van jongs af aan.'

'Ben je dan niet bang dat je kinderen dat ook krijgen?' vroeg ze bezorgd.

Eric glimlachte. Hij was gewend dat mensen hem vragen stelden
over zijn ziekte. Dat had hij nooit vervelend gevonden. Op school
had hij vroeger al spreekbeurten gehouden over diabetes. En in de
loop der jaren had hij ervoor gezorgd steeds op de hoogte te zijn van
alle nieuwe ontwikkelingen op het gebied van deze aandoening. Hij
was van mening dat je zo veel mogelijk moest weten van je vijand om
die het best te kunnen bestrijden.

'Bij type 2 diabetes speelt erfelijkheid een grote rol, maar bij type 1
nauwelijks. Natuurlijk laten Edith en ik de kinderen regelmatig tes-
ten, want je kunt niet voorzichtig genoeg zijn. Maar voorlopig wijst
niets erop dat ze ook diabeet zijn.'

'Gelukkig maar. Mijn tante moest elke dag een paar injecties hebben.
Maar dat hoeft bij jou kennelijk niet.'

'Inderdaad,' bevestigde Eric en hij hield zijn etui omhoog. 'Ik heb mijn
pillen.'

'Maar waarom kon mijn tante dan geen pillen slikken? Ze had een
ongelofelijke hekel aan die spuiten.'

'Ik ook. En in haar tijd waren deze pillen er waarschijnlijk nog niet.'
Eric haalde een pil uit zijn etui, die hij tussen zijn wijsvinger en zijn
duim omhooghield. 'Wat mij betreft is dit een van de geweldigste
uitvindingen van de laatste twintig jaar. Zonder deze pillen zou ik
ook driemaal daags moeten spuiten om mijn suikerniveau te regule-
ren, maar dat is nu goddank niet meer nodig. In het verleden hebben
ze ook weleens geprobeerd om suikerpatiënten met pillen te helpen,
maar het probleem met oraal ingenomen insuline is dat die wordt
afgebroken in de maag. Maar dat geldt niet voor deze pillen omdat er
repaglinide in zit, een stof die hetzelfde effect heeft, maar niet oplost
in het maagzuur en keurig wordt opgenomen in het bloed.'

'Handig,' vond Marieke.

Eric deed de pil weer terug. 'Meer dan dat! Deze pillen zijn smaakloos en geurloos, dus je wordt er niet misselijk van of zo. Echt ideaal!'

'Inderdaad!' Marieke lachte waarderend naar hem. 'Zo steek ik nog eens wat op tijdens zo'n vliegtochtje.'

Ze pakte een tijdschrift uit het vak in de rugleuning van de vliegtuigstoel voor haar, waar Celine zat, naast Brian.

Ze hadden al een tijdje geanimeerd zitten praten, toen Brian zei: 'Kim vertelde me trouwens dat jij geïnteresseerd was in de koop of huur van een appartement bij haar in de buurt.'

Celine keek hem opmerkzaam aan. Brian was natuurlijk de partner van haar beste vriendin, maar dat wilde niet zeggen dat ze hem meteen maar op de hoogte wilde stellen van alle ins en outs van haar privéleven.

'Misschien wel,' reageerde ze behoedzaam. 'Ik vind dat Kim ontzettend mooi woont en daarom kan het nooit kwaad eens rond te kijken of zich een kans voordoet zelf ook zo'n flat te krijgen.'

Brian voelde haar gereserveerdheid meteen aan en besloot zijn kaarten voorzichtig te spelen. 'Ja, Kim... ik bedoel, wij wonen daar echt geweldig. Zelf vind ik dat ook een van de mooiste stukjes Rotterdam. Vooral het uitzicht, dat geeft je het gevoel alsof de hele stad aan je voeten ligt.'

Ze grijnsde. 'En dan komt nu het gedeelte waarin jij vertelt dat je nog een fraai flatje voor me in de aanbieding hebt. Of, als ik niet wil kopen, een schitterende huurflat tegen een zeer aanvaardbare huurprijs.'

Natuurlijk lachte Brian met haar mee. 'Nee hoor, ik heb deze week vrij van mijn werk, en dat wou ik graag zo houden. Ik zou het ook niet netjes vinden om op zo'n manier van de gelegenheid gebruik te maken, zeker niet bij een goede vriendin van Kim.'

'Keurig, een echte gentleman!' Celine keek hem smalend aan en besloot dat de aanval de beste afleiding van haar problemen was. 'Hoewel ik van Kim gehoord heb dat je ook weleens allesbehalve een gentleman bent.'

'O ja?' vroeg hij defensief, niet helemaal zeker over waar ze precies op doelde. 'Hoezo dan?'

'Het schijnt dat je in sommige omstandigheden een echt beest bent, als ik Kim mag geloven.' Celine lachte haar ontwapenende glimlach, die het bij haar werk altijd zo goed deed. 'Maar daar gaf ze verder weinig details over.'

Opgelucht antwoordde Brian met een knipoog: 'En dat wil ik graag zo houden.' Hij boog wat dichter naar Celine toe. 'Mocht je ooit omhoogzitten – en dan heb ik het nadrukkelijk over adviezen voor een mogelijke nieuwe woonomgeving – dan weet je me te vinden, hè? Ik sta altijd paraat!'

'Ja, jij bent een echte padvinder!' Ze gaf hem plagerig een duw tegen zijn schouder. 'Maar ik zal aan je denken, hoor. Als ik echt niemand anders meer weet.'

Grijnzend ging Brian weer rechtop zitten. Hij onderdrukte zijn neiging om haar zijn kaartje te overhandigen. Sommige gewoonten laten zich moeilijk afleren.

Alle zes de reisgenoten keken op en naar buiten toen de gezagvoerder omriep dat het vliegtuig Værnes naderde, het internationale vliegveld van Trondheim. De vrouwen hadden daarbij het voordeel dat Kim hen alle drie een plaats bij het raam had laten geven.

Het vliegtuig zakte tot onder het wolkendek en volgde de kust van Noorwegen. Ze wezen elkaar bewonderend op de enorme fjorden die ze passeerden.

De afstand tot de grond was al verminderd tot een paar honderd meter toen het vliegtuig boven Trondheim een scherpe zwenking naar rechts maakte, zodat het zestal het volle zicht had op het havengebied en de brede rivier die dwars door de stad liep.

In gedachten bedankte Kim Annika, de ervaren reisplanner van het reisbureau, die haar had aangeraden om plaatsen aan de rechterkant van het vliegtuig te boeken, juist vanwege het mooie uitzicht dat ze dan zouden hebben bij de daling. Met genoegen zag ze het enthousiasme bij de leden van haar groep.

Er klonken bewonderende kreten, terwijl ze schuin onder zich grote cruiseschepen in de haven zagen liggen. In het oude stadsdeel torende een enorme kathedraal boven alle omliggende gebouwen uit.

Met een grote bocht over de noordkant van de stad vloog het vliegtuig verder landinwaarts, waar de landing werd ingezet op het vliegveld van Værnes.

Toen ze eenmaal geland waren en langzaam over het asfalt taxieden, keek Martin langs Kim heen naar het aantal start- en landingsbanen, en naar de omvang van het gebouwencomplex.

'Ik dacht dat we op een heel klein vliegveldje terecht zouden komen, maar dit is echt enorm groot,' zei hij verbaasd.

Kim grijnsde. 'Er is nog veel meer dat jij niet weet. Maar daar hoor je straks wel meer over, als we in Trondheim zijn. Zo, eerst onze bagage ophalen, dan gaan we met de trein naar de stad.'

'En dan?' vroeg Martin.

'Dat zul je wel zien,' antwoordde ze beslist.

# 19

De zes Nederlanders, inmiddels allemaal gekleed in dikke, wind-
dichte jacks, stapten met hun koffers en tassen uit de moderne trein
die hen van het vliegtuig naar de stad had vervoerd. TRONDHEIM
SENTRALSTASJON stond er op een groot bord boven het perron.

Martin deed lacherig over het logo van de Noorse staatsspoorwegen,
dat op de wagons van de trein stond afgebeeld en dat prominent de
letters NSB liet zien. Niemand van de anderen reageerde erop.

Allemaal keken ze om zich heen. Het grote stationsgebouw bestond
uit twee onderling zeer verschillende delen: een ouder stuk dat uit
baksteen was opgetrokken en een veel nieuwer gedeelte dat vooral
gebouwd was met beton en glas.

Celine wees naar een van de andere perrons, waar een trein stond die
heel wat minder modern was dan die van henzelf. 'Moet je kijken, ze
hebben hier nog dieseltreinen!'

'Dat klopt,' zei Kim, blij dat ze wat kennis kon ventileren die ze had
opgepikt op het reisbureau. 'De treinen ten noorden van Trondheim
zijn allemaal diesels. De trajecten naar het zuiden zijn wel elektrisch.
Doorgaande treinen moeten dus hier van locomotief wisselen. Wij
hadden vanaf het vliegtuig de trein in de richting van Oslo kunnen
nemen, dan waren we ook op onze bestemming gekomen. Dat zou
veruit het kortst zijn geweest.'

'Waarom hebben we dat dan niet gedaan?' wilde Brian weten.

Ze glimlachte. 'Omdat ik een veel mooier alternatief bedacht heb. We
hebben toch geen haast? Dan kunnen we net zo goed voor de mooiste route kiezen.'

Daar kon niemand wat tegen inbrengen.

'Hoe gaan we er dan heen?' informeerde Eric nuchter.

'Met een busje,' vertelde Kim. 'Als het goed is, staat dat al op ons te wachten bij het busstation. Dat moet pal buiten het nieuwe gedeelte van het station zijn.'

Met Brian en Kim voorop liepen ze door de drukte van het station naar het nieuwbouwgedeelte. Inderdaad vertelden borden met pictogrammen hen dat ze daar naar buiten moesten. Samen met een stroom reizigers gingen ze door een paar glazen schuifdeuren het gebouw uit.

Op het vliegveld waren ze via een overdekte doorgang vanuit de terminal in hun trein gestapt, dus stonden ze nu voor het eerst sinds ze in Noorwegen waren in de buitenlucht. Het was fris en droog, met een temperatuur rond het vriespunt. Hoewel het vroeg in de middag was, hing laag aan de hemel een bleek zonnetje.

Kim keek onzeker om zich heen. Overal waren bushaltes met mensen erbij, er stonden tientallen bussen met nummers en opschriften erop. Maar hoe kwamen ze nu bij het busje dat zij gehuurd had? Het kostte haar inspanning om niet aan de anderen te laten zien dat ze het even niet meer wist. Stel je voor dat Eric merkte dat ze het niet allemaal tot in de puntjes geregeld had!

'Jullie zijn waarschijnlijk mijn groepje Nederlanders,' zei een zware stem vlak bij hen in het Engels.

Pas toen hij naar hen toe kwam lopen, zag Kim de bijna twee meter lange, stevig gebouwde, helblonde man van een jaar of veertig, met een snor die net zo breed was als zijn glimlach. Hij hield een bordje voor zijn ferme buik waarop haar achternaam verkeerd gespeld stond als 'Romejin'.

'Hij is net een Viking!' riep Martin vrolijk uit, in het Nederlands.

'*I heard that!*' reageerde de man, al even opgewekt, om meteen in het Engels uit te leggen: 'Wij Noren zijn natuurlijk allemaal Vikingen. Al zijn we tegenwoordig waarschijnlijk aan wat meer luxe gewend dan onze voorouders.'

Hij schudde iedereen de hand. 'Mijn naam is Olav, net als onze beroemde koning. Olav Thorgill.'

Toen hij bij Kim aankwam, hield hij haar hand wat langer vast, toen hij haar naam hoorde. 'Kim, hè? Dan ben jij degene die ik moet hebben.'

'Dat klopt, ja. Waar is je busje, Olav?'

'Daar, aan de zijkant.' Olav maakte een gebaar in de richting van een taxistandplaats. 'Kan ik iemand helpen met de bagage?'

Omdat niemand reageerde, nam hij zonder te vragen de compacte Samsonite-koffer van Kim over en liep met grote passen voor hen uit. Gedwee liepen ze achter hem aan. Om de hoek stond een busje met knipperende lichten op een invalidenparkeerplaats.

'Ik heb hem hier maar even neergezet, anders moesten jullie zo'n eind lopen,' zei Olav grijnzend. Hij klikte de deuren van het slot en deed de achterklep open.

Terwijl hij hun tassen achter in de bus laadde, keek Kim door de ramen. Tevreden constateerde ze dat er acht zitplaatsen waren, plus die van de bestuurder. Ze hadden dus allemaal comfortabel de ruimte.

Het duurde even voordat iedereen had plaatsgenomen. Olav reed pas weg toen hij gecontroleerd had of iedereen zijn veiligheidsriem had vastgemaakt.

Losjes met één hand sturend, manoeuvreerde de blonde man zijn busje door de drukte op het busstation. Over zijn schouder zei hij: 'Normaal gesproken zou ik jullie nu het oude centrum laten zien, waar nog traditionele houten huizen staan. En natuurlijk onze kathedraal, de trots van Trondheim. Maar Kim heeft andere plannen.' Hij keek haar in de achteruitkijkspiegel aan om haar het woord te geven.

'Dat klopt,' reageerde Kim. 'Als we terugkomen, hebben we nog bijna een hele dag voordat we naar huis vliegen. Dus wilde ik dan de binnenstad van Trondheim in. Maar nu eerst naar onze bestemming. Via een mooie omweg.' En vervolgens in het Engels tegen Olav: 'Kun jij misschien iets zeggen over de route die we nemen?'

Olav knikte. 'We zijn nu aan de noordkant van het centrum en moeten eigenlijk naar het zuidoosten. Dat doen we met een lus: ik rij jullie nu eerst naar de kust en van daar om de stad heen naar een dorpje bij Dovre, waar jullie vannacht blijven.'

'Hoe lang is dat rijden?' vroeg Celine.

85

'Via de route die wij nu nemen zal dat zo'n driehonderd kilometer zijn, dus dat is ongeveer drieënhalf uur,' berekende Olav snel.

Het busje draaide bij een groot plein weg van het stadsverkeer. Eric keek om en zag het imposante kerkgebouw boven het centrum uittorenen. 'Jammer dat we niet even langs de kathedraal gaan,' riep hij naar hun chauffeur.

'Ah, Nidarosdomen,' antwoordde Olav. 'De domkerk van Nidaros. Die kunnen jullie later in de week nog bewonderen, begreep ik.'

'Nidaros? Is dat de heilige waarnaar de kerk genoemd is?' vroeg Eric verbaasd.

De grote man schoot in de lach. 'Ha! Nee, Nidaros is de oude naam van Trondheim. Dat betekent: monding van de rivier de Nid. Maar er ligt wel een heilige in de kerk! Niemand minder dan St.-Olav, onze eeuwige koning, de man die Noorwegen verenigd heeft.'

'En naar wie jij dus genoemd bent,' zei Eric.

'Ja, precies. Net zoals duizenden andere Noren.' De lach van Olav schalde door de bus. 'Maar die kerk zien jullie dus pas over een week. Wij gaan nu eerst naar de Trondheimsfjord.'

Ze passeerden diverse afslagen naar het havengebied voordat ze aankwamen bij een hoge kustweg. Bij de eerste de beste parkeergelegenheid zette Olav het busje aan de kant en liet hen allemaal uitstappen. Onder de indruk keken ze naar beneden. De rotsachtige helling waarop ze stonden rees omhoog uit het diepblauwe water van de fjord. Het boomloze landschap deed sprookjesachtig aan.

'Wat mooi!' riep Marieke uit.

'En wat groot!' vond Eric. 'Hoe ver gaat deze fjord het land in?' vroeg hij aan Olav.

'Van hieraf nog zeker honderd kilometer, helemaal naar Steinkjer. Daar bevriest het water vaak in de winter,' vertelde Olav, wijzend naar rechts, voorbij de stad. Vervolgens wees hij naar links. 'En dan moet je bedenken dat je van hieraf de zee niet eens kunt zien, zo ver zitten we bij het begin van de fjord vandaan. Dit is niet voor niks een van de drie grootste fjorden van Noorwegen.'

'Hoe diep is het water?' wilde Marieke weten.

'Heel ongelijk, maar op sommige plekken meer dan zeshonderd me-ter.' Olav wees naar de haven. 'Die grote oceaanschepen daar hebben in elk geval geen enkel probleem om hier te komen.'

Martin zakte op zijn hurken, bracht zijn hand boven zijn ogen en tuurde. 'Zie ik daar nou vissersschepen?'

Olav knikte. 'Dat klopt. Er zit hier heel veel vis, allerlei soorten. Maar die scheepjes waar jij nou naar kijkt zijn garnalenboten. De grootste garnalen uit Noorwegen komen hiervandaan.'

Eric hoorde de trots in zijn stem en glimlachte. 'Kom jij zelf uit deze streek?' vroeg hij.

'Ik heb hier altijd gewoond,' vertelde Olav. 'Als kind ben ik weleens samen met mijn vader naar Munkholmen gezwommen, dat is het eilandje daar waar die vuurtoren op staat. Het grootste deel van mijn familie woont in Stjørdall, ten noorden van Trondheim. De grond is daar heel vruchtbaar. De fjord is goed voor ons.'

Ze bleven nog een tijdje staan kijken, totdat Olav weer in het busje stapte en de rest zijn voorbeeld volgde.

Toen ze verder reden over de kustweg, met soms adembenemende uitzichten, vroeg Eric: 'Hoe groot is Trondheim eigenlijk?'

'Trondheim?' Olav keek even om. 'Niet zo heel groot, vergeleken met Oslo of Bergen. Zo'n 170.000 inwoners, denk ik. Hoezo?'

'Dan is het eigenlijk raar dat zo'n enorme fjord genoemd is naar zo'n stad,' vond Eric.

Weer klonk de schallende lach van Olav. 'Daar heb je gelijk in. Maar "trond" is afkomstig van een Oud-Noors woord dat "welgebouwd" of "aantrekkelijk" betekent. Dat is ook een van de bijnamen van onze god Odin. Onze voorouders vonden deze fjord ook "trond". Dus eigenlijk is Trondheim naar de fjord genoemd.'

'Interessant,' antwoordde Eric, die altijd gek was op dit soort kennis. 'Krijgen jullie die oude verhalen te horen op school?'

'Natuurlijk. Dat hoort toch bij onze cultuur?' Olav keek even over zijn schouder naar Eric. 'Een volk moet weten wat zijn voorouders gedaan hebben, wat de geschiedenis en de mythologie van zijn land is. Zulke dingen vormen je identiteit. Anders waren we geen Noren, maar alleen maar inwoners van het land Noorwegen.'

Eric deelde die mening. Hij vond dat Nederlanders te weinig van hun voorgeschiedenis wisten. Inclusief hijzelf...

'Hebben jullie geen honger?' vroeg Martin, die schuin achter hem zat. 'Ik moet zeggen dat ik wel trek heb.'

'Daar is op gerekend!' riep Kim triomfantelijk. 'Olav, mag ik onze lunch?'

'Natuurlijk, schone dame.' Olav boog zich opzij en overhandigde haar een zware tas, die voor de passagiersstoel naast hem stond.

Kim deed de tas open en toonde die aan de anderen. 'Kijk eens, we hebben broodjes met vis en vlees – ook vegetarische, Marieke – en fruit, chocola en een soort croissants, zie ik hier. Plus natuurlijk blikjes fris, pakken melk en vruchtensap.' De anderen bogen zich enthousiast naar haar toe en iedereen viste een broodje en wat te drinken uit de tas.

'Wil jij misschien ook wat, Olav?' vroeg Kim aan de chauffeur.

'Op zo'n vraag heeft nog nooit iemand mij nee horen zeggen,' antwoordde Olav.

Toen iedereen was uit gegeten en de restanten van hun maaltijd in de tas waren opgeborgen, stopte Olav vlak voor een kustplaatsje. 'Dit is Flakk,' kondigde hij aan. 'Niet veel bijzonders, maar van hieruit kun je de veerboot nemen naar Rørvik, aan de andere oever van de fjord. Op dit punt zullen we de fjord gaan verlaten: vlak voorbij Flakk draaien we van de kust af en gaan we ten zuiden van Trondheim naar jullie eindbestemming. Voor wie behoefte heeft aan een sanitaire stop: over een uurtje doen we een benzinestation aan. Of wil iemand van jullie daarvoor nu Flakk in?'

Geen van hen had daar behoefte aan, dus vervolgde Olav de rit.

Met een licht gevoel van weemoed zag Eric de fjord achter hen verdwijnen. Gelukkig zouden ze hier over een week weer terugkomen: hij vond Trondheim en de omgeving ervan ronduit prachtig. Eric ving de blik van zijn zus en glimlachte naar haar.

Blij beantwoordde ze zijn glimlach, die ze terecht opvatte als een blijk van waardering.

# 20

Ze reden meer dan een uur landinwaarts. Het landschap waar ze doorheen kwamen was ruig en rotsachtig. Op alle hoger gelegen bergtoppen lag sneeuw, terwijl de lagere heuvels bezaaid waren met plukken mos.

'De grond is hier niet echt vruchtbaar,' zei Olav over zijn schouder. 'En toch is hier heel wat oorlog om gevoerd. Wisten jullie trouwens dat deze route de Olavweg heet?'

'Welke route bedoel je precies?' vroeg Eric.

'De hele route tussen Oslo en Trondheim heet de Olavweg. In de zomer leggen veel pelgrims een stuk van die weg te voet af, als ze naar het Sint Olavs Festival gaan, eind juli, bij onze kathedraal. Dan zie je hier overal groepjes mensen lopen.'

Kim keek naar buiten en probeerde zich voor te stellen dat ze met haar vrienden door dit onherbergzame land zou lopen.

'Nu niet, natuurlijk,' vervolgde Olav, alsof hij haar gedachten gelezen had. 'Nu is het veel te koud. Een pelgrimstocht is mooi, maar je moet het natuurlijk wel overleven.'

Ze stopten bij een benzinestation, dat bij een kruispunt midden op een grote vlakte was neergezet. Op de parkeerplaats stonden tientallen auto's, voor het overgrote deel SUV's.

Toen Martin lachend wees op de enorme banden die onder een aantal van die wagens zaten, legde Olav uit: 'Je hebt hier veel terreinwagens. Wanneer je verder van de hoofdwegen af gaat nog veel meer. Als ik jullie dieper het land in zou moeten brengen, zou ik ook een andere auto hebben meegenomen. En in de bergen heb je natuurlijk standaard sneeuwkettingen nodig, anders red je het niet. Ik heb al heel wat toeristen zien vastzitten.'

Bij de auto's op het parkeerterrein en aan picknicktafels rond het pompstation zaten en stonden mensen in dikke jassen. Er werd gegeten en gelachen. Ook binnen in het restaurantje was het druk. Vrolijk pratende groepjes vormden een lange rij voor het buffet.

Terwijl Olav de auto voltankte, bezochten zijn gasten de toiletten.

'Wil iemand nog iets eten?' vroeg Kim, toen ze weer bij elkaar kwamen in de hal van het restaurantje.

'Nee, bedankt,' zei Eric, 'die broodjes liggen me nog vers in het geheugen. Misschien een kopje koffie?'

Daar stemden de anderen mee in. Behalve Brian, die zacht tegen Kim zei: 'Ik ben even naar buiten. Zo weer terug.'

'Wat gaat hij doen?' vroeg Celine aan Martin, toen ze Brian zag weglopen.

Martin haalde zijn schouders op. 'Weet niet. Misschien even een sigaretje roken? Kom, ik heb trek in koffie.'

Ze sloten aan in de rij bij het buffet. Voor hen stond een Noors echtpaar met een enthousiast heen en weer springende golden retriever. Martin zakte op zijn hurken en begon het energieke beest aan te halen.

Marieke keek door het raam naar Brian, die aan de zijkant van het gebouwtje uit de wind ging staan en zijn mobiel tevoorschijn haalde. 'O, hij moest gewoon even bellen,' constateerde ze. Tegelijkertijd haalde ze haar eigen mobiel uit de binnenzak van haar ski-jack. 'U hebt twee berichten,' meldde de display. Geroutineerd controleerde ze van wie de sms'jes waren. Het ene was van haar broer Ernst, die haar een prettige reis wenste. Het andere zorgde ervoor dat ze haar wenkbrauwen fronste. Ze controleerde snel of niemand met haar meekeek, klikte het bericht weg en borg het toestelletje weer op.

'Hebben ze ook thee?' vroeg ze, geforceerd vrolijk.

Celine, die haar in de gaten had gehouden, pakte haar eigen mobiel en checkte haar inbox. Geen nieuwe berichten. Zelfs niet van Bart. Ze had eigenlijk niet anders verwacht.

Buiten drukte Brian zijn mobiel tegen zijn oor. Hij rilde en trok zijn jas strakker om zijn schouders.

'Ha, broer,' klonk het ver weg.

'Ruben!' zei Brian, en keek even om zich heen. 'Ik bel je nu even, want ik weet niet of ik straks nog bereik heb.'

'Hoe is het in Noorwegen?'

'Koud. Maar wel mooi. Luister, ik heb alles geregeld voordat ik weg-ging.'

Even was het stil.

'Dus je hebt het hele bedrag gewoon betaald?'

'Ik heb iets kunnen regelen,' bevestigde Brian. 'En Hoving heeft zijn geld op tijd binnen, daar hoef jij je geen zorgen meer over te maken.'

'*Thanks, bro'!*' klonk het aan de andere kant van de lijn. 'Man, je weet niet wat voor opluchting dat voor mij is.'

Ondanks zijn zorgen glimlachte Brian. Zijn broertje hoefde niet te weten wat hij had moeten doen om aan zoveel geld te komen.

'Blij toe,' zei hij. 'Zorg jij er nou maar voor dat je uit de problemen blijft.'

'Daar kun je op rekenen! Bedankt, man.'

'Dat zit wel goed. Tot volgende week,' bromde Brian.

'Tot volgende week. En veel plezier, daar!'

Brian verbrak de verbinding en staarde even peinzend voor zich uit. Zijn gedachten werden onderbroken door Olav, die langs hem heen naar het restaurantje liep en riep: 'Ga je mee naar binnen? Ik heb trek!'

'Maar we hebben net broodjes op,' reageerde Brian verbaasd.

'Nou en?' vroeg de blonde man, met een gezicht alsof er zojuist iets uitzonderlijk doms tegen hem gezegd was. 'Met deze temperaturen moet je goed eten. Liefst iets warms!' Hij wreef in zijn handen. 'Ik hoop dat ze rendiervlees hebben!'

# 21

Naarmate ze verder naar het oosten gingen, werd het rondom hen heuvelachtiger en zelfs bergachtig. Langs de kant van de weg lagen grote rotsblokken, de velden die tegen de heuvelruggen op kropen waren steeds vaker bedekt met sneeuw. Af en toe passeerden ze dorpjes die bestonden uit huizen van roodgeverfd hout met puntige of schuin aflopende, vaak met mos begroeide daken.

Met lange tussenpozen gaf Olav kort commentaar. 'Zie je die bouw?' vroeg hij aan niemand in het bijzonder, toen ze weer langs een gehucht reden. 'Hout is hier de goedkoopste bouwstof en we maken al onze huizen zo dat de sneeuw er niet op kan blijven liggen. Als je de auto's wegdenkt, zien deze dorpen er waarschijnlijk nog net zo uit als honderd, of misschien wel tweehonderd jaar geleden.'

Een eind verderop wees hij op een vlak, besneeuwd veld in een vallei. 'Als daar 's zomers pelgrims doorheen gaan, is de grond zo drassig, dat ze in een lange rij lopen over een houten pad op paaltjes, dat maar twee planken breed is.' Grijnzend spreidde hij zijn armen. 'Dan moeten ze, met hun rugzakken op hun rug, zo lopen om hun evenwicht te bewaren.'

'Handen aan je stuur!' riep Marieke geschrokken, hoewel de weg breed was en ze al een tijd lang geen tegemoetkomend verkeer meer hadden gezien.

Martin keek haar spottend aan, met een wenkbrauw opgetrokken.

'Rustig maar,' bromde Olav en hij pakte zijn stuur weer met twee handen vast. Hij keek even naar het klokje op zijn dashboard. 'We zijn er nu binnen een minuut of twintig.'

'Dat is sneller dan ik dacht,' reageerde Eric verbaasd.

Hij wierp zijn zus een vragende blik toe. 'Hoe gaat het vanaf hier verder? Of mogen we dat nog niet weten?'

Kim haalde een vel papier uit haar binnenzak en vouwde dat open. 'Tuurlijk wel. Ik heb geen geheimen voor jullie, hoor.' Ze grinnikte en wachtte even tot de spottende kreten van de anderen wegstierven. 'We komen zo aan in Yggdrasil. Daar is ons hotel.'

Nu was het Martins beurt om verbaasd te kijken. 'Een hotel? Ik dacht dat we een avontuurlijke trektocht zouden gaan houden.'

Glimlachend maakte Kim een armgebaar naar de achterruit van de auto. Ver achter hen zakte het bleke zonnetje gevaarlijk dicht naar de bergrand aan de horizon. 'De dagen zijn hier niet zo lang in deze tijd van het jaar. Na deze reisdag slapen we één nacht in een hotel. Daarna gaan we morgen verder, zonder auto.'

Die mededeling moesten ze allemaal even verwerken.

'Lopen, net als de pelgrims,' suggereerde Celine.

'Dan mogen we wel sneeuwschoenen aantrekken,' zei Marieke. 'Moet je kijken!'

Allemaal keken ze uit de raampjes. De auto was een paar kilometer tevoren afgeslagen in een weggetje dat aanzienlijk smaller was dan de brede rijksweg waarop ze vanaf Trondheim hadden gereden. Nu gingen ze vrij steil bergopwaarts, waardoor de motor loeide in een lage versnelling. Overal om hen heen lag sneeuw. De weg was waarschijnlijk schoongeveegd door een sneeuwschuiver, want in de bermen lagen hogere sneeuwhopen dan daarachter. De besneeuwde naaldbomen aan weerszijden van de weg zagen eruit als een landschap op een kerstkaart.

'Nee, we gaan niet lopen, dat zou veel te traag zijn,' zei Kim.

Geschrokken keek Marieke haar aan. 'Ik kan niet skiën, hoor. Dat weet je toch, hè?'

Weer schoot Kim in de lach. 'Dat hoeft ook helemaal niet. Geloof mij maar, alles komt goed.'

'Hoe gaan we dan?' drong Marieke aan.

Even aarzelde Kim. Eigenlijk had ze dit pas willen vertellen als ze eenmaal in het hotel waren.

Ze tuurde door de voorruit. De auto zwoegde over een bergrug en begon aan een afdaling. Het hotel was nog nergens te zien.

'Oké,' besloot ze. 'Ik zal het jullie vertellen. Morgen gaan we verder met sneeuwscooters.'

'Sneeuwscooters?' schrok Marieke. 'Maar daar heb ik nog nooit op gereden.'

'Niemand van ons, waarschijnlijk,' probeerde Eric haar nuchter gerust te stellen. 'Dat zullen ze ons daar vast wel leren. Toch, Kim?'

'Klopt,' nam Kim het dankbaar van hem over. 'Het schijnt enorm mee te vallen, rijden op zo'n sneeuwscooter. Je zult zien dat je het hartstikke leuk vindt!'

Het was aan Mariekes gezicht te zien dat ze daar nog niet zo zeker van was, maar ze zei niets meer.

'Bovendien gebruiken we die sneeuwscooters alleen maar op weg naar het basiskamp. En daarna pas weer op de dag dat we van het basiskamp teruggaan naar het hotel, over bijna een week,' vervolgde Kim.

Nu was het Celine die haar onderzoekend aankeek. 'En waarmee reizen we dan op de dagen die daartussen liggen? Zeg nou niet dat we dan toch gaan lopen.'

Kim schudde haar hoofd met een brede grijns. 'Nee hoor, lopen doen we niet.'

'Wat dan?' wilde Martin weten.

'Lopen doen we niet zelf,' vertelde Kim, terwijl ze met een geheimzinnig gezicht een stukje naar hen toe boog. 'Dat doen de honden voor ons.'

'Honden? Gaan we met de hondenslee?' riep Brian verrast. 'Cool!'

Ook Celine, Eric en Martin reageerden zo enthousiast dat Marieke deze keer niets durfde te zeggen.

'Kijk eens!' zei Olav en wees naar voren.

Onder in de vallei doemde een pittoresk dorpje op. Enkele tientallen rode houten huizen, een kerkje met een extreem spitse toren en een paar grotere gebouwen.

Olav stuurde de auto om het dorp naar een bouwsel dat eruitzag als een grote schuur. Het was net zo rood geverfd als de huizen in het dorp, maar had naast een groot houten gedeelte ook een stuk dat uit baksteen was opgetrokken. Boven de grote entree, die in vroeger tijden waarschijnlijk diende als toegang tot de stal, hing een opgezette kop van een rendier met een fors gewei. Door de sneeuw leek het net alsof hij een puntmutsje op had. Onder de kop was een groot bord vastgespijkerd met daarop in sierlijke letters de woorden SPORTHOTEL YGGDRASIL.

'Hier is het hotel,' meldde Olav, terwijl hij de wagen tot stilstand bracht en tegelijkertijd zijn portier openzwaaide. 'Ik zal jullie helpen met je bagage.'

Toen ze allemaal uitstapten, kwam vanuit het hotel een grote herdershond hen blaffend en kwispelend tegemoet rennen. Eric bukte om hem aan te halen, maar het dier liep met een boog om hem heen.

# 22

Nadat Olav hun koffers en tassen in de hal van het hotel had neergezet, rekende Kim een paar passen bij de anderen vandaan met hem af. Aan het gezicht van Olav te zien, toen hij weer in de auto stapte, had hij een flinke fooi gekregen. Ze zwaaiden tot hij uit het zicht verdween.

Iedereen ging naar binnen. Kim meldde zich bij de balie met hun paspoorten, vulde een paar formulieren in en kwam even later terug met drie sleutels, die ze met een geheimzinnige glimlach omhooghield.

'Jullie weten dat ik alles van tevoren gepland heb,' kondigde ze aan. 'Dus ook de kamerschikking voor vannacht.'

'Gaan we niet allemaal op aparte kamers?' vroeg Marieke verbaasd. Die vraag kwam haar op een afkeurende blik van Eric te staan.

'Nee,' antwoordde Kim. 'Vanaf morgen zitten we een heel eind bij de bewoonde wereld vandaan, en dan gaan we ook niet allemaal in aparte tenten of hutten zitten.' Weer hield ze de sleutels omhoog. 'Daarom heb ik ervoor gekozen om ons twee bij twee te verdelen over drie tweepersoonskamers.'

Ze gaf de eerste sleutel aan Brian. 'Jullie zullen er geen bezwaar tegen hebben als Brian en ik bij elkaar slapen, hoop ik?'

Niemand voelde zich geroepen om te protesteren. Dat had Kim ook niet verwacht. De tweede sleutel gaf ze aan Eric. 'Verder leek het me het veiligst om Martin niet bij Celine of Marieke op de kamer te leggen. Jij slaapt dus bij Eric.'

Er werd gegrinnikt.

Martin grapte: 'Als je met één been aan mijn kant van het bed durft te komen, breek ik het af bij de knie!'

'Natuurlijk heb ik ervoor gezorgd dat jullie kamers hebben met twee aparte bedden,' meldde Kim droog. De laatste sleutel overhandigde ze aan Celine. 'Dat betekent dus dat Marieke en jij ook een kamer delen.' De twee vrouwen keken elkaar wat onwennig aan, maar geen van hen zei iets.

'Oké,' vervolgde Kim. 'Dan stel ik voor dat we nu allemaal naar onze kamers gaan om onze spullen weg te zetten.' Ze keek naar de klok. 'We hebben anderhalf uur de tijd om ons op te frissen, daarna eten we hier om zes uur samen beneden in de eetzaal.' Ze liep een paar passen voorbij de balie en wees naar de grote zaal aan de achterkant van het pand. 'En als je naar huis wilt bellen, kan dat nu nog; ik denk niet dat we morgen bereik hebben als we eenmaal op weg zijn.'

Terwijl ze allemaal hun koffers pakten, riep ze: 'O ja, dat vergat ik nog bijna: als je eerder klaar bent dan we aan tafel gaan, kun je alvast wat drinken in de bar van het restaurant. Geef gewoon je kamernummer door, dan zetten ze het op de rekening.'

De drie kamers bleken allemaal op dezelfde verdieping te zijn, aan de zijkant van het gebouw. De kamer van Marieke en Celine werd afgescheiden van de andere twee door een smal gangetje, dat naar een nooduitgang en een brandtrap leidde.

Toen ze eenmaal in hun kamer waren, zette Brian de koffers op de grond, draaide de deur op slot en trok Kim tegen zich aan.

'Dit heb ik nou de hele dag al willen doen,' zei hij en kuste haar hartstochtelijk.

Innig gestrengeld vielen ze op het grote tweepersoonsbed, dat Kim voor hen tweeën geregeld had.

Een halfuurtje later stond Brian onder de douche. Kim riep hem vanaf het bed wat ongerust toe: 'Denk je dat Eric en Martin ons gehoord hebben? Hun kamer zit hier vlak naast en ik weet niet hoe dik de muren zijn.'

'En wat dan nog?' antwoordde Brian laconiek, terwijl hij zich inzeepte. 'Als ze zich eraan storen, gaan ze maar vast naar beneden, hoor.'

Hoe graag ze haar broer ook mocht, ze vond het toch gênant als Eric iets van haar vrijpartij met Brian had gehoord, maar ze besloot zich er niet druk over te maken. Er zouden zich misschien nog wel gênantere dingen voordoen tijdens deze reis.

'Kom je er nog even bij?' riep Brian vanuit de badkamer.

Dat liet Kim zich geen twee keer vragen. Op een holletje ging ze giechelend naar hem toe en glipte de douchecabine in.

# 23

Martin gooide zijn spullen op het dichtstbijzijnde bed, wierp een blik in de badkamer en liep meteen door naar het raam. Hij schoof de vitrages opzij. Buiten was het vooral wit. Op de glooiende berghelling, op de parkeerplaats en de auto's, op het schuurtje en het houten hek, en op de lage struikjes en de imposante naaldbomen: overal lag sneeuw.

'Mooi,' zei hij. 'Daar gaan we dus morgen doorheen. Lijkt me fantastisch.'

'Mij ook,' antwoordde Eric, die op het bed dat het dichtst bij het raam stond zijn koffer aan het uitpakken was. 'Ik vind dat ze dit geweldig heeft uitgezocht.'

Martin knikte, draaide zich om en zakte door zijn knieën bij het koelkastje, dat tegenover hun bedden in een wandmeubel was ingebouwd. Hij floot tussen zijn tanden, toen hij de deur opentrok en de inhoud zag: blikjes bier en frisdrank, kleine flesjes met allerlei soorten sterkedrank, pakjes frisdrank, plastic flacons met bronwater, zakjes nootjes en chips, repen chocola en een paar worstjes.

'Nou, nou, dat is ruim voorzien!'

'Typisch Kim,' vond Eric. 'Als ze dan een keer zoiets regelt, pakt ze het groots aan.' Hij wees op de twee stoelen die voor de hangkast stonden. 'Heb je dat gezien?'

Martin kwam omhoog en liep erheen. Op de stoelen lagen hoge stapels kleren: dikke wollen sokken, gevoerde broeken met losse riemen, gebreide Noorse truien, gewatteerde ski-jacks, dikke sjaals, handschoenen en laarzen.

'Is dat voor ons?' vroeg Martin verbaasd, terwijl hij een prachtige trui uit een van de stapels trok en die omhoooghield.

Eric schoot in de lach. 'Wat zeg ik je nou net? Typisch Kim. Wedden dat ze er ook voor gezorgd heeft dat de kleren allemaal de goede maat hebben?'

Martins oog viel op een papiertje dat op de stoel lag waarvan hij net de trui had gepakt. Er stond ERIC op. Hij gooide de trui naar zijn kamergenoot. 'Dan is deze voor jou, geloof ik.'

Op het moment dat Eric de trui ving, begon het gestommel en gegiechel in de kamer naast hen. De twee mannen keken elkaar veelbetekenend aan.

'Het heeft z'n nadelen om de kamer naast die van de tortelduifjes te hebben,' zei Martin lachend.

Eric had wat minder lol in de situatie. Hij stond op, trok zijn pullover uit en deed de Noorse trui aan. 'Laten we maar vast naar beneden gaan,' stelde hij voor. 'Of wilde jij eerst nog douchen of zo?'

'Nee, dat doe ik straks wel. Ik heb ineens acute dorst,' antwoordde Martin grijnzend.

Nadat ook hij zijn trui had aangetrokken, ging het tweetal naar beneden. Eric sloot de kamerdeur achter hen en stak de sleutel in zijn zak. Zoals ze al verwacht hadden, waren ze de eersten die aan de bar plaatsnamen. Martin keek naar de klok boven de grote spiegel. Het was nog voor vijven: ze hadden nog ruim een uur voordat ze zouden gaan eten.

'Ik wil wel een biertje,' zei hij tegen Eric. 'En jij?'

'Een biertje lijkt me prima,' antwoordde Eric en hij keek om zich heen. De bar bevond zich in een hoge zaal waarin een paar groepjes tafels en stoelen stonden; slechts een paar daarvan waren bezet. In de hoek bij het raam, onder een grote lamp, stonden twee bankstellen aan weerszijden van een lage salontafel. De lambrisering en de parketvloer verleenden de grote ruimte een knusse sfeer, die nog werd versterkt door het houtvuur dat knapperend brandde in de open haard in een enorme schouw. Op de schoorsteenmantel stonden brandende kaarsen, net als op elk van de tafeltjes. Aan de muur hingen jachttrofeeën en toeristische posters. Op een van de posters stond een wapenschild met een getekend, buffelachtig dier: zwart met gele horens.

De man die net nog achter de balie gezeten had, kwam achter de bar staan om hen te bedienen. Toen hij zag waar Eric naar keek, vertelde hij in vloeiend Engels: 'Dat is het wapenschild van Dovre, het deel van de regio Oppland waartoe ons dorp ook behoort.'

'Wat is het voor een dier?' wilde Eric weten.

'Een muskusos,' vertelde de man, niet zonder trots. 'Dit is een van de weinige plekken ter wereld waar die in het wild leeft. We krijgen hier regelmatig groepen toeristen die speciaal op safari gaan om zo'n muskusos te zien. Die dieren zijn echt overblijfselen uit de oertijd.'

'Dus die zijn hier al... hoe lang? Sinds de laatste ijstijd?' vroeg Martin. De man glimlachte. 'Nee, veel korter, helaas. Kan ik intussen iets te drinken voor u inschenken, misschien?'

'Ja, twee bier graag,' bestelde Martin. 'Maar sinds wanneer zijn die beesten hier dan?'

Terwijl hij de glazen voltapte, zei de man: 'Ik geloof dat er verder alleen nog een paar muskusossen zijn in Canada, Alaska en Groenland. In elk geval altijd rond de poolcirkel. Bijna tachtig jaar geleden heeft de regering hier een stuk of tien van die dieren uitgezet, nadat ze in heel Scandinavië al eeuwen waren uitgestorven.'

Eric draaide zich weer om naar de poster. 'Dan is dat wapen van jullie dus ook nog niet zo oud?'

'Betrapt!' Glimlachend zette de barkeeper de glazen bier voor hen neer op de bar. 'Dat heb ik nog meegemaakt. Ergens halverwege de jaren tachtig is dat wapen geïntroduceerd. Maar iedereen vindt het prachtig.'

De twee Nederlanders knikten instemmend.

'Zitten hier veel wilde dieren?' vroeg Martin belangstellend.

'Reken maar! Daar zijn onze nationale parken beroemd om.' De man liep om de bar heen en keek met zijn handen in zijn zij naar de jachttrofeeën aan de lange muur. 'We hebben nertsen, beren, natuurlijk elanden en herten, en de allerlaatste kuddes wilde Bering-rendieren van Europa. Vroeger moeten die ook in Zweden en Finland hebben rondgelopen, maar daar zijn ze uitgestorven.'

'Hebt u die allemaal zelf gezien?' wilde Eric weten.

'De meeste wel.' De man knikte nadenkend. 'Alleen de *wolverine* heb ik nooit gezien. Die beesten zijn zo schichtig, die ruiken een mens al mijlen voordat hij in de buurt is.'

'Wolverine?' vroeg Martin aan Eric.

Eric keek triomfantelijk. 'Een veelvraat. Een heel grote marter. Kijk jij nooit naar Animal Planet?'

'Nooit,' moest Martin bekennen. Hij was ondanks zichzelf een beetje onder de indruk dat Eric de Engelse term kende voor een dier waarvan hijzelf tot zojuist nooit had gehoord.

'En natuurlijk veel vogels,' vervolgde de barkeeper. 'Er vertrekken hiervandaan ook wel safari's met mensen die één keer in hun leven een steenarend in het wild willen zien. Die zitten hier vrij veel, in de bergen. En ook giervalken. Prachtige beesten.'

'Gaan wij ook kijken naar dat soort dieren?' vroeg Martin aan Eric.

'Ik weet het niet,' antwoordde die naar waarheid. 'Kim heeft mij even veel – of even weinig – verteld als jullie. Misschien krijgen we straks wat te horen.'

'Wil je in de tussentijd nog een biertje?' Martin leegde zijn glas en gebaarde, zonder op Erics antwoord te wachten, naar de barkeeper dat hij de glazen nog een keer kon vullen.

# 24

Doordat hun kamer apart lag van de twee andere kamers, hadden Marieke en Kim geen problemen met geluidsoverlast. Bij de twee vrouwen was het juist ontzettend stil, want ze hadden elkaar niet veel te zeggen.

Zonder veel omhaal van woorden verdeelden ze de kastruimte, pakten ze hun koffers uit en richtten ze hun eigen deel van de kamer in. Marieke had een reiswekker meegenomen, Celine een minilaptop.

Al gauw sloot Marieke zich op in de badkamer. Ze zette haar toilettas op de wastafel en keek in de spiegel. Nu de eerste rimpels rond haar ogen en bij haar mond zichtbaar werden, kon ze zien dat ze steeds meer op haar vader ging lijken.

Ze zuchtte en keek zichzelf in de ogen. Altijd als ze aan haar vader dacht, voelde ze zich weemoedig. Van jongs af aan was ze gek op die man geweest. Maar als hij al thuiskwam, had hij het zo druk dat hij nauwelijks naar haar omkeek. Terwijl ze dan altijd zo blij was geweest om hem te zien.

Nu hij ouder werd, leek het minder te gaan met het werk van haar vader. De crisis was overal, hield hij haar altijd voor op de schaarse momenten dat ze elkaar zagen. Maar nooit had hij antwoord gegeven op haar vraag of hij er financieel niet erg op achteruit zou gaan, als hij eenmaal met pensioen ging. En dat pensioen kwam eraan, wist ze.

Met een trieste glimlach draaide ze haar hoofd weg van haar spiegelbeeld. Deze week kwam haar vader terug naar Nederland, had hij haar laten weten. Dat zou je net zien: die ene keer in het jaar dat hij in het land was, zat zij zelf net in Noorwegen. Zo gaan die dingen.

Celine vond het niet erg dat Marieke naar de badkamer verdween, ze had haar weinig te melden. Ze snapte niet wat Kim in haar zag.

Ze controleerde haar mobiel. Er was nog bereik, wat ze opmerkelijk vond in zo'n uithoek als waar ze nu zaten. En ze had een sms'je. Van Bart! Dat viel haar niet tegen. Snel opende ze het berichtje.

De tekst luidde: 'Goede reis! x Bart'. Dat was alles.

'Wat een zak!' zei ze hardop. Meteen besefte ze dat ze niet alleen was. Ze wierp een schuldige blik op de badkamerdeur, maar die bleef dicht.

Om Bart te straffen stuurde ze geen berichtje terug.

In plaats daarvan pakte ze haar laptop. Als ze toch wat tijd overhad, kon ze net zo goed van de gelegenheid gebruikmaken om haar mail te checken. Na te hebben ingelogd, wachtte ze ongeduldig af tot haar mailaccount was opgestart.

Ze deed haar haar achter haar oor en bekeek de inbox. Zie je wel, je kunt geen dag weg of er zijn alweer tientallen mailtjes. Sommige ervan klikte ze vrijwel meteen weg, de meeste konden wel wachten tot ze weer in Rotterdam was. Wel gunde ze zich de tijd om een mailtje van Frits te lezen.

Het was zo'n bericht als Frits wel vaker stuurde, waarin hij een aantal dingen op een rijtje zette waarmee hij die dag bezig was geweest. Eigenlijk hoefde ze er niet op te reageren, maar dat deed ze toch: je moest zo'n jongen een beetje bijsturen, anders vergat hij van alles. Dus voorzag ze hem van wat praktische overpeinzingen en tips.

Het andere mailtje dat ze niet tot na haar terugkomst wilde laten wachten, was van Brandsma. Dat moest ze even inzien. Hij kon per slot van rekening een belangrijke klant van hen worden.

De boodschap was kort en zakelijk, zoals ze al verwachtte. Maar ze verbaasde zich wel over de inhoud:

*Dag Celine,*
*Eerlijk gezegd heb ik een vervelend gevoel overgehouden aan ons laatste telefoon-*
*gesprek. Ik stel voor dat we onze focus beperken tot wat Stokebrand en Veldwerk*
*voor elkaar kunnen betekenen. En ik zie geen enkele noodzaak om aan jou of ie-*

*mand anders verantwoording af te leggen over zaken die ik in het verleden met anderen heb gedaan. Als je dat onoverkomelijk mocht vinden, scheiden hier onze wegen.*
*Ik stuur een cc van dit bericht naar je directe chef.*
*Groet, Brandsma*


Inderdaad was het mailtje ook aan Frits ter Velde gestuurd. Die had het of nog niet gezien, of overdacht het nog even, want normaal ge-sproken zou hij haar meteen mailen over zoiets.

Celine staarde voor zich uit en trommelde met haar vingers op de rand van haar laptop. Dit zinde haar niet. Het kon haar niet schelen dat Brandsma over haar hoofd naar de directeur was gegaan, met de bedoeling dat die haar tot de orde zou roepen.

Maar waarom dit afgemeten mailtje, deze klaarblijkelijke poging van Brandsma om haar ervan af te brengen verder te roeren in zijn zake-lijke verleden met Willem Romeijn?

Ze dacht na. Als Brandsma echt vervelend ging doen, had ze geen keus en moest ze er verder haar mond over houden. Met Frits kon ze lezen en schrijven, maar hij kon haar natuurlijk wel vragen om de klant niet tegen de haren in te strijken. In het ergste geval konden ze haar zelfs een spreekverbod opleggen over deze kwestie. Ter plekke besloot ze daarom dat ze Kim en Eric hiervan op de hoogte zou stel-len. Misschien dat zij haar meer konden vertellen. Nog tijdens deze reis. Want daar zou Brandsma haar niet van kunnen weerhouden.

Met een beslist gebaar klapte ze haar laptop dicht. Eerst een borrel.

# 25

Kim en Brian waren exact om zes uur beneden. Toen ze nog wat verhit en hand in hand de trap af kwamen, stonden de andere vier geanimeerd te praten bij de bar.

'We waren al bang dat jullie ons vergeten waren,' zei Martin grijnzend, en hij hield zijn halfvolle bierglas omhoog. 'Willen jullie ook wat drinken?'

'Graag,' antwoordde Brian direct.

Maar Kim hief haar hand op. 'Dat kan ook aan tafel. Gaan jullie mee?'

Terwijl Kim zich in de eetzaal van het restaurant naar hun tafel liet brengen en de anderen wees waar ze moesten gaan zitten, keek Celine met haar glas in de hand nog eens keurend om zich heen in de bar.

'Wel sfeervol hier,' vond ze. 'Wat mij betreft zouden we hier nog wel een paar dagen mogen blijven. Of eigenlijk zelfs wel deze hele vakantie.'

Martin, die ook geen haast had gemaakt om aan tafel te gaan, schoot in de lach. 'Dus jij hebt het niet zo op survivaltochten in de kou?'

Celine dronk haar glas witte martini leeg. 'Eerlijk gezegd vind ik alle soorten survivaltochten vrij vreselijk. Maar als ik dan toch door de natuur moet trekken en ik had de keus, dan zou ik eerder kiezen voor een Grieks eiland. Of iets in de Cariben.'

Met een geamuseerde blik nam Martin haar op. Celine was niet helemaal zijn type, maar hij vond haar wel een aantrekkelijke vrouw. Ze straalde zelfvertrouwen en energie uit, en was bovendien intelligent en geestig: eigenschappen die hij zeer waardeerde.

Op haar beurt was Celine wel een beetje gecharmeerd van de losheid en onbevangenheid van de goedgebouwde Martin. Niet dat ze van plan was iets met een andere man te beginnen zolang haar eigen relatie nog standhield, want ze had zich voorgenomen dat haar nooit iets als overspel te verwijten zou zijn. Als Bart ooit van haar af zou willen, zou ze het hem in elk geval op die manier niet makkelijk maken. En mocht ze zelf op een gegeven moment zo ver zijn dat ze Bart achter zich wilde laten, dan wilde ze sowieso geen gezeur hebben over 'een ander'. In dat soort dingen kon je niet zorgvuldig genoeg zijn. Maar dat nam niet weg dat ze een beetje lol kon hebben. Ze kende haar grenzen.

Martin grinnikte. 'Het hele idee is, geloof ik, juist dat we de nodige ontberingen tegemoet gaan, zodat we dichter tot elkaar komen.'

'Dichter tot elkaar komen kan wat mij betreft ook aan een strandje, met een cocktail in m'n hand, hoor,' antwoordde Celine grijnzend.

Kim kwam naar hen toe en vroeg: 'Komen jullie ook?'

'Tuurlijk,' zei Martin en hij liet zijn glas zien, waar nog een paar slokken bier in zaten. 'Even leegmaken.' Hij voegde de daad bij het woord. Terwijl hij het lege glas op de bar neerzette, bood hij Celine zijn arm. 'Mevrouw! Zullen we?'

Celine stak haar arm door de zijne en liep parmantig met hem mee.

Kim bleef even verwonderd staan. Zo ongedwongen in de omgang met mannen had ze haar vriendin nog niet vaak gezien. Celine hield er doorgaans strakke regels op na voor haar eigen gedrag en dat van anderen. Flirten deed ze sinds haar huwelijk niet meer; mocht dat wel zo zijn, dan had Kim er in elk geval nooit wat van gemerkt.

Ze wees op twee stoelen die slechts door een tafelhoek van elkaar gescheiden waren. 'Jullie tweeën zitten daar.'

'O, naast elkaar!' deed Celine overdreven.

'Wat een geluk voor jou!' reageerde Martin, al even puberaal en lacherig.

Kim wist niet wat ze ervan moest denken. Dus ging ze maar zitten. Daardoor miste ze de afkeurende blik die Marieke op het stel wierp.

'We gingen net een aperitiefje bestellen. Ik dacht aan champagne, om het begin van onze reis te vieren.'

'Prima keus,' oordeelde Martin. 'Als het maar een mooie droge is.'

'Champagne is heerlijk,' zei Celine instemmend. 'Maar een prosecco mag van mij ook, hoor. Daar ben ik makkelijk in.'

Maar Kim had al een mooie champagne op het oog. Sterker nog, die had ze al besteld.

Ze gaf de ober een teken, waarna hij een magnumfles kwam brengen in een koeler met ijs, met daarover een wit servet gedrapeerd. Handig maakte hij de capsule los en verwijderde de kurk zonder knal, maar met een beschaafd plopje. Toen iedereen voorzien was, hief Kim haar glas. De anderen volgden haar voorbeeld.

'Ik wil graag een toost uitbrengen op onze vriendschap,' zei Kim, terwijl ze opstond en met een ernstig gezicht de tafel rondkeek. 'Het is moeilijk in woorden uit te drukken hoe fantastisch ik het vind dat jullie allemaal met me mee hebben willen gaan op dit geweldige avontuur. Dat betekent echt heel veel voor me.'

Ze slikte even en haalde diep adem voordat ze verderging. 'De afgelopen jaren zijn niet makkelijk geweest, daar weten jullie alles van. Ik heb erg veel steun aan jullie gehad en daar ben ik jullie dankbaar voor. Deze reis is onder meer bedoeld om jullie dat te laten zien.'

'Daar drink ik op!' riep Brian, die zag dat ze het moeilijk kreeg.

Kim knikte glimlachend naar hem en hief haar glas. 'Op onze vriendschap!'

'Proost!' stemde Eric in.

Alle zes namen ze een slok champagne. Kim ging weer zitten.

'Krijgen we nu ook wat meer te horen over de trip zelf?' vroeg Martin. 'Eigenlijk weten we nog bijna niks.'

Marieke en Celine vielen hem bij en Brian zei: 'Daar hebben ze gelijk in, Kim. Vertel eens wat meer!'

'Oké,' gaf Kim toe en nam nog een slok champagne. 'Zoals jullie inmiddels weten, gaan we met sneeuwscooters naar ons basiskamp en van daaruit verder met hondensleeën.'

'Waarom reizen we vanaf dat basiskamp niet gewoon verder met de sneeuwscooters?' wilde Celine weten. 'Daar kunnen we dan blijkbaar al mee omgaan. En die dingen gaan vast harder dan zo'n hondenslee.'

'Omdat we met de hondensleeën door een bosrijk gebied heen trekken,' legde Kim uit. 'Daar zijn de sneeuwscooters veel minder geschikt voor, en ik geloof dat ze ook niet overal mogen komen. Bovendien leek het mij helemaal te gek om een keer met een hondenslee op pad te gaan.'

'Mij ook!' zei Eric snel.

Ze knikte. 'Morgenochtend komt onze gids, die de hele reis met ons meegaat, hierheen om ons op te halen en te laten zien hoe we de sneeuwscooters moeten bedienen. In het basiskamp gaan we de honden ophalen.'

'Krijgen we ook instructies hoe we met die honden moeten omgaan?' vroeg Marieke, een beetje benauwd.

'Dat spreekt vanzelf,' zei Kim. 'Voordat we weer terugreizen ben jij een expert op het gebied van hondensleeën, wacht maar af! Straks wil je nog zo'n stel honden mee naar huis nemen.'

'En het doel?' drong Martin aan. 'Gaan we ergens naartoe, of trekken we zomaar wat in het rond?'

'Er is iets wat ik jullie beslist wil laten zien,' vertelde Kim, meteen weer ernstig. 'Daar wil ik van tevoren niet te veel over zeggen, zodat het een verrassing blijft. Zoals ik tijdens deze reis nog een verrassing voor jullie heb!'

Erics goede humeur was op slag verdwenen, toen hij bedacht wat Kim hem verteld had. Nog altijd wist hij zeker dat er alleen maar problemen van zouden kunnen komen als Kim en Brian zouden trouwen. Hij wierp een zijdelingse blik op Brian, die naast hem zat. Maar die had niets in de gaten.

'Maar nu gaan we eerst eten!' kondigde Kim aan, terwijl ze de ober wenkte.

'Krijgen we geen menu's te zien?' vroeg Celine verbaasd.

Kim grijnsde. 'Nee, ik heb de vrijheid genomen om voor ons allemaal te bestellen. We krijgen een selectie van Noorse specialiteiten, ook vegetarische.' Ze knikte Marieke bemoedigend toe. De ober kwam naar hun tafel toe, terwijl een van zijn collega's een groot blad vol schalen en schaaltjes aandroeg.

'Dames en heren. Hartelijk welkom in het Yggdrasil-hotel,' sprak hij en hij haalde een notitieblokje uit zijn borstzak. 'Wij bieden u gerookte ham met honingmosterd, hertenbiefstuk, een stoofpot van rendiervlees, en natuurlijk ook zeevruchten voor de liefhebbers: garnalen, gekookte heilbot en vanzelfsprekend haring. Daarnaast zoetwatervis: zalm en bergforel, onze plaatselijke specialiteiten. Het spijt me dat we u geen muskusoscarpaccio kunnen aanbieden: dat is momenteel niet voorhanden,' voegde hij daar met een verontschuldigende grimas aan toe. Alleen Eric en Martin begrepen dat het een grap was. De rest keek verbijsterd toe hoe hun lange tafel helemaal vol werd gezet met geurige gerechten.

'Als bijgerecht of voor de vegetariërs groenten uit onze eigen regio, verschillende soorten brood en crackers, boter en visolie,' vervolgde de ober. 'Ik kan u aanraden daar één of meer van onze plaatselijke bieren bij te proberen: wij hebben meer dan dertig biersoorten op voorraad voor u.'

Alsof ze op die aankondiging had staan wachten, kwam op dat moment een serveerster uit de keuken met zes grote pullen schuimend bier. Aan de kleuren, variërend van lichtgeel tot donkerbruin, was te zien dat het om zes verschillende bieren ging. Ze zette de pullen op tafel en liet iedereen zelf kiezen.

De ober zag het enthousiasme van de gasten glimlachend aan. Hij verhief nog een keer zijn stem: 'Als dessert bieden we u graag een assortiment Noorse kazen en natuurlijk onze beroemde aquavitpudding.'

'Lieve help,' stamelde Marieke, met een bijna beschuldigende blik naar Kim. 'Wil je ons dood hebben, of zo?'

Kim keek tevreden naar de overvolle tafel. Ze had zich voorgenomen haar gasten het beste van het beste te bieden, en deze overvloed kwam aardig bij dat ideaalbeeld in de buurt.

'Niet zeuren, Marieke!' antwoordde ze, quasivermanend. 'Jullie moeten goed eten, want morgen is het begin van een heel vermoeiend weekje. En ik kan niet garanderen dat onze gids jullie elke dag dit soort maaltijden zal kunnen voorzetten, als we eenmaal diep in de bossen zitten.'

Martin keek haar grijnzend aan. 'Je bedoelt dat je geen helikopterdroppings hebt georganiseerd met overlevingspakketten?'

'Je weet nooit wat er nog komen gaat,' grapte ze terug. 'Misschien heb ik wel een poolexpeditie geregeld!'

'Een poolexpeditie?' schrok Marieke, die niet echt geluisterd had, maar net bezig was een schaaltje met haar onbekende peulvruchten aan een nader onderzoek te onderwerpen. 'Dat meen je toch niet, hè?'

Daar gaf Kim maar geen antwoord op.

'Als iemand misschien liever wijn of iets anders heeft dan bier, moet je dat gewoon zeggen, hoor!' zei ze.

'Kim, alsjeblieft, zo is het allemaal wel genoeg, hoor,' kreunde Brian. 'Ga zelf ook eens eten!'

Terwijl ze een plak hertenbiefstuk op haar bord schoof, keek Kim naar Eric. Die gaf haar al kauwend een dikke knipoog.

# 26

Het werd die avond voor de meesten laat en onrustig. Na de enorme maaltijd bleef het zestal nog lange tijd aan tafel zitten praten. Bij de koffie dronken Martin en Brian een whisky, en Celine en Kim een cointreau. En toen het tijd werd voor een afzakkertje, verhuisden ze allemaal naar de bar.

Eric was de eerste die het voor gezien hield. Hij wilde op de hotelkamer nog even rustig met Edith kunnen bellen. En bovendien was zijn lichaam het meest ingesteld op regelmaat: om zijn diabetes goed in de hand te kunnen houden, was hij erbij gebaat om zijn rust te pakken en te zorgen voor genoeg slaap. Zeker met zo'n inspannende trip voor de boeg.

Brian en Kim bleven nog een tijdje hangen, maar gingen toen ook naar boven. Kim was moe van de reisdag en kon niet zo goed tegen veel alcohol. Daarnaast vond ze het gewoon prettig om even alleen te zijn met Brian en de gang van zaken met hem door te praten. Ze wilde zo graag alles goed doen, dat ze het zich niet kon permitteren om lang aan de bar te blijven hangen en dan misschien fouten te maken. Brian maakte geen bezwaar en ging met haar mee, hoewel hij eigenlijk nog wel even bij de anderen had willen blijven.

Toen de drie anderen naar boven waren, keek Martin olijk naar Marieke en Celine.

'Je kunt wel zien wie hier de diehards zijn!' zei hij. 'Moet je zien: nog geen elf uur en de helft gaat al plat!'

'Ik blijf ook niet lang meer op,' meldde Marieke. 'Morgen zal het best heftig worden met die sneeuwscooters. En aan overmorgen, met die hondensleeën, durf ik niet eens te denken.'

Celine grinnikte. 'Ach, Kim had wel gelijk. We hebben het allemaal nog nooit gedaan en zo moeilijk kan het niet zijn.'

Marieke nam Celine peinzend op. Diep vanbinnen was ze jaloers op deze vrouw van de wereld. Niet eens zozeer vanwege haar geslaagde carrière en haar keurige gezinnetje, want om dat soort dingen gaf Marieke niet veel. Maar wel vanwege Kim, met wie zijzelf een bijzondere band had ontwikkeld. Het stak haar dat Celine Kim al van jongs af aan kende en dat ze daarom vanzelf gezien werd als Kims beste vriendin. Terwijl Marieke wist dat zij Kim veel beter aanvoelde. Kim en zij zaten op één lijn.

'Ik neem nog een laatste whisky,' kondigde Martin aan. 'Willen jullie ook nog wat?'

'Voor mij nog een cointreautje,' zei Celine, met een blik op de klok. 'Dan is het wat mij betreft ook mooi geweest.'

Marieke hief haar handen op. Ze had geen zin om getuige te zijn van hun lollige gedoe waar nog meer drank bij kwam kijken. 'Ik niks meer, dank je. Thuis drink ik bijna nooit wat, hooguit een wijntje, of als het echt warm wordt een glas bier. Ik denk dat ik maar eens naar boven ga.'

Ze wierp nog een laatste misprijzende blik op de twee anderen, die naar haar zin veel te klef met elkaar omgingen. Toen groette ze en ging de trap op.

'Een cointreau en een Highlander, zonder ijs,' bestelde Martin bij de barman. Hij draaide zich naar Celine. 'Wij kunnen elkaar niet voortdurend blijven ontmoeten aan de bar. Dat gaat de anderen vast opvallen.'

Celine lachte geamuseerd. 'Ik weet niet wat mijn man ervan zou vinden als hij wist dat ik hier in Noorwegen voortdurend zit te hijsen met iemand die hij ongetwijfeld een bartype zou vinden.'

'O, maar dat ben ik ook!' zei Martin, terwijl de barkeeper de glazen bij hen neerzette. 'Het zou in mijn werk niet best zijn als ik barvrees had.'

'Barvrees.' Celine sprak het woord uit alsof ze het op haar tong proefde. 'Dat lijkt me een vreselijke aandoening.'

'In mijn geval zou het dodelijk zijn.' Martin grinnikte. 'En jij lijkt me er ook geen last van te hebben. Voor iemand die getrouwd is met een man die niet van bartypes houdt, bedoel ik.'

Ze keek hem peilend aan. Even overwoog ze om hem te vertellen wat ze de laatste tijd dacht over Capelle, haar huwelijk en de manier waarop Bart met haar omging. Maar ze besloot dat zoiets niet verstandig zou zijn. Ze kende Martin nog maar net. In plaats daarvan zei ze: 'Heb jij ook zoveel gegeten? Niet te geloven wat Kim allemaal op tafel liet zetten. Daar had een heel weeshuis van kunnen eten!'

Martin nam rustig een slok van zijn whisky voordat hij antwoord gaf. Het ontging hem niet dat Celine het gesprek ineens een heel andere richting gaf. In zijn werk had hij allerlei soorten mensen leren kennen en hij had al snel in de gaten dat deze op het oog zo onaantastbare, succesvolle zakenvrouw weleens heel wat onzekerder zou kunnen zijn dan ze leek. Dat intrigeerde hem, ook al voelde hij zich niet meer tot haar aangetrokken dan tot een willekeurige andere knappe vrouw. 'Als het aanbod zo groot is,' zei hij ernstig, 'doe je er goed aan om van alles wat je lekker vindt maar een klein beetje te eten. De meeste mensen maken de fout om meteen aan te vallen op wat hen het meest bevalt. Dan kom je naderhand jezelf tegen.'

Van deze man kreeg ze niet goed hoogte. Had hij het echt over het eten alleen, of bedoelde hij het in het algemeen? Ze wist dat hij in een café werkte en niet veel opleiding genoten had. Maar toch leek hij over een soort wijsheid en kennis te beschikken die zijzelf niet voorhanden had. Aan de ene kant benauwde haar dat een beetje, omdat ze geen grip op hem kreeg. Aan de andere kant wilde ze daardoor ook meer van hem weten.

Dus keek ze hem vrijmoedig aan. 'Vertel eens wat over jezelf.'

'Oké.' Met een uitgestreken gezicht alsof hij geïnterviewd werd, stelde hij zich voor. 'Mijn naam is Martin Visser, 37 jaar oud, geboren en getogen Rotterdammer, gescheiden, dochtertje van vijf, ze heet Merel en woont bij m'n ex.'

Celine ging niet in op de lollige presentatie, maar vroeg serieus: 'En je werk? Ik weet dat je achter de bar staat, maar wil je dat altijd blijven doen?'

'Natuurlijk wil ik eigenlijk miljonair worden en een enorm kantoor-pand annex woonhuis kopen in het centrum van Rotterdam. Met ingebouwd zwembad,' begon hij jolig.

Maar toen hij zag dat ze niet lachte, ging hij op ernstiger toon verder. 'Wil ik iets anders met m'n leven? Ja en nee. Barman zijn is een prima bestaan, daar kun je oud mee worden. Als je zelf tenminste niet te veel meedrinkt met de klanten.'

Hij glimlachte en nam een slok. 'Maar nu doet zich de mogelijkheid voor dat ik Het Kennisvat kan overnemen. Vrij acuut, zelfs.'

'Interessant,' zei Celine. 'Waarom doe je dat niet?'

'Geld. Vanzelfsprekend. Ik moet een paar ton ophoesten voor de overname. Anders kan ik het vergeten.'

'En die heb je niet,' begreep ze.

Hij lachte schor. 'Ik moet m'n portemonnee er nog even op nakijken, maar ik dacht het niet, nee. En banken lenen iemand als mij natuur-lijk niks. Jij zit toch in de zakenwereld? Weet jij niet...'

'Sorry, Martin, maar ik ben hier op vakantie en wil werk en privé graag gescheiden houden. Dat ik in "de zakenwereld" zit, zoals jij dat zo gewichtig noemt, wil niet zeggen dat ik over niets anders kan en wil praten. Ik was gewoon benieuwd naar je persoonlijke verhaal. Misschien dat we na deze reis, als je echt serieus bent over dit idee eens kunnen praten, maar als ik even niet aan mijn werk wil denken is het nu wel.' Ze zei het strenger dan ze bedoelde, maar het werkte wel.

'Sorry, hoor,' deed hij quasigeschrokken. 'Ik wist niet dat je kwaad werd!'

Ze moesten er allebei om lachen.

Celine zuchtte. Ze vond het wel mooi geweest. 'Het lijkt me verstan-dig als we zo veel mogelijk slaapuren pakken vannacht.'

Martin keek haar grijnzend aan. 'Daar hebt u helemaal gelijk in, me-vrouw.'

Zijn plagerige toon ergerde haar opeens meer dan ze wilde laten mer-ken. Dus dronk ze snel haar glas leeg en stond op. 'Oké, ik ga. Anders maak ik straks misschien Marieke wakker.'

'Verstandig,' vond Martin, die nog geen aanstalten maakte om op te staan. 'Slaap lekker.'

'Ja, jij ook.' Zonder nog op te kijken liep ze naar de trap. Ze voelde zijn ogen in haar rug prikken.

Martin glimlachte terwijl hij haar nakeek. Zie je wel dat er gaten zitten in haar pantser, dacht hij. Nu gedroeg ze zich als een nerveus schoolmeisje.

Toen Celine de kamer binnenkwam, keek Marieke licht geschrokken op van haar mobiel.

'Nog even snel een sms'je,' verontschuldigde ze zich, alsof ze betrapt was op een overtreding.

Maar Celine schonk er geen aandacht aan, want ze had wel wat anders aan haar hoofd. Ze verdween direct de badkamer in.

# 27

De volgende morgen zaten ze allemaal om acht uur aan de ontbijt-tafel. Niemand keek er meer van op dat Kim ervoor gezorgd had dat er diverse soorten brood, crackers en muesli waren, plus een enorme variëteit aan beleg. En natuurlijk fruit, thee, koffie, vruchtensappen en melk.

Toen iedereen zat te eten, vertelde Kim: 'We hebben zo meteen nog tot uiterlijk negen uur om onze spullen in te pakken en de koffers naar beneden te brengen. Dan staat onze gids hier voor de deur.'

Deze mededeling was het teken voor Marieke om snel naar boven te gaan: toen zij die ochtend wakker werd, was Celine al bezig in de badkamer. Marieke wilde beslist nog douchen, maar daar had ze voor het ontbijt geen tijd meer voor gehad. Nu moest ze zich haasten, iets waar ze een hekel aan had.

De anderen deden rustig aan. Aanvankelijk had Celine gedacht dat de nieuwe kleren die Kim hen gegeven had een probleem zouden kunnen vormen, omdat ze een extra set kleding niet kwijt zou kunnen in haar koffers. Maar dat probleem had Kim voorzien: ze had iedereen gevraagd zo efficiënt mogelijk te pakken in maar één tas of koffer en ze had voor iedereen ook een extra reiskoffertje geregeld. Het inpakken zou daarom niet zoveel moeilijkheden opleveren.

Ruim voor negenen stonden ze alle zes in de hal van het hotel. Op verzoek van Kim droeg iedereen de felgekleurde jacks die ze voor hen had uitgezocht. Voor de herkenbaarheid had ze elk van hen een andere kleur ski-jack gegeven.

Terwijl Kim nog bezig was met uitchecken, ging de voordeur open en kwam een pezige, breedgeschouderde man binnen met donker haar en een felgeel jack, in dezelfde kleur als dat van Eric. Hij keek even om zich heen en liep toen naar Celine toe.

'Mijn naam is Sverre Sjöbrend,' stelde hij zich voor in het Engels. 'Ben jij Kim Romeijn?'

'Bijna goed.' Celine glimlachte en wees naar Kim, die net klaar was bij de balie en zich bij hen voegde. 'Dit is Kim.'

Sverre schudde haar hartelijk de hand, waarna Kim hem een voor een aan haar reisgenoten voorstelde. Steeds herhaalde hij hardop de naam van degene van wie hij de hand vasthad.

Vervolgens keek hij om zich heen. 'Is dat jullie bagage?' vroeg hij.

Kim knikte en volgde zijn blik. 'Is het te veel?'

'Nee, hoor. Ik kan nog wel meer kwijt, als het moet. Kunnen jullie je eigen bagage meenemen naar buiten?' Hij deed de voordeur voor hen open. 'Van hieraf begint namelijk onze tocht. En ik verwacht vanaf dit moment dat jullie zo veel mogelijk meewerken.'

Alle zes pakten ze hun koffers en liepen naar buiten. De herdershond van het hotel liep kwispelend met hen mee. Toen hij Sverre passeerde, bleef het dier even staan om door hem over zijn kop geaaid te worden.

Op het pad voor het hotel stond een grote landrover. Sverre liet hen allemaal instappen en deed vervolgens wat koffers in de achterbak. De grootste koffers legde hij in de skibak die boven op het dak van zijn auto gemonteerd zat.

Voordat hij zelf instapte, zwaaide hij naar de eigenaars van het hotel, die door het raam van hun kantoortje, pal naast de voordeur, naar hen keken. De hond blafte naar hem.

Met een klap sloeg Sverre het portier dicht. Hij knikte naar Kim, die op de passagiersstoel had plaatsgenomen en riep over zijn schouder: 'Riemen vast! We gaan over ruw terrein.'

Daar had hij niets te veel mee gezegd. De landrover draaide van de oprit de weg op en nam daarna de eerste de beste afslag het dorp uit. Al gauw was de weg waarover ze reden niet veel meer dan een besneeuwd pad. Toen ze ook nog verder bergopwaarts gingen, reed de ene zijkant van de auto bijna een halve meter hoger dan de andere.

'Geen zorgen,' liet Sverre koeltjes weten. 'Daar zijn dit soort wagens op berekend.'

Soepel stuurde hij de wagen tussen de besneeuwde bomen door. Hij leek de route blindelings te kennen.

Achterin stootte Marieke met haar elleboog Brian aan, die naast haar zat. Met haar kin gebaarde ze uit het raampje. Aan haar kant van de auto gaapte een afgrond van tientallen meters, op een beangstigend korte afstand. Brian zag de schrik in haar ogen en knikte haar bemoedigend toe. 'Ik vertrouw erop dat onze gids precies weet wat hij doet. Er kan ons niks gebeuren.'

Sverre had blijkbaar iets opgevangen waaruit hij opmaakte wat er aan de hand was. Geruststellend begon hij te vertellen: 'Dit is de vaste route naar het basiskamp, waar we binnen twee uur zullen aankomen. Vanuit het kamp trekken we verder het natuurpark Dovre in. De naam Dovre betekent in het Oud-Noors zoiets als "kloof". De Dovre-regio schijnt al zo'n zesduizend jaar door mensen bewoond te zijn.'

'Wonen er ook mensen in de streek waar wij naartoe gaan?' vroeg Brian.

Glimlachend keek Sverre even om. 'Nou nee, daar is het veel te onherbergzaam voor. We hebben het hier over een afgelegen streek met hoge bergen, gletsjers en in de winter heel veel sneeuw. Aan de andere kant van de Zweedse grens, zo'n honderdvijftig kilometer verderop, wonen ook nauwelijks mensen. Als je de keus hebt, ga je in een gebied wonen dat wat vriendelijker is voor mensen.'

'En daar gaan wij dus naartoe,' zei Marieke, niet bijster enthousiast.

'Yep.' Sverre hield zijn ogen nu strak voor zich gericht en minderde vaart, omdat ze door een vrijwel onbegaanbaar, rotsig stuk vallei reden. 'Dat heeft Kim voor jullie uitgekozen. En ze heeft een geweldig goede keuze gemaakt, want wij Noren noemen het landschap waar we heen gaan "eeuwig". We hebben er zelfs een uitdrukking voor: "*til Dovre faller*". Dat betekent: tot de bergen in Dovre uit elkaar vallen. Wat dus zoveel wil zeggen als: tot het einde van de wereld.'

'En nou maar hopen dat wij het einde van de wereld daar niet gaan meemaken,' reageerde Eric.

Sverre haalde laconiek zijn schouders op. 'Als dat gebeurt, zit je nergens veilig. Dus dan kun je net zo goed in de bergen van Dovre zitten.'

Daar konden ze moeilijk wat tegen inbrengen.

Geconcentreerd stuurde Sverre de auto door een bosrijk gedeelte een helling op. 'Als jullie nog wat willen slapen, is dit het moment!' riep hij over zijn schouder. 'Geloof me, de komende dagen zijn jullie blij met elk extra uurtje slaap dat je kunt meepakken. Als je dit soort reizen niet gewend bent, vreet zo'n tocht als wij gaan maken al je energie.'

Brian en Martin keken elkaar aan en schoten in de lach. Alsof ze vroeg op de morgen in zo'n heen en weer schommelende auto een oog dicht zouden kunnen doen! Terwijl de adrenaline door hun lichaam gierde vanwege de spanning over wat hen te wachten stond.

Maar Eric kroop zo ver mogelijk weg in zijn stoel, legde zijn sjaal tegen de leuning, draaide zich zo dat zijn hoofd makkelijk lag en sloot zijn ogen. Hij wist van zichzelf dat hij zuinig moest zijn met zijn energie. En hij wilde ervoor zorgen dat hij, ondanks zijn fysieke problemen, de anderen op geen enkel moment tot last zou zijn. Dus concentreerde hij zich op zijn ademhaling en voelde hij hoe hij langzaam weggleed in een geestestoestand die, ondanks het horten en stoten van de auto, veel op slapen leek.

# 28

Eric schrok pas weer wakker toen de auto bruusk stopte.

Martin zag dat hij zijn ogen opendeed en zei grijnzend: 'Niet te geloven dat je door zo'n rit heen slaapt! Ik ben gewoon blij dat ik vanochtend geen melk heb gedronken, want die zou in mijn maag inmiddels wel veranderd zijn in karnemelk!'

Lachend en pratend stapten ze allemaal uit de landrover. Ze waren terechtgekomen op een open plek in een bos, onder aan een besneeuwde berghelling. Iets lager lag verderop een bevroren meertje, waarover een grijze mist hing.

De enige aanwijzing dat hier ooit mensen kwamen, bestond uit vier houten gebouwtjes, die vlak naast elkaar aan de bosrand stonden. Net als alle vergelijkbare huisjes die ze elders in Noorwegen hadden gezien, waren deze geverfd met donkerrode menie om het hout tegen vocht te beschermen. Alle vier hadden ze daken die naar één kant schuin afliepen, een deur aan de voorkant, maar geen ramen. Tegen de zijkant van een van de huisjes lag een grote berg hakhout opgestapeld.

Marieke maakte meteen foto's met haar mobiel.

'Moet je eens horen!' riep Martin, terwijl hij zijn vinger opstak.

Allemaal bleven ze staan en luisterden. Het enige geluid dat ze hoorden, was de ventilator in de motor van de landrover, die nog zacht nazoemde.

'Wat een stilte, hè?' vroeg Martin bijna triomfantelijk, alsof hijzelf verantwoordelijk was voor het verschijnsel. 'In ons overbevolkte Nederland hoor je altijd wel wat van je medemensen, maar hier is zelfs de dichtstbijzijnde weg kilometers ver.'

Sverre was niet onder de indruk. 'Over een paar dagen, als we nog veel verder van de bewoonde wereld vandaan zijn, zul je merken dat het nog veel stiller is. Maar dan hoor je des te beter de geluiden die er wél zijn: het kraken van ijs, het vallen van sneeuw uit een boom, de schreeuw van een vogel. Dat zijn allemaal dingen waar jullie waarschijnlijk niet aan gewend zijn.'

Hij zette alle koffers op de grond achter de landrover en wees naar de huisjes. 'Dit is ons basiskamp. Deze trekkershutten zijn overal in het land neergezet. Geniet vooral van de betrekkelijke luxe die we vandaag nog hebben, met een vast dak boven ons hoofd.' Toen bedacht hij ineens: 'O ja, zien jullie dat hokje daar tussen de bomen?'

Ze keken allemaal naar een houten hokje, waarin een deur zat met een grendel erop.

'Nee, hè,' mompelde Marieke.

'Daarin zit een chemisch toilet,' vertelde Sverre. 'Als je erop zit, hang dan even een zakdoek of iets anders aan de deurknop, dan weten de anderen dat het bezet is.'

'Blijven we hier vandaag?' vroeg Celine.

Kim knikte. 'Ik heb me laten vertellen dat we een paar uur nodig hebben om vertrouwd te raken met de sneeuwscooters. En voor de meesten van ons is het verblijf in zulke houten hutten eigenlijk al een soort kamperen. Dus leek het me goed om hier een beetje te acclimatiseren.'

'Prima,' vond Brian en hij tilde de koffers van Kim en hemzelf op. 'Je hebt al een indeling gemaakt voor de huisjes, neem ik aan?'

'Hoe raad je het zo?' Kim glimlachte naar hem. 'Om het makkelijk te maken heb ik dezelfde verdeling aangehouden als afgelopen nacht in het hotel. Dus jij en ik in de verste hut, Eric en Martin ernaast, Celine en Marieke daar weer naast. Voor Sverre is de hut hier naast de auto: hij heeft vannacht het rijk alleen.'

'Aha, ik begrijp dat er niemand met mij wil slapen?' vroeg Sverre quasiverongelijkt.

'Dat heb je goed begrepen, ja,' antwoordde Celine lachend. 'Maar we sluiten niet uit dat er 's nachts misschien hier en daar iemand van het ene huisje naar het andere hopt.'

'Nou ja, zeg!' reageerde Kim, die naast haar liep. 'Wat ben jij van plan?'

Celine bleef staan. 'Ik? Niks. Maar ik durf natuurlijk niet voor de anderen te spreken.'

'Kijkt ze soms naar mij?' vroeg Martin met een grimas aan Brian. 'Voor je het weet heb ik het weer gedaan. Zo gaat dat altijd.'

De stemming zat er goed in. Allemaal brachten ze hun bagage naar hun hut en bekeken ze het interieur. Elk van de huisjes was voorzien van een keukenblok waarin een aanrecht en een fornuis met gasfles was ingebouwd. In een paar kastjes stonden wat borden, mokken, kommen en schalen, en in een la vonden ze een bestekbak en wat losse mesjes, fles- en blikopeners. Op een plank lag een wit EHBO-doosje met een groot rood kruis erop.

Verder stonden er op de grofhouten vloer een tafel, vier stoelen en vier houten bedden met niet meer dan een rubberen matje erop. Tussen het schuine dak en een van de muren waren een paar waslijnen gespannen, waaraan wat wasknijpers hingen. Er was geen elektriciteit of stromend water.

'Luxe is anders,' merkte Celine op tegen Marieke. 'Maar in feite hebben we alles wat we nodig hebben bij de hand.'

Marieke gaf geen antwoord. Op de een of andere manier viel hun nieuwe verblijf haar tegen. Hoewel ze het er niet met zichzelf over eens kon worden wat ze dan had verwacht.

# 29

Nadat de hutten waren ingeruimd en ze een geïmproviseerde lunch hadden gegeten, riep Sverre de groep bij elkaar op de open plek voor de hutten.

'Vanmiddag gaan we dus oefenen met de sneeuwscooters,' zei hij.

'Worden die hier gebracht of zo?' vroeg Eric, terwijl hij om zich heen keek.

Sverre grinnikte en liep om het huisje van Kim en Brian heen. Wat geen van de Nederlanders had gezien, was dat daarachter tussen de besneeuwde struiken en bomen een al evenzeer besneeuwd camouflagedek lag. Met een ruk trok Sverre het weg. Ineens stonden er zeven glanzende sneeuwscooters en een paar kleinere wagentjes.

Celine begon in haar handen te klappen alsof hun gids zojuist een geslaagde goocheltruc had laten zien. Martin en Brian liepen al naar de sneeuwscooters toe om er eentje voor zichzelf te reserveren, maar Sverre hief zijn hand op en zei ernstig: 'Even wachten. Ik heb genoeg ongelukken met sneeuwscooters gezien om van jullie te eisen dat je eerst naar mijn instructies luistert. Dit zijn krachtige machines, waarmee je voorzichtig moet zijn.'

Sverre pakte een van de sneeuwscooters en trok die naar de groep toe. Hij ging erop zitten. 'Kijk, met deze sneeuwscooters kunnen we over sneeuw en ijs rijden, zelfs op ondergronden waar ik met mijn landrover niet kan komen. Het principe van een sneeuwscooter is eenvoudig: hij wordt achteraan voortgedreven door rupsbanden en stuurt vooraan met deze ski's.'

Hij wees naar de voorkant en liet de ski's heen en weer gaan door het stuur te bewegen.

'Wat zijn dat voor rupsbanden?' informeerde Brian. 'Rubber?'

Sverre glimlachte. 'Nee, dat is heel ouderwets. Alle moderne sneeuw-scooters hebben rupsbanden van kevlar, hetzelfde spul dat ze gebrui-ken voor kogelvrije vesten. Het is dun en sterk en niet kapot te krij-gen. Ik zal even laten zien hoe je start en gas geeft.'

Hij startte de motor, liet die een paar seconden stationair pruttelen en maakte toen met hoge snelheid een rondje om de groep heen. Even plotseling als hij was opgetrokken, zette hij de sneeuwscooter glij-dend stil, waarna hij de motor weer uitschakelde.

'Wat ik zojuist deed, mogen jullie beslist niet,' hield hij hen voor. 'Ik wil niet dat jullie zonder helm opstappen. Ik heb voor iedereen een helm klaarliggen in mijn hut. Die mogen jullie zo halen, als ik klaar ben met mijn lesje.'

'Hoe hard kunnen die dingen eigenlijk?' wilde Celine weten.

'Dat hangt ervan af,' vertelde Sverre. 'Ik heb weleens op een wedstrijd-model gezeten dat binnen een paar seconden kon optrekken tot 160 kilometer per uur. Jullie zullen begrijpen dat ik jullie niet op zulke racemonsters laat rijden. Maar ook deze Arctic-Cats halen makkelijk 100 of 120 kilometer per uur, op vlakke stukken.' Hij grijnsde. 'Op bosrijke routes zou ik dat niet aanraden. Het is trouwens zo dat je in grote stukken natuurgebied nog altijd niet met sneeuwscooters mag komen. En terecht, want sommige jongens zijn zo aan het dollen dat ze alle sneeuw platrijden en zorgen voor vreselijke geluidsoverlast.'

'Maar dat verbod geldt dus niet overal?' wilde Eric weten.

Sverre schudde zijn hoofd. 'Nee, ik heb zelfs wel rendierherders ge-zien die op sneeuwscooters rijden. Er zijn altijd wel paden waar je mag komen. En in de gebieden waar ze echt niet gebruikt mogen worden zijn er goede alternatieven, zoals de hondenslee. Maar dat zullen jullie na morgen zelf nog gaan meemaken.'

'Mogen we nu zelf rijden?' drong Martin aan.

'Nog even wachten.' Sverre stapte af. 'Een sneeuwscooter lijkt veel op een gewone motorfiets, je hoeft alleen niet zelf te schakelen, want hij heeft een soort automatische versnelling. Bij een hoog toerental gaat de motor automatisch over op de tweede versnelling; dat gebeurt heel soepel, zonder overgang. Zijn er nog meer vragen?'

'Ja,' zei Brian. 'Waarom zijn de ski's zo breed? Ik geloof dat ik ze op de televisie weleens veel smaller heb gezien.'

'Dat zal dan bij wedstrijden zijn geweest,' veronderstelde Sverre. 'Daar gebruiken ze smalle ski's om scherpe bochten te kunnen maken. Wij hebben meer aan bredere ski's om jullie gewicht over een grotere oppervlakte te verdelen, net als bij sneeuwschoenen. Daardoor zakken we niet zo ver weg in de sneeuw en is het ook veiliger als we over ijs gaan.'

Hij startte zijn motor weer en riep: 'Iedereen die een helm uit mijn hut heeft gehaald, mag nu een sneeuwscooter uitzoeken. Je kunt de helm op maat stellen met het riempje onder je kin.'

En weg was hij op zijn sneeuwscooter, tussen de bomen door het bos in, met hoge snelheid.

Dat liet de groep zich geen twee keer zeggen. Brian en Martin gingen op een holletje naar de hut van Sverre, de anderen kwamen er in wandeltempo achteraan.

Marieke was de laatste die een helm had opgezet; zij kon dus geen sneeuwscooter meer uitzoeken, maar moest de scooter nemen die over was. Niet dat haar dat veel kon schelen. In alle rust trok ze haar sjaal strakker om haar nek, controleerde ze de rits van haar jack en trok ze haar handschoenen aan.

Op dat moment bracht Sverre zijn scooter naast haar tot stilstand. Geduldig liet hij haar nogmaals zien hoe ze moest starten en hij reed kalm achter haar aan toen ze voorzichtig haar eerste meters maakte. 'Dat gaat prima!' riep hij, nadat ze aan de rand van de open plek een wijde bocht terug naar de hutten had gemaakt. 'Heb je weleens eerder een motor of een scooter bestuurd?'

'Nee, alleen een fiets.'

Hij grinnikte. 'Ik was even vergeten dat jullie uit Nederland kwamen. Een paar jaar geleden ben ik een keer naar Amsterdam geweest. Ik had nog nooit zoveel fietsen bij elkaar gezien als bij het station daar, in het fietsenhotel.'

Al pratend gaf hij steeds iets meer gas. Ongemerkt ging Marieke in zijn tempo mee.

'Iedereen kan fietsen in Nederland,' vertelde ze. 'Ik geloof dat er alleen in China net zoveel fietsen per hoofd van de bevolking zijn.'

'Echt waar?' vroeg Sverre overdreven geïnteresseerd, terwijl hij ongemerkt naar rechts stuurde, in de richting van het bevroren meertje. 'En hoe leren kleine kinderen dan fietsen?'

Even aarzelde ze, toen ging ze hem achterna. 'Die beginnen met kleine driewielers. En daarna fietsen met zijwieltjes.'

Met een bonk kwamen de twee sneeuwscooters van de oever op het dikke ijs terecht.

'Totdat ze het helemaal alleen kunnen, zeker?' riep Sverre. Nu gaf hij vol gas en stoof van haar weg.

Het duurde een paar seconden voordat Marieke in de gaten had wat hij had gedaan. Haar eerste impuls was boosheid, maar toen besefte ze dat het eigenlijk heel leuk was om met een sneeuwscooter te rijden. Voorzichtig gaf ook zij wat meer gas.

Een stukje schuin boven haar, op de oever, schoten Kim en Brian voorbij. Marieke herkende hen aan hun felrode en feloranje jack. Achter haar klonk gejoel, en even later schoten links en rechts het felgroene jack van Martin en het felgele jack van Eric langs haar heen. Ze maakte meer vaart en reed achter hen aan, met een brede grijns op haar gezicht.

Pas toen de twee mannen een scherpe bocht naar links maakten, verder het meertje op, hield ze in. Ze was bang dat ze zou omslaan als ze met te veel vaart een bocht zou nemen.

Ineens was Sverre weer naast haar. 'Wees maar niet bang,' zei hij. 'Je doet het geweldig. Als je een scherpe bocht naar links wilt nemen, moet je een beetje in diezelfde richting op je scooter gaan hangen, dan blijf je stabiel en hoef je eigenlijk niet eens gas terug te nemen.'

Ze probeerde het meteen en het werkte! Dankbaar keek ze naar Sverre, die naar haar zwaaide en prompt weer de andere kant op ging.

Maar dat vond Marieke niet erg meer. Ze gaf gas en merkte tot haar eigen verbazing dat ze er echt lol in begon te krijgen. De snelheid, de sneeuw en de natuur om haar heen gaven haar een gevoel van vrijheid dat ze nog niet eerder had ervaren.

# 30

'Wat zijn die sneeuwscooters geweldig!' riep Marieke enthousiast, toen ze aan het eind van de middag met een blikje bier bij het kampvuur zaten, dat Sverre en Martin samen hadden aangelegd.

De anderen vielen haar geestdriftig bij.

'Jullie hebben het al aardig onder de knie,' zei Sverre, terwijl hij nog een blok hout op het vuur gooide. 'Gelukkig heb ik geen van jullie onverantwoorde risico's zien nemen. Voordat we morgen vertrekken, wil ik nog wel jullie kleding een keer controleren. Die jacks en broeken die jullie dragen zijn goed: allemaal topklasse, waterdicht materiaal.'

Kim glunderde.

'Vooral de handschoenen en de laarzen die jullie dragen moeten absoluut waterdicht zijn,' vervolgde Sverre. 'Jullie zouden niet de eersten zijn die zo'n mooie vakantietocht moeten afbreken vanwege bevroren tenen of vingers.'

'Over de handschoenen en de laarzen heb ik me ook laten adviseren,' vertelde Kim. 'Als het goed is, zijn die bij uitstek geschikt voor tochten op sneeuwscooters.'

Sverre bekeek haar waarderend en hield de anderen toen voor: 'Jullie boffen maar met zo'n gastvrouw!'

'Ik heb vaak op een motor gereden,' vertelde Martin, 'maar zo'n sneeuwscooter is toch wel wat anders, moet ik zeggen. Alleen al met remmen.'

'Je hebt een langere remweg,' bevestigde Sverre. 'Dat is natuurlijk niet zo raar, in de sneeuw. Verder vind ik zelf dat er meer overeenkomsten dan verschillen zijn met motorrijden. Het ontwerp, de manier van rijden, alles eigenlijk.'

Martin knikte. 'En dan nog iets. Ik dacht van tevoren dat m'n helm

wel zou gaan beslaan met die kou. Maar dat gebeurde helemaal niet.'
Sverre liep naar zijn hut en kwam terug met een van de helmen. Hij
klapte de plexiglas klep omhoog. 'Aan de binnenkant zit een speciaal
antiwasemlaagje. Anders zou je adem in combinatie met de koude
buitenlucht onherroepelijk condenseren. Bij wedstrijden gebruiken
renners ook nog vaak een neus- en mondbedekking, om te zorgen
dat de binnenkomende lucht bij hoge snelheden niet te koud is, en
ook om de warme uitademing weg te leiden van hun vizier.'
Terwijl hij nog aan het praten was, hoorden ze in de verte de motor
van een auto. Het geluid kwam steeds dichterbij. Even later verscheen er een jeep, die naar hen toe reed en vlak naast de landrover
van Sverre parkeerde.
De bestuurder en vier andere inzittenden stapten uit. Ze kwamen
naar het vuur toe en schudden handen. Het viertal bleek een groep
Duitsers te zijn, die onderweg was voor eenzelfde soort tocht als de
Nederlanders.
Hun Noorse gids, een blonde man met een stevige handdruk, lachte
vriendelijk toen hij het zestal begroette. Maar toen hij tegenover
Sverre kwam te staan, leken beide mannen te bevriezen. Ze knikten
afstandelijk naar elkaar, zeiden een paar afgemeten woorden in het
Noors en keerden zich toen van elkaar af.
Kim en Brian keken elkaar veelbetekenend aan.
'Willen jullie misschien iets drinken?' vroeg Eric in het Engels aan
een van de Duitsers.
'Nee, nee, ze gaan meteen weer weg,' kwam Sverre haastig tussen-
beide. 'Ze moeten nog voor het donker naar een ander huttenkamp.'
'Kunnen ze niet hier blijven?' stelde Celine voor.
'Geen sprake van,' zei Sverre beslist, met een grimmigheid die ze nog
niet eerder van hem gezien hadden. 'Wij waren hier het eerst. En de
regels zijn volkomen duidelijk: als de laatst aangekomen groep de
mogelijkheid heeft om nog een andere slaapplaats te vinden, dan
moeten ze de eerst aangekomen groep niet tot last zijn.'
'Klopt dat?' vroeg de oudste van de Duitsers aan zijn gids.
'Dat klopt,' bevestigde die onbewogen. 'Meestal is het zo dat twee

groepen in een geval als dit proberen er samen uit te komen. Maar daar doet hij niet heel erg zijn best voor.'

'Wat had je nou, hè? Je kent de regels. Breng je gasten naar een plek waar ze fatsoenlijk kunnen verblijven. Hier is geen plaats!' Sverre had zijn stem verheven en keek de andere gids vijandig aan.

Deze liet zich niet van zijn stuk brengen, hoewel Kim zag dat hij zijn hand tot een vuist balde. 'Het is duidelijk dat wij verder moeten. Laten we meteen maar gaan. Nu is het nog licht.'

Het afscheid ging sneller en was aanzienlijk minder hartelijk dan de begroeting. Binnen enkele minuten nadat de Duitsers en hun gids aan waren gekomen, waren ze alweer vertrokken. De motor van de jeep loeide toen hij wegreed.

Sverre zwaaide de bezoekers niet na, hij had zich al omgedraaid om zijn helm naar zijn hut te brengen.

'Goh, dat was gezellig,' zei Brian sarcastisch tegen Kim. 'Die moeten eens vaker langskomen.'

Kim grinnikte, maar voegde daar ernstig aan toe: 'Dat waren zo te zien geen vrienden.'

Voordat ze het er verder over konden hebben, kwam Sverre zijn hut alweer uit. 'Als jullie vanavond willen eten, zullen we nu moeten beginnen!' riep hij. Hij leek zich hersteld te hebben en probeerde de stemming er weer in te brengen.

Na overleg besloten ze hun bagage lichter te maken door wat blikken op te warmen. Nog geen uur later zaten ze allemaal met dampende borden vol bonen, knakworsten en groenten bij het kampvuur, in de beschutting van de hutten.

'En niet te veel bier drinken, ik wil dat jullie morgen fris zijn!' waarschuwde Sverre.

Tijdens en na de maaltijd was het echter vooral Sverre zelf die behoorlijk doordronk. Toen Martin koffie had gemaakt, nam Sverre een flinke mok, alsof hij een beetje wilde ontnuchteren. Eric had hem een beetje in de gaten gehouden en was blij dat hij ophield met drinken. Het leek hem erg onverantwoord voor een gids. Aan de andere kant was die vent waarschijnlijk zo fit dat hij veel kon hebben.

Om een uur of negen gingen Marieke en Celine naar hun hut, en nog geen halfuur later volgden Kim en Brian hun voorbeeld.

Eric bleef naast Sverre bij het kampvuur zitten, terwijl Martin nog een paar blikjes bier haalde, die ze achter de hutten in de sneeuw hadden ingegraven.

'Kende jij die gids van die groep Duitsers?' vroeg Eric langs zijn neus weg.

Sverre wierp een onderzoekende blik op hem. 'Ja,' antwoordde hij toen kortaf.

Martin kwam terug met zes blikjes. Sverre aarzelde en pakte er toen een.

Eric wachtte tot Martin had plaatsgenomen en richtte zich toen weer tot Sverre. 'Jullie leken me niet bepaald vrienden.'

'Wie?' wilde Martin weten.

'Sverre en die andere gids van vanmiddag,' verduidelijkte Eric.

'Ja, zoiets viel mij ook al op.' Martin keek Sverre aan. 'Wat is dat voor een man?'

'Jonas. Jonas Olsson. Een ex-collega.' Sverre staarde in het vuur en rukte met een vinnig gebaar een blikje open.

Maar Eric bleef met rustige vasthoudendheid aandringen. 'Hadden jullie samen een bedrijf? Of werkten jullie voor dezelfde organisatie?'

Zonder hem aan te kijken, bromde Sverre: 'Zelfde organisatie.'

Eric wisselde een snelle blik met Martin, over Sverres rug heen. 'Wie is er weggegaan, hij of jij?'

Het duurde even voordat het antwoord kwam. 'Ik. Hij werkt er nog steeds, de klootzak.'

'Wat is er dan gebeurd?' vroeg Eric.

'Daar wil ik niet over praten.' Sverre pakte zijn blikje, stond op en liep een beetje bruusk naar zijn hut. 'Goedenacht. Denk erom dat we morgen op tijd vertrekken.'

'Rare vent,' vond Martin, terwijl hij toekeek hoe Sverre in zijn hut verdween.

Eric knikte. 'Als mensen ergens niet over willen praten, is er doorgaans iets goed mis.'

Zwijgend dronken ze allebei een van hun twee blikjes leeg. Op Martins voorstel bewaarden ze de andere voor de dag erop.

Voordat ze naar hun hut gingen, schopten ze zoveel sneeuw in het vuur dat het sissend uitging, met een rookwolk van protest.

# 31

De volgende morgen was Sverre toch als eerste op. Toen de anderen naar buiten kwamen, was hij al bezig met het klaarzetten van een paar aanhangers.

'Dit zijn *pulka's*,' legde hij uit. 'Die worden ook wel gebruikt om kinderen in te vervoeren, maar wij hebben ze nodig voor onze bagage. Ik stel voor dat de mannen met een pulka rijden. Meer dan vier hebben we er niet nodig, lijkt me.'

Toen iedereen had ingepakt en de koffers naar buiten had gebracht, bleek dat alles inderdaad makkelijk in de vier pulka's paste. Sverre verdeelde het gewicht zo goed mogelijk over de aanhangers, terwijl Kim en Brian brood, koffie en thee klaarmaakten voor het ontbijt.

Na het eten liep Sverre alle huisjes nog een keer grondig na, hoewel iedereen zelf al had gecontroleerd of ze niets hadden achtergelaten. Natuurlijk vond hij toch nog wat: Martin had zijn horloge op een plankje bij zijn bed laten liggen en in de badkamer van Marieke en Celine stond nog een tandenborstel.

Voordat ze op hun sneeuwscooters stapten, vroeg Sverre nog een keer hun aandacht. 'We hebben een forse rit voor de boeg. Halverwege pauzeren we. Maar er zijn nog een paar dingen die jullie moeten weten voor onderweg.'

Hij stapte op zijn sneeuwscooter. 'We rijden in een rij, allemaal achter elkaar, met voldoende afstand om te kunnen reageren bij een noodstop. Ik rij voorop. Daarom moeten jullie goed op mijn tekens letten.'

Hij stak zijn linkerhand recht omhoog. 'Dit betekent: stop. Als je dat ziet, rem je rustig maar beslist af.'

'Als ik naar links ga, geef ik dat aan door mijn arm uit te steken.' Hij hield zijn linkerarm horizontaal. 'En als ik rechtsaf ga, doe ik zo.' Nu bracht hij dezelfde arm vanaf de elleboog omhoog.

'Waarom niet gewoon met rechts?' vroeg Celine.

'Omdat ik met die hand gas moet geven,' legde Sverre uit. 'Daarom doen we alle tekens met de linkerhand.'

'Als we langzamer moeten, geef ik dat zo aan.' Sverre zwaaide met zijn linkerarm op heuphoogte op en neer. 'O ja, en dan zijn er nog een paar tekens die jullie moeten kennen voor het geval we andere sneeuwscooters tegenkomen.' Hij wuifde ter hoogte van zijn helm met zijn hand heen en weer. 'Dit betekent dat er een sneeuwscooter aankomt.' Vervolgens zwaaide hij met dezelfde hand van achteren naar voren. 'Dit houdt in dat er nog meer sneeuwscooters achteraan komen.' Ten slotte balde hij zijn vuist op halve hoogte. 'En dit is het teken dat we de laatste sneeuwscooter passeren die ons tegemoetkomt.'

Met zijn rug naar hen toe herhaalde hij alle tekens nog eens.

Daarna mochten ze opstappen. Sverre reed voorop, daarna liet hij de mannen met de vrouwen afwisselen. Kim reed vlak achter hem, Martin sloot de rij. Samen vormden ze een kleurig geheel.

Ze lieten de hutten achter zich en gingen het bos in. Aanvankelijk reden ze langzaam, maar al snel voerde Sverre het tempo op.

Steeds sneller zag Kim de bomen aan zich voorbijgaan. Ze vroeg zich af wat er zou gebeuren als een van de sneeuwscooters ineens stil zou vallen. Natuurlijk, Sverre had elk van de scooters grondig gecontroleerd en ook de brandstoftanks afgevuld, maar toch.

Toen ze eenmaal reden, vielen al haar zorgen van haar af. Ze genoot van het landschap, de sneeuw, de vrijheid. Moeiteloos gingen de sneeuwscooters zelfs tegen steile hellingen op, zonder terug te glijden of te haperen. Wat een kracht, wat een gratie!

Blij keek ze achterom naar de felgekleurde jacks achter haar: dat waren háár mensen. Haar broer, haar partner en haar vrienden, die speciaal voor haar helemaal naar Noorwegen waren gekomen om dit hier samen met elkaar te kunnen beleven. Ze voelde zich bevoorrecht dat ze hen kende. Dit was geluk, besefte ze.

# 32

Eerder dan elk van hen verwachtte, gaf Sverre eerst het sein om vaart te minderen en vervolgens om te stoppen. Ze kwamen tot stilstand op een open plek in een vallei.

'Wat is er aan de hand?' vroeg Eric.

Sverre zette zijn helm af. 'We zijn ongeveer halverwege. Tijd om te pauzeren.'

De andere sneeuwscooters kwamen vlak bij die van Sverre tot stilstand. Iedereen was verbaasd dat ze al ruim anderhalf uur gereden hadden.

Nu de motoren van hun sneeuwscooters afgezet waren, werden ze zich bewust van de overweldigende stilte om hen heen. Tussen de bergen, omgeven door bomen en sneeuw, leek het net alsof zij de enige mensen ter wereld waren.

Martin kon het niet laten om hard te jodelen. Ineens hield hij ermee op en vroeg aan Sverre: 'Zo zorg ik toch niet voor lawines, hè?'

Sverre glimlachte. 'Er zijn hier wel lawines, zoals overal waar bergen en sneeuw zijn. Maar die komen vooral veel verder in het voorjaar voor, als de sneeuwmassa's beginnen te smelten en er smeltwater tussen de rotsen en de sneeuwlaag komt. Nu is er niet veel gevaar.'

Intussen klapte hij een paar van de pulka's open en haalde er voedsel en thermoskannen uit. 'Tijd om wat te eten,' kondigde hij aan.

'En ook voor wat gele sneeuw,' grapte Martin en hij verdween achter de bomen, om een paar minuten later weer grijnzend terug te komen met een sneeuwbal in zijn hand.

'Nee, hè!' riep Brian.

Waarna hij nog net op tijd kon wegduiken om een voltreffer te voorkomen.

Al gauw vlogen de sneeuwballen in het rond. Kim schreeuwde van plezier, tot ze van een paar kanten tegelijk geraakt werd. Ze rende door de diepe sneeuw achter haar belagers aan, maar die hadden geen moeite om te ontkomen.

Sverre ging hoofdschuddend door met het voorbereiden van hun lunch, tot hij een verdwaalde sneeuwbal tegen zijn rug kreeg. Toen graaide hij ook snel wat munitie bij elkaar. Hij zeepte zelfs Mariekes gezicht stevig in met een handvol sneeuw.

Eric raakte Brian zo hard met een sneeuwbal in zijn gezicht, dat die een kreet van pijn niet kon onderdrukken. Terwijl Eric omstandig zijn excuses aanbood, keek Kim hem onderzoekend aan, maar ze besloot er niets over te zeggen.

Even plotseling als het sneeuwballengevecht begonnen was, kwam er een einde aan. Hijgend en nog nalachend gingen ze allemaal bij de sneeuwscooters in de sneeuw zitten. Voordat Sverre het eten kon uitdelen, riep Celine: 'Dit vraagt om een foto!'

Marieke pakte haar mobiel en maakte een paar foto's, waarna ze er ook een paar liet maken door Sverre en Martin.

Tevreden aten ze een stevige lunch.

Tijdens het opruimen zei Sverre: 'Vanaf hier rijden we in één keer door naar het kamp. Dus als jullie nog een sanitaire stop willen houden, moet dat nu.'

Op Martin na gaf iedereen gehoor aan die tip.

In dezelfde volgorde als die ochtend gingen ze weer verder. Brian, die als derde reed, moest zich af en toe bedwingen om niet de rij uit te gaan en in zijn eentje een stuk het bos in te gaan. Hij zag ervan af omdat hij bang was dat Marieke, die achter hem reed, dan automatisch achter hem aan zou gaan. Ook voelde hij zich met de pulka achter zijn sneeuwscooter niet zo vrij in zijn bewegingen als de dag tevoren, toen ze zonder remmingen hadden rondgereden.

Hij liet het sneeuwlandschap aan zich voorbijgaan en dacht aan Kim. Wat een heerlijke meid was ze toch! Zoals ze dit allemaal georganiseerd had, zonder hem er iets van te vertellen. En dat terwijl hij zo vaak had aangedrongen om er alvast iets over te horen! Maar nee, ze had alles voor zichzelf gehouden en de hele reis tot in de puntjes voorbereid. Jammer van haar stugge broer.

Onwillekeurig moest hij aan het vervelende telefoongesprek met Eric terugdenken. Op de een of andere manier kon hij niet goed met hem opschieten. Eric behandelde hem altijd alsof hij hem wantrouwde. En waarom? Brian wist het niet.

Zelf vond hij het maar merkwaardig dat Kim haar hele financiële hebben en houden aan Eric overliet. Die man gaf haar maandelijks een toelage, verder had ze nauwelijks inzicht in de manier waarop hij hun geld beheerde. Als de familiebanden wat steviger waren en Brians plaats naast Kim vanzelfsprekender was geworden, zou hij Eric eens vragen om inzage in de boeken. Alleen al om te zien hoe de portefeuilles met aandelen gespreid waren en hoe het rendement was.

Van daaraf kwamen zijn gedachten automatisch op het geld dat hij voor Ruben had moeten betalen. 25.000 euro. Natuurlijk had hij dat geld niet op zijn spaarrekening. Omdat die Cisco stond op snelle betaling, had Brian geen andere mogelijkheid gezien dan het hele bedrag te lenen van de transitorekening van de makelaardij. Nou ja, lenen: hij zou moeten verantwoorden waar hij dat geld aan besteed had. Daar zou hij na deze trip beslist op worden aangesproken, dat besefte hij maar al te goed.

Kwam het doordat Brian even niet goed oplette of had er iets in de sneeuw gelegen waardoor hij ineens de macht over het stuur kwijtraakte? In elk geval schoot zijn sneeuwscooter plotseling opzij, uit het spoor van de twee scooters voor hem. Geschrokken gaf hij een ruk aan het stuur, maar het was al te laat: de rechterzijkant van zijn scooter kwam hard in aanraking met een besneeuwd stuk rots, waardoor het voertuig met een schok naar links vloog, tegen een boom aan.

Door de klap werd Brian van zijn sneeuwscooter af geslingerd. Hij maakte een halve salto en kwam op zijn rug terecht. De dikke sneeuwlaag brak zijn val, maar toch was hij even al zijn adem kwijt.

Marieke, die vlak achter hem gereden had, reed naar hem toe en sprong van haar sneeuwscooter af. 'Gaat het?' vroeg ze bezorgd.

Brian knikte, zette zijn helm af en kwam moeizaam overeind. 'Jemig,' kreunde hij, met een hand op zijn rug. 'Wat een smak!'

De rest was inmiddels ook bij hen gearriveerd. Kim en Sverre hadden zich na het horen van de klap gerealiseerd dat er iets mis was, en waren met een U-bocht op weg terug naar hen toe.

Kim rukte haar helm af en rende geschrokken naar haar partner toe. 'Brian!' riep ze. 'Wat is er gebeurd? Heb je pijn?'

'M'n rug doet zeer,' antwoordde hij. 'Verder niks, geloof ik.'

Sverre bracht zijn sneeuwscooter slippend tot stilstand. Met een paar stappen stond hij bij Brian. 'Ben je nog heel?' vroeg hij.

'Ik denk het wel,' zei Brian. 'Alleen m'n rug doet pijn.'

Zonder omwegen ritste Sverre Brians jas open en trok zijn trui en het T-shirt daaronder omhoog. Voorzichtig voelde hij met zijn vlakke hand op de plek die Brian aanwees.

'Hm, zo te zien heb je alleen je ribben gekneusd,' constateerde hij. 'Doe dat allemaal even uit, dan leg ik een drukverband aan.'

Gehoorzaam ontdeed Brian zich van zijn jas, trui en shirt. Met ontbloot bovenlichaam stond hij bibberend in de sneeuw.

Sverre voorzag hem snel van het noodzakelijke drukverband. Toen hij daarmee klaar was, zei hij: 'Morgen zul je wel flink beurs zijn, dat is niet raar na zo'n val. Doe maar snel je kleren weer aan.'

Pas toen schonk Sverre aandacht aan Brians sneeuwscooter. De pulka lag op zijn kant, maar oogde nog heel. Met de scooter zelf was het minder: een van de ski's was afgebroken, het stuur was ontzet en het ding zag er gehavend uit, met barsten en breuken in de kunststof van het koetswerk.

'Die gaat het einde van deze rit niet halen,' was Sverres oordeel.

'Wat nu?' vroeg Kim bedrukt.

Sverre haalde zijn schouders op. 'Zulke dingen gebeuren. Dat ding blijft hier. Ik laat hem wel ophalen als we in het kamp zijn.'

'Kun je niet iemand bellen?' vroeg Celine, en ze besefte meteen wat het antwoord moest zijn.

'Geen bereik,' zeiden Sverre en Eric tegelijk.

'Natuurlijk.' Ze zwaaide met haar hand voor haar gezicht. 'Even kijken of ik nog wel wakker ben.'

Er werd wat gegrinnikt, maar iedereen keek naar Sverre.

Hij controleerde de pulka en zette die met hulp van Martin en Eric overeind. Ze probeerden of het ding nog reed. Toen dat bleek mee te vallen, zetten ze de aanhanger achter de sneeuwscooter van Celine. Met enige moeite lukte het om de bevestiging vast te maken.

'Hij is een beetje verbogen,' zei Sverre, 'maar ik denk dat we het zo wel redden, als we niet te hard rijden.' Hij keek naar Brian. 'Het lijkt me het beste als je bij Kim op de scooter gaat.'

'Maar ik rij!' riep Kim meteen.

Met een pijnlijke grimas gaf Brian aan daar geen probleem mee te hebben.

Heel wat langzamer dan even tevoren zette de kleurige rij zich weer in beweging. Op de achterste scooter klemde het feloranje jack van Brian zich vast aan het felrode jack van Kim.

# 33

Ruim een uur later dan gepland kwamen ze bij hun kamp aan: een groepje blokhutten aan de voet van een imposante berg, die geheel met sneeuw en ijs bedekt was.

Toen de rij sneeuwscooters stilstond, gebaarde Sverre dat ze hun motoren moesten uitschakelen en even moesten blijven zitten.

Hij wenkte Kim, nam haar mee buiten gehoorafstand van de anderen en overlegde met haar. Kim knikte en liep terug naar de sneeuwscooters.

'Het loopt vandaag allemaal iets anders dan gepland,' vertelde ze in het Nederlands. 'Eigenlijk hadden we hier even willen blijven voordat we iets gaan bekijken wat ik jullie graag wil laten zien. Maar daar moeten we beslist heen voordat de zon ondergaat. Omdat we nu later zijn aangekomen zit er niks anders op: we gaan meteen door.'

Sverre was naast haar komen staan. Hij wachtte tot ze klaar was en zei toen: 'We laten de pulka's hier, dat rijdt makkelijker.'

'Is dat wel veilig?' vroeg Marieke benauwd. 'Al onze spullen zitten erin!'

'Het duurt veel te lang om de pulka's eerst uit te laden. En er is hier in geen kilometers afstand iemand in de buurt,' verzekerde Sverre haar. 'Als er een beer nieuwsgierig is en komt kijken, krijgt hij zo'n pulka echt niet open.'

Daar was Marieke duidelijk niet helemaal door gerustgesteld, maar ze besloot het erbij te laten.

Nadat Sverre met hulp van Martin en Eric de pulka's achter de blokhutten had gemanoeuvreerd, bleef hij met zijn helm onder zijn arm naast zijn sneeuwscooter staan.

'We gaan zo meteen een behoorlijk eind omhoog,' waarschuwde hij, 'dus is het belangrijk dat jullie allemaal goed achter me blijven en geen rare dingen doen. Ik wil beslist geen ongelukken meer!'

Onopvallend ging Kim vlak naast Brian staan en sloeg voorzichtig haar arm om zijn middel. Ze wist dat hij zich schaamde voor het ongeluk.

Op een teken van Sverre vertrokken ze. Net zo snel als eerder die dag begonnen ze aan de rit omhoog, tegen de flanken van de berg op. Maar zodra het landschap rotsachtiger en ruiger werd, ging hun gids langzamer. Geconcentreerd stuurde hij zijn sneeuwmobiel over een zo veilig mogelijke route.

Na een minuut of twintig reden ze over een bergkam. Zonder zijn motor af te zetten wees Sverre naar beneden, waar een enorme gletsjer in het bergdal lag. Hij stak zijn duim op en gaf gas. De afdaling was niet minder gevaarlijk dan de klim. Weer nam Sverre geen enkel risico, zodat ze soms bijna stapvoets naar beneden gingen. Bij de gletsjer aangekomen, gaf hij weer gas. Ze scheurden over een vlakke oever, die onder de sneeuw vol lag met kiezels en kleine keien.

Onder een overhangende klif zette Sverre zijn sneeuwscooter stil en stapte af. Hij legde zijn helm op zijn zadel. De anderen volgden zijn voorbeeld. Brian vertrok zijn gezicht van pijn toen hij vooroverboog. 'Sorry,' zei Kim met een spijtig gezicht. 'Ik had een paar pijnstillers voor je willen pakken, maar dat ben ik door de haast eerlijk gezegd gewoon vergeten.'

'Geeft niks, het gaat wel,' loog Brian.

Intussen was Sverre via een glooiend gedeelte van de helling afgedaald naar de gletsjer. Voorzichtig deed hij er een paar stappen op, waarna hij de anderen wenkte om hem te volgen. Een voor een gingen ze de helling af. Kim hielp Brian naar beneden, waar ze werden opgevangen door Martin en Celine. Onwennig klommen ze op de dikke gletsjerrand. Het oppervlak had gladde en stroeve stukken en had alle schakeringen tussen wit en zwart.

'Dit is allemaal ijs en puin,' vertelde Sverre met een weids gebaar. 'Deze dikke korst is al heel lang onderweg naar beneden en zal er nog heel lang over doen om daar te komen en vervolgens te smelten.

Het lijkt alsof we stilstaan, maar eigenlijk zijn we stukje bij beetje voortdurend in beweging.'

'Wat mooi!' riep Martin uit. 'Dus als we de tijd zouden afspelen als een miljoen maal versneld filmpje, dan zouden we nu aan het surfen zijn in de richting van de zee!'

'Dat beeld zal ik onthouden!' zei Sverre grijnzend.

Meteen was hij weer serieus. 'Hier moeten we ook erg uitkijken!' Hij wees naar de gletsjer. 'Omdat het ijs voortdurend in beweging is en allerlei zand en stukken steen bevat, kunnen er plotseling scheuren in vallen. Geloof me, daar wil je niet in terechtkomen!'

Ze geloofden hem op zijn woord.

Stevig doorlopend, maar voortdurend scherp om zich heen kijkend, ging Sverre verder over de gletsjer, met de groep in een rij achter hem aan. De wind floot op deze hoogte onaangenaam rond hun hoofden en zelfs door hun ijsmutsen heen.

Omdat hij door het verband zwaar ademde, had Brian moeite om hen bij te houden. Kim was veiligheidshalve achter hem gaan lopen. Terwijl hij zich oriënteerde op de pieken in de bergrug, kwam Sverre bij het punt uit waar hij naartoe wilde. Geroutineerd liet hij zich naar beneden glijden aan de andere kant van de gletsjer. Onderaan hielp hij de anderen naar beneden. Met Brian deed hij extra voorzichtig.

Daarna ging Sverre hen voor naar een inham van meer dan twee meter hoog in de zijkant van het gletsjerijs. De anderen volgden hem naar binnen.

Binnen keken ze verbaasd om zich heen. De gletsjer strekte zich als een onregelmatige koepel boven hen uit, met grote ijspegels eraan die dreigend naar beneden wezen. Het licht dat door de ijsmassa heen drong was blauwig.

'Wat is dit?' vroeg Eric verbaasd.

Sverre glimlachte vanwege de eerbied die in zijn stem doorklonk. 'Dit is een natuurlijke ijsgrot,' legde hij uit. 'Wij noemen dit soort plekken een ijskathedraal. Op het hoogste punt is hij zo'n acht meter hoog, met een diameter van een meter of twintig. Mooi, hè?'

'Ja, prachtig,' beaamde Celine, 'maar hoe kan dit? Hoe ontstaat zoiets?'

'Waarschijnlijk door smelting en het steeds warmer wordende klimaat. In de zomer loopt er smeltwater onder de gletsjer door, dat sommige stukken laat afbreken en met zich meevoert. Dan ontstaat er een soort bel onder de ijsmassa,' legde Sverre uit.

Kim stapte naar voren. 'En er is een bijzondere reden waarom ik jullie dit wilde laten zien, nietwaar Sverre?'

Hun gids glimlachte. 'Dat klopt, ja. Jullie hebben je niet voor niets gehaast om hier nog voor zonsondergang te zijn. Zo meteen zullen jullie zien waarom deze grot de Arena der Illusies wordt genoemd.' Hij keek op zijn horloge. 'We hebben nog ongeveer een kwartier.'

Door deze inleiding waren Kims reisgenoten toch wel erg nieuwsgierig geworden.

'Hoe ben je hierop gekomen?' vroeg Eric aan haar.

Ze schudde haar haren naar achteren en lachte. 'In het vliegtuig naar Aruba had ik erover gelezen in een van die glossy bladen. Er stonden ook foto's bij. Volgens dat artikel was deze grot niet minder dan een van de nieuwe wereldwonderen. Nou, dat gaan we nu dus zien.'

In afwachting van wat er komen ging keken ze allemaal wat rond. Sverre ging buiten de grot staan om naar de bergrug te kijken, waarachter de bleke zon langzaam naar beneden gleed. Toen de onderkant van de steeds meer oranjerood wordende vuurbal de hoogste bergpiek raakte, ging hij naar binnen en kondigde aan: 'Het is zover.' Alle zeven gingen ze achter in de grot staan, zodat ze het beste zicht hadden op het gedeelte van het ijs dat door de zon beschenen werd. Het blauwige licht in de overkoepelde ruimte veranderde langzaam van kleur. Eerst werd het paarsig, daarna leek het uiteen te vallen in een heel scala van kleuren, die voorzichtig allemaal hun weg zochten over de wanden en de bodem van de grot. Het was alsof iemand een lichtshow in werking had gezet.

Toen vond het licht ook de mensen in de grot. Speels gleed het over hen heen. Ineens was alles anders. Brians donkere huid lichtte hel op, terwijl Kim juist donkerdere tinten kreeg. Erics gezicht leek eerst dat van een clown, maar had vervolgens veel van een doodshoofd, om daarna gekust te worden door vlammende kleuren. Marieke keek naar haar armen en benen alsof die niet van haar waren, zo vreemd leken ze, als sprookjesachtige poppenledematen.

Met kreten van verrassing bekeken de zeven zichzelf, elkaar en de ruimte om hen heen. Alles was omgetoverd in een schouwspel vol spectaculaire effecten, die van het ene op het andere moment veranderden en alles vertekenden. Zelfs de grond onder hun voeten leek niet stevig meer te zijn, maar te bestaan uit een levensgevaarlijk doolhof van gaten en spelonken. Langzamerhand verloren de kleuren aan intensiteit en vervaagden, tot de grot zijn oorspronkelijke blauwige kleur weer terugkreeg en het donkerder werd.

Hoewel ze allemaal nog vol waren van wat ze zojuist hadden gezien, was Sverre direct weer de praktische redelijkheid zelve. Hij liep naar de uitgang en kondigde aan: 'We moeten nu meteen weg, dan kunnen we nog in de schemering naar het kamp rijden. Ik wil liever niet in het donker over de berg heen.'

Enigszins gehaast ondernamen ze de terugtocht naar de sneeuwscooters. Hun hoofden vol van wat ze zojuist gezien hadden.

# 34

'Wat een dag!' verzuchtte Celine gelukzalig, toen ze zich na het avondeten liet neerzakken bij het kampvuur, dat op veilige afstand van de
blokhutten op een sneeuwvrij gemaakte, beschutte plek was aangelegd.
'Zeg dat wel,' stemde Brian met een pijnlijke grimas in. 'Op een kleinigheidje na had het niet veel beter kunnen gaan.'
Kim ging lachend naast hem zitten en sloeg voorzichtig een arm om
zijn schouders. 'En met dat kleinigheidje bedoel je dan jouw totaal
aan gort gereden sneeuwscooter, zeker?'
'Je bent toch wel verzekerd, hè?' vroeg hij geschrokken.
'Natuurlijk,' antwoordde Kim laconiek. 'Maak je geen zorgen, het
komt allemaal goed. Wat mij betreft zijn jouw ribben veel belangrij-
ker. Heb je nog pijn?'
'Valt wel mee.' Hij maakte een wegwuifgebaar. 'Die pijnstillers helpen
uitstekend.'
'Wil iedereen koffie?' vroeg Eric, die met een paar thermoskannen en
een handvol mokken kwam aanlopen uit het donker.
Marieke vroeg om thee.
'Komt er zo aan,' beloofde Eric. 'Die neemt Sverre zo mee, samen
met suiker, melk en lepeltjes voor de liefhebbers.'
Inderdaad voegde even later Sverre zich bij hen. Allemaal kregen ze
een volgeschonken mok, die meteen als handenwarmer diende.
'Ik heb nog nooit zoiets gezien als in die grot,' zei Celine. 'Het was net
alsof wijzelf ook anders werden door dat licht.'
'Dat is heel goed mogelijk,' filosofeerde Martin voor zich uit. 'Zelfs
als het allemaal maar illusie is, laat dat een mens niet onberoerd. Elke
diepgaande ervaring verandert ons en heeft invloed op onze manier
van leven.'

Eric keek hem aan alsof hij hem voor het eerst zag. 'Nou, nou, het is te horen dat jij veel tijd doorbrengt in een kroeg, zeg. Zoveel flauwekul heb ik in geen tijden gehoord, zeker niet van iemand die nuchter is.'

Martin schoot in de lach, maar Marieke viel hem bij: 'Ik vind het anders helemaal geen flauwekul! Er is meer tussen hemel en aarde dan jij ooit zult beseffen, Eric!'

'Als iemand zo tegen me praat, moet ik altijd meteen even... hoe noemde jij dat ook al weer, Martin? De sneeuw geel kleuren. Misschien verander ik die sneeuw dan ook wel.'

Hij grijnsde en verdween op een holletje tussen de bomen, de duisternis in, voordat Marieke verontwaardigd kon antwoorden.

Nog nagrinnikend liep Eric in de richting van de berg. Hij haalde zijn mobiel tevoorschijn. Geen bereik: dat dacht hij al. Waarschijnlijk waren de kinderen toch al naar bed. Maar hij had wel even Ediths stem willen horen.

Eric stond tot zijn knieën in de sneeuw een boom te bevochtigen, toen zijn blik werd getrokken door iets vreemds. Tegen de donkere hemel leek het net alsof de berg die ze die middag beklommen hadden in brand stond. De lucht erboven werd hel gekleurd door iets wat leek op bleke vlammen. Gebiologeerd liep Eric een paar stappen het bos uit om beter naar de berg te kunnen kijken. Hij vergiste zich niet: er woedde daarboven een bosbrand, dat moest haast wel.

Rennend ging hij terug naar de anderen bij het kampvuur.

'Er is brand!' riep hij. 'Daar, boven op de berg!'

Sverre was de eerste die overeind stond en met hem meeging. Alle anderen kwamen achter hen aan; Kim hield een arm om Brians schouders geslagen.

Bij de bosrand aangekomen keken ze allemaal omhoog. De gele vlammen waren verdwenen. Daarvoor in de plaats hingen nu lichtende banen in de lucht, die leken op traag wapperende, lange linten. Ze waren eerst felwit, daarna groenig van kleur.

'Dat is het licht uit de Arena der Illusies,' stamelde Celine. 'Hoe kan dat?'

Maar Sverre schudde zijn hoofd. 'Nee, dit is wat anders. Ik heb dit jaren geleden samen met mijn vader gezien. Mijn god, toen was ik nog maar zeven jaar oud. En ook een jaar of tien geleden, samen met Ingrid, toen zij nog mijn vrouw was.' Hij staarde even met open mond naar de stralenbundels, die nu als zoeklichten omhoogschoten en toen langzaam veranderden in een gordijn van licht. Zonder zich van het schouwspel af te wenden zei hij: 'Dit is het poollicht. *Aurora borealis.*'

'Het poollicht?' herhaalde Eric automatisch. Toen was het alsof hem een licht opging: 'Natuurlijk, het noorderlicht! Daar heb ik een keer een documentaire over gezien. Niet te geloven dat we het hier echt meemaken! Dat schijnt maar eens in de zoveel jaar zo goed zichtbaar voor te komen!'

Sverre kon zijn ogen niet van het lichtende verschijnsel afhouden, maar hij knikte. 'Dat klopt, dat heeft mijn vader me ook verteld. Je kunt het vrijwel elk jaar weleens zien, vooral in het noorden en dichter bij de zee, maar nooit zo helder en zo lang. Soms is het met een paar seconden gedaan. Elke elf jaar, zei hij, dan kun je het zo goed zien, in de winter.'

Het licht aan de hemel veranderde nu in een vlammende boog.

'O, wat mooi!' stamelde Kim en ze drukte Brian dicht tegen zich aan, wat hem een pijnlijk gekreun ontlokte. 'Sorry,' zei ze zacht, waarna ze hem als goedmakertje op zijn wang zoende.

'Maar wat is het?' wilde Celine weten. 'Hoe kan dit zomaar? En waarom maar eens in de elf jaar?'

Hoewel hij zijn wenkbrauwen fronste en een nadenkend gezicht trok, wist Sverre geen antwoord.

'Ik geloof dat het iets met zonnevlekken en aardmagnetisme te maken heeft,' zei Eric peinzend. 'In die documentaire vertelden ze dat zoiets alleen voorkomt als de zon heel actief is. Vraag me niet hoe het kan. Maar volgens mij veroorzaakt het ook storingen op radio's en zo.'

'En dan komt dat licht juist voor bij de magnetische pool,' begreep Martin. 'Ook bij de Zuidpool?'

'Volgens mij wel,' antwoordde Eric bedenkelijk. 'Dat weet ik niet precies meer. Maar het kan best bij Australië zijn.'

'Dat klopt. Daar heet het *aurora australis*,' reageerde Sverre. Terwijl ze aan het praten waren, vervaagde en verdween het lichtverschijnsel langzaam.

Opgewonden pratend liep de groep terug naar het kampvuur. Ze gooiden wat extra houtblokken in de vlammen, haalden wijn en bier, en gingen weer zitten.

'Niet te geloven dat we twee keer op een dag zoiets bijzonders te zien krijgen!' riep Celine geestdriftig voor iemand die normaal gesproken niet snel van iets onder de indruk was.

Sverre knikte traag en trok een blikje bier open. 'Jullie zijn een bijzondere groep. Ik heb in het binnenland het poollicht nog nooit zo mooi helder gezien terwijl ik aan het gidsen was.' Hij hief zijn geopende blikje. '*Skol!* Op jullie!'

'Skol!' riepen ze allemaal en ze dronken hem toe.

'Maar Marieke en Martin, ga me nou alsjeblieft niet vertellen dat we hierdoor ook weer gaan veranderen!' zei Eric plagerig, toen hij een slok genomen had.

De anderen lachten, maar Marieke vond het duidelijk niet leuk, al protesteerde ze deze keer niet.

'En toch moet je de kracht van het poollicht niet onderschatten!' zei Sverre glimlachend, maar zijn ogen stonden ernstig. 'Mijn volk is er altijd van overtuigd geweest dat de aurora of de brandende hemel, zoals ze het noemden, een afspiegeling was van de strijd tussen goed en kwaad, die in de hemel gevoerd werd. Die strijd bepaalt het lot van iedereen in de geestenwereld. Dus uiteindelijk ook voor jullie en mij.' Hij nam nog een slok bier. 'Dat vertelde mijn vader me. Ik ben er niet helemaal zeker van of hij dat zelf ook nog geloofde. Zoals ik eerlijk gezegd ook niet zeker weet wat ik er zelf van moet denken. Ik ben geneigd vreemde dingen te geloven, zeker als ze verband houden met de godenwereld van mijn voorouders.'

'Weet je dat ik daar een beetje jaloers op ben,' zei Eric, terwijl hij naar hem toe boog. 'Zo'n mooi oud geloof van je voorvaderen, met een eigen mythologie en alles: dat hebben we in Nederland helemaal niet.'

Sverre grijnsde. 'O, maar daar hoef je helemaal niet jaloers op te zijn, hoor. Sommige dingen die ze geloofden waren absoluut *wacko!* Overblijfselen van halfgare manieren om te verklaren wat ze niet konden begrijpen.'

'Dat levert soms juist de mooiste beelden op, hoor!' haakte Marieke in. 'Neem nou de oude Indiërs: die dachten dat de wereld plat was en op de rug van een gigantische olifant lag. En die olifant stond op zijn beurt op het schild van een reusachtige schildpad.'

'En waar stond die schildpad dan op?' vroeg Brian geïnteresseerd.

'Volgens mij wisten ze dat niet,' antwoordde Marieke verontschuldigend. 'Of ze vonden het niet belangrijk, omdat ze dachten dat ze hiermee al wel genoeg verklaard hadden.'

'Als je iets verklaart door alleen maar een nieuw probleem op te werpen, is dat niet erg handig,' meende Brian. 'Gingen de mensen dan geen lastige vragen stellen?'

Marieke haalde haar schouders op. 'Ik weet het niet. Ik denk niet dat je zo met zulke verhalen moet omgaan.'

'Dat geloof ik ook niet,' viel Sverre haar bij. 'Die mooie verhalen horen bij je erfgoed. Daar moet je trots op zijn. Het is heel makkelijk om alles maar stuk te redeneren. Maar wat hou je dan over?'

Daar had Brian geen antwoord op.

Hoewel het al pratend en drinkend rond het kampvuur erg gezellig was, trokken Kim en Brian zich als eersten terug in hun blokhut. Kim wilde Brians verband nog rustig kunnen verwisselen, deelde ze mee, en de anderen namen dat graag van haar aan.

Eric was na twee blikjes bier overgegaan op bronwater. Hij voelde dat hij moe was na deze dag vol inspanning, maar had het te veel naar zijn zin om nu al te gaan slapen. Steunend op een elleboog keek hij het kampvuur rond.

Marieke was van de groep degene die het meest op zichzelf was, constateerde hij. Ze had een eigen belevingswereld, was wat verlegen en voorzichtig, een beetje angstig, en ze kwam in elk geval moeilijk los.

Ze nam alles zo serieus.

Het verschil met Martin en Celine kon wat dat betreft haast niet groter zijn. Die twee zaten voortdurend met elkaar te praten en te lachen. Zou Martin misschien een oogje op Celine hebben, vroeg Eric zich af. Volgens hem zou hij dan knap kansloos zijn, want Martin was vast haar type niet. Hij zag Celine eerder vallen voor een stoer type als hun gids.

Sverre was na het gesprek over de Noorse mythologie een beetje stilgevallen. Wel had hij het ene na het andere blikje bier naar binnen geslagen, net als de avond tevoren.

'Zouden we die andere groep nog kunnen tegenkomen, die Duitsers van gisteren?' vroeg Marieke. 'Misschien gaan die ook wel naar de Arena der Illusies.'

Meteen stond Sverres gezicht verbeten. 'Nee, die waren op de terugweg.'

'Met die vriend van jou,' zei Eric.

'Noem die man nooit meer mijn vriend!' viel Sverre fel uit. 'Hij is een schoft! Je hebt zelfs kans dat hij mij op een gegeven moment iets aandoet.'

Alle blikken waren ineens op hem gericht. Marieke schoof zelfs wat opzij om beter langs het vuur naar hun gids te kunnen kijken.

'Die Jonas bedoel je?' vroeg Eric.

Sverre knikte nauwelijks merkbaar. 'Hij was gisteren kwaad op me, omdat ik hem en zijn groep niet bij ons wilde laten blijven. Maar ik wilde dat risico echt niet lopen.'

'Hoezo niet?' wilde Eric weten. 'Waar was je dan bang voor?'

'Dat is een lang verhaal. De korte versie is dat hij en ik, toen ik nog veel jonger was dan nu, samenwerkten. Ik kon altijd goed met hem opschieten en dacht dat hij een vriend van me was. Maar op een dag vielen twee van de mensen uit onze groep bij een excursie in een bergkloof. Begrijp me goed: dat waren geoefende klimmers!'

De anderen wachtten af en reageerden niet.

'Hoe dan ook, vanaf dat moment deed Jonas raar,' vervolgde Sverre, na opnieuw een slok bier. 'Hij gedroeg zich agressief tegenover mij en de rest van de groep, toen we vroegen hoe dat ongeluk had kunnen gebeuren. Want hij was degene die met die twee mensen op dat bergplateau was geweest, weet je. Maar toen we later met de politie en de directie van onze reisorganisatie praatten, wist hij het zo te draaien dat ik er verantwoordelijk voor was. Totaal oneerlijk! Pas toen zag ik hem zoals hij echt was. Dat zorgde voor een enorme ruzie. Nou, en daarna moest ik weg, vond de directie. Ook al werkte ik er al veel langer dan hij en is het nooit echt goed onderzocht.'

'Maar dan had je toch kunnen protesteren,' suggereerde Celine, 'en de andere mensen van die groep kunnen laten getuigen?'

Sverre gooide zijn lege bierblikje in het vuur. Terwijl hij een nieuw blikje openmaakte, zei hij hoofdschuddend. 'Je begrijpt het niet. Dat had allemaal geen zin. Die mensen waren dood, daar kon niemand iets aan veranderen. En ik kon daar gewoon niet meer blijven, want ze waren blijkbaar niet van plan om Jonas te ontslaan. Dus had ik heel erg duidelijk gemaakt dat ik nooit, maar dan ook nooit meer samen met hem wilde gidsen. Volgens de directie was daardoor een onwerkbare situatie ontstaan.'

'Daarom wilde je gisteren ook niet dat hij en zijn groep bij ons bleven, natuurlijk,' zei Marieke, met medelijden in haar stem.

'Precies!' riep Sverre schor. 'Ik vertrouw hem niet. Die man is een gevaar voor iedereen met wie hij op pad gaat, dat is wel bewezen!' Hij goot een flinke teug bier naar binnen en veegde zijn mond droog met zijn mouw. 'Natuurlijk weet hij dat ik hem doorheb. Mij houdt hij niet voor de gek! Daarom zei hij gisteren dat hij me nog wel zou krijgen.'

'Dus hij heeft je bedreigd?' vroeg Eric, duidelijk onder de indruk van wat hij zojuist te horen had gekregen.

Sverre knikte. 'Hij is natuurlijk bang dat ik iedereen vertel hoe hij eigenlijk is. En dat zal ik doen ook!' Hij zweeg even, voordat hij daaraan toevoegde: 'Tot hij me verhindert om dat nog te doen. Zoals hij me gisteren beloofd heeft: hij zei dat ik nergens veilig zal zijn als ik mijn mond niet houd.'

# 35

Na een lange nachtrust werden ze de volgende ochtend allemaal gewekt doordat Brian *Lang zal ze leven* zong voor Kim in hun blokhut. Al gauw voegden de anderen zich bij het tweetal, Sverre als laatste, en werd er een heel repertoire gezongen: van *Happy Birthday to you* tot *Zij leve hoog*.

Kim onderging het allemaal vanuit haar bed, met een brede glimlach.

'Geen cadeautjes?' vroeg ze quasiteleurgesteld.

'Nee,' antwoordde Brian beslist. 'We vieren het vanavond pas.'

'Precies,' viel Sverre hem bij. 'Eerst moet er gewerkt worden. We gaan zo de honden ophalen.'

'Gaan we ze ophalen?' vroeg Eric verbaasd.

Sverre keek hem met opgetrokken wenkbrauwen aan. 'Wat had je dan gedacht? Dat ze hier gebracht zouden worden?'

Daar had hij een punt.

Ze ontbeten stevig, pakten hun spullen in en laadden de pulka's vol. In een rij verlieten de sneeuwscooters de blokhutten. Over een bergachtige route bereikten ze na ruim een uur een besneeuwde weg. Toen ze bij een kruispunt stopten, omdat Sverre een onleesbare wegwijzer ging schoonvegen, vroeg Martin: 'Waar zitten we hier eigenlijk? Heb je enig idee waar we zijn?'

Sverre glimlachte en gebaarde om zich heen. 'Deze bergen vormen de grens tussen het noorden en het zuiden van mijn land. Natuurlijk ben ik nog lang niet overal geweest, daar is dit gebied domweg te groot voor, maar ik ken hier in grote lijnen de weg. We zijn in het uiterste oosten, momenteel zo'n zestig of zeventig kilometer van de Zweedse grens, vlak bij de huskyfarm waar we verwacht worden.'

'Een huskyfarm?' reageerde Martin verbaasd. 'Ik wist niet dat er zoiets bestond.'

'Je zult het zo wel zien,' antwoordde Sverre.

Hij ging weer op zijn sneeuwscooter zitten en zette de tocht voort.

Binnen een kwartier bereikten ze een zijweg die leidde naar een lange oprijlaan. Aan het einde daarvan lag een groot huis met bijgebouwtjes. Uit een hoge schoorsteen kwam rook en de directe omgeving van het huis was sneeuwvrij gemaakt.

Zodra ze de sneeuwscooters op het plein voor het huis parkeerden, kwamen er een oudere man en vrouw naar buiten, die zich even later aan hen voorstelden als Gunnar en Karin.

'Gunnar is een Zweed,' legde Sverre uit. 'Nadat hij met Karin getrouwd was, zijn ze hier vlak bij de grens tussen hun beide vaderlanden komen wonen.'

De oudere man, kalend maar met helderblauwe ogen, glimlachte. 'Dat klopt. En we hebben bijna net zoveel klanten uit Noorwegen als uit Zweden.'

'Willen jullie iets warms drinken?' vroeg zijn echtgenote, een bolronde vrouw met blonde vlechten. 'Kom gerust binnen.'

Ze ging de groep voor naar een enorme eetkeuken, waarin een grote tafel en een achttal stoelen stonden. Haar man kwam even later met een krukje aan, waarop hij zelf plaatsnam.

Toen ze iedereen van thee of koffie en koek voorzien had, ging Karin bij hen zitten en zei: 'Jullie komen uit Nederland, begreep ik van Sverre.'

'Dat klopt,' zei Martin en hij maakte een gebaar in de richting van Kim. 'We zijn hier om de verjaardag van onze vriendin Kim te vieren.'

'Een goede keus,' vond Gunnar. 'De meeste mensen gaan naar het zuiden, maar hier is veel meer te zien.'

Karin lachte. 'Doe toch niet zo mal, man, overal is van alles te zien. Hier is het alleen maar koud.' Op verontschuldigende toon zei ze tegen haar gasten: 'Let maar niet op hem, hoor, hij is nog altijd verliefd op dit land.'

'Dat is niet waar,' protesteerde haar echtgenoot. 'Ik ben alleen verliefd op jou!'

Er werd gepraat en gelachen, terwijl Karin regelmatig bijschonk.

Toen Gunnar hoorde dat Brian gevallen was, nam hij hem mee naar de badkamer om naar zijn wond te kijken. Hij smeerde de beurse plek in met zalf en ververste het verband. Weer terug bij de anderen overlegde de oude man met Sverre over het ophalen van de kapotte sneeuwscooter.

'Dat komt in orde,' beloofde hij aan Sverre, 'daar zorg ik voor. Als hij opgelapt is zal ik hem naar Dovre laten vervoeren. De rekening stuur ik je na.'

Sverre knikte hem dankbaar toe. 'Prima, daar heb ik dan verder geen omkijken meer naar. Zullen we nu de honden gaan ophalen?'

Op weg naar een van de grote schuren die naast het woonhuis lagen, hoorden ze de honden al blaffen.

'Gunnar en Karin hebben meer dan 120 husky's,' vertelde Sverre. 'Daar zitten kampioenen bij. Sommige van hun honden doen elk jaar mee met wedstrijden, zelfs grote rally's, door heel Scandinavië.'

'We verkopen ook regelmatig honden. Ik mag wel zeggen dat we als fokkers hoog staan aangeschreven,' voegde Gunnar daar niet zonder trots aan toe.

Toen hij de schuurdeur openschoof, werd het geblaf oorverdovend. In grote kennels stonden tientallen honden. Sommige sprongen uit geestdrift tegen het hek. Achter in de lange gang waren twee mannen aan het werk met een kruiwagen en zakken voer.

Gunnar bulderde iets tegen de honden wat de Nederlanders niet verstonden en meteen vielen de dieren stil.

'Ze zijn blij dat ze jullie zien,' legde Gunnar uit. 'Want ze weten dat jullie komst betekent dat ze de bossen in kunnen. Dat vinden ze heerlijk.'

'Wat een mooie beesten!' riep Celine, terwijl ze zich bij een van de kooien op haar hurken liet zakken. 'Mag ik ze aaien?'

'Even wachten.' Karin ging voor de groep staan. 'Jullie moeten eerst het een en ander leren over deze dieren. Ik weet niet of jullie gewend zijn met honden om te gaan, maar deze Alaskaanse husky's zijn echte rashonden. Ze zijn gewend om in een groep te werken met een heel strikte hiërarchie: de oudste en meest ervaren honden lopen voorop en bepalen het tempo. En jij bent de baas.'

'Precies, jij bent de roedelleider om het zo maar uit te drukken,' viel haar echtgenoot haar bij. 'Dus is het zaak om ze steeds bewust te laten zijn van hun plaats in de roedel. Ze moeten weten dat ze naar jou dienen te luisteren.'

Karin riep de twee mannen en vertelde de Nederlanders dat Sverre en het viertal van de huskyfarm hen zouden laten zien hoe ze moesten omgaan met de honden en de slee.

Ruim een uur lang kregen ze instructies: ze leerden hoe ze de honden moesten inspannen en kregen de basisvaardigheden voor het rijden op de slee bijgebracht. Het duurde even voordat de honden aan de nieuwe mensen gewend waren geraakt. En andersom ook.

Vooral Marieke was aanvankelijk een beetje bang voor de energieke Alaskanen, die niets liever wilden dan op pad gaan en rennen. Maar gaandeweg kreeg ze toch lol in de honden met hun mooie ogen, grappige koppen, puntige oren en staarten die als een vraagteken in een krul boven hun rug stonden.

Nadat ze ook de nodige veiligheidstips hadden gekregen, mocht de groep op het grote veld achter de huskyfarm gaan oefenen.

'Niet verder dan tot de bosrand!' hield Gunnar hen ernstig voor. 'Als je de honden hun zin geeft, gaan ze meteen de bossen in. Maar het is de bedoeling dat jullie eerst met de slee leren rijden. En dat kun je alleen door het uit te proberen.'

'Als we straks met z'n allen onderweg gaan, rij ik voorop,' voegde Sverre daaraan toe. 'Dan volgen de andere honden vanzelf. Nu gaat het er alleen om dat jullie voelen hoe het is om in een hondenslee te rijden.'

Bij de instructie hadden Gunnar en Karin verteld dat er ook grote hondensleeën waren, waarin twee tot acht mensen konden zitten, maar dat zij ieder een eigen slee met vier honden zouden krijgen. Zoals Kim had gevraagd.

Wat onwennig stonden ze alle zes op hun hondenslee, terwijl voor elke slee vier ongeduldige honden wachtten op het signaal om te gaan lopen.

'Jullie weten allemaal hoe je moet remmen?' vroeg Karin nog eens, ten overvloede.

Brian keek naar beneden. De eerste keer dat de instructeurs verteld hadden hoe het remmen op een hondenslee in zijn werk ging, had hij gedacht dat ze een grapje maakten. Als het nodig was om snel stil te staan met je slee moest je een stuk ruwe stof, dat nog het meeste weg had van een tapijttegel en aan de hondenslee vastzat met een paar touwtjes, tussen de glijders op de grond laten vallen. En daar moest je dan vervolgens op gaan staan. Mocht je erin slagen om niet om te vallen, dan vertraagde je de vaart van de slee voldoende om de honden te laten voelen dat ze moesten ophouden met rennen.

Hij had er weinig vertrouwen in en was bang dat hij zijn ribben bij een eventuele val nog verder zou bezeren. Maar hij besloot er geen probleem van te maken. Hij was geen watje en wilde het plezier van de anderen niet bederven. Toen hij naar Kim keek, moest hij glimlachen. Ze was duidelijk opgewonden.

'Oké,' riep Karin. 'Dan gaan we nu van start! Klaar?'

Brian zette zich schrap.

'*Go!*' klonk het tegelijkertijd uit de monden van Karin en Gunnar.

De Nederlanders gaven alle zes tegelijk een ruk aan hun teugels en meteen schoten de honden vooruit.

Met de grootst mogelijke moeite wist Brian overeind te blijven. Naast zich zag hij dat Eric van zijn slee af viel en in de sneeuw terechtkwam. Brian grijnsde vol leedvermaak. De twee stalknechten van de huskyfarm, die aan hen waren voorgesteld als Olin en Robbe, holden achter de onbemande slee aan en riepen de honden.

Brian kon niet zien hoe het afliep, want hij had al zijn aandacht nodig bij zijn eigen slee. De honden hadden hem al tientallen meters met zich meegesleurd, toen hij pas goed zijn evenwicht vond. Veel sneller dan hij verwacht had kwam de bosrand dichterbij. En dus stuurde hij met de teugels naar links. Tot zijn verrassing reageerden de voorste twee honden direct: ze leidden de andere twee met een bocht bij de bomen vandaan.

Enigszins geschrokken zag hij van de andere kant de slee van Celine aankomen. De honden leken er niet van op te kijken. Trefzeker manoeuvreerden ze zijn slee ruim langs die van de tegenligger.

Brian begon er lol in te krijgen. Met een slingerlijn stuurde hij de slee terug in de richting van de schuren, waar Sverre en de mensen van de huskyfarm stonden te kijken naar hun verrichtingen.

Inmiddels bleek ook Eric weer op zijn slee te hebben plaatsgenomen: Brian zag hem met zijn gele jack langs de bosrand gaan, waar hij het pad kruiste van een felgroen jack, Martin.

Waar was Kim? Al gauw had hij haar in de gaten: daar kwam haar rode jack tussen de bomen vandaan. Blijkbaar waren de honden in hun enthousiasme toch de bossen in gegaan en had zij hen zover weten te krijgen dat ze weer teruggingen.

'Oké, Kim,' zei hij hardop.

Uit zijn ooghoeken zag hij Marieke aankomen; even later schoof ze rechts van hem voorbij, met een lachend gezicht.

Brian had het gevoel alsof ze nog maar net begonnen waren met oefenen, toen hun begeleiders hen met armzwaaien te kennen gaven dat ze allemaal naar hen toe moesten komen.

Als een van de laatsten kwam hij bij de schuren aan. De honden minderden automatisch vaart, maar Brian liet toch de tapijttegel op de grond vallen en ging er vervolgens stevig op staan. Even dacht hij zeker te weten dat hij zou vallen, toen hij de gladde grond onder zijn voeten weg voelde glijden. Maar het lukte hem op de been te blijven. En de honden brachten de slee binnen een tiental meters tot stilstand.

Opgelucht stapte hij af. Robbe schoot te hulp om de teugels van hem over te nemen en de honden weg te leiden.

'Dat was helemaal te gek!' verwoordde Martin wat ze allemaal dachten.

Sverre kwam lachend naar hen toe. 'Jullie zijn natuurtalenten!' riep hij. 'Voor een eerste keer ging het helemaal niet slecht!'

'Komen er nog meer oefeningen?' wilde Marieke weten. 'Want we zijn natuurlijk nog lang niet volleerd.'

'Dat zullen we vanmiddag gaan merken,' zei Sverre droog. 'Want na het eten gaan we op weg naar onze volgende locatie.'

'Is dat ver?' vroeg Celine.

Sverre haalde zijn schouders op. 'Dat hangt ervan af wat je ver vindt. Het is een kleine vijftig kilometer hiervandaan. Door de bossen.'

# 36

Na een stevige lunch laadde de groep alle bagage uit de pulka's over op de hondensleeën. De husky's leken te grijnzen toen ze met hulp van Olin en Robbe weer voor hun sleeën werden gespannen. Nagezwaaid door de mensen van de huskyfarm vertrok het zestal het bos in, achter Sverre aan, die zijn honden met vaardige hand mende.

Celine genoot. Dit was het ware leven! Ze vond het heerlijk om zo ver van Capelle en haar gewone leventje te zijn. Al had ze niet verwacht dat ze de fysieke inspanning en avontuurlijke ritten ook zo zou waarderen. Zelfs Veldwerk Marketing kon haar op dit moment gestolen worden. Het enige wat nu voor haar bestond was de witte sprookjeswereld waar ze met hoge snelheid doorheen schoot. Er was alleen het gehijg van de honden en het geluid van de glijders die door de sneeuw sneden. Voor haar zag ze Marieke, achter haar, wist ze, moest Kim zijn. Boven haar was de lichtblauwe hemel met het bleke zonnetje, dat net over zijn hoogste stand heen was. En verder was er alleen de vrieskoude lucht, die haar longen voelbaar vulde met gezondheid.

Met de sneeuwscooters hadden ze behoorlijk tempo gemaakt, maar dat was anders dan dit. Het leek wel alsof ze met de honden, háár honden, harder ging dan ze die ochtend en de dag tevoren gereden had. Maar dat kon natuurlijk niet.

Ze keek vol bewondering naar de honden. De voorste twee waren de oudste en de rustigste, hadden Gunnar en Karin hen uitgelegd. Die bepaalden wat het kwartet deed, hoe ze hun niet geringe krachten toepasten, of ze luisterden naar degene die op de hondenslee stond. Ze deden het echt voorbeeldig, alsof ze vonden dat Celine een waardig bestuurder van de slee was.

De rij hondensleeën kwam na een lange rit uit het dichte woud en ging een bergachtiger gebied in. Ze passeerden een bevroren rivier, gingen over rotsachtige heuvels en door kalme dalen.

Onder aan een enorme berg gaf Sverre het sein dat ze moesten stoppen. Op een open terrein kwam de groep tot stilstand.

'Even pauze,' kondigde hij aan, waarna hij een paar paaltjes en een grote rubberen hamer uit zijn hondenslee haalde. Terwijl hij zijn teugels bleef vasthouden, sloeg hij een paaltje de harde grond in en zette daar zijn honden aan vast. Vervolgens sloeg hij nog drie paaltjes in de grond. Daaraan werden de sleeën van de anderen twee aan twee vastgezet.

'Anders zouden ze misschien op het idee kunnen komen er zonder ons vandoor te gaan,' zei Sverre laconiek.

De honden bleken een dergelijke behandeling gewend te zijn, want ze gingen in de sneeuw liggen nahijgen. Als de mensen naar hen keken, knepen de dieren vriendelijk hun ogen even dicht.

Sverre deelde thee en koffie uit.

'En de honden?' vroeg Martin.

'Die krijgen straks te eten,' antwoordde Sverre. 'Zo gaat dat: eerst een inspanning, dan een beloning. Dat weten ze.'

'Waar gaan we heen?' vroeg Eric.

Sverre maakte een hoofdbeweging naar de berg en nam een slok van zijn koffie. 'De berg op. We zitten nu in het grensgebied met Zweden en gaan naar de hoogvlakte. Erg mooi daar. Kim kan jullie vast meer vertellen over jullie volgende doel.'

Allemaal keken ze naar Kim.

'Daarboven moet een meertje zijn dat helemaal bevroren is. En toch schijnen er allemaal vissen in te zitten. Ik heb me laten vertellen dat het er fantastisch mooi moet zijn. En, niet onbelangrijk: ons onderkomen is ook helemaal te gek!' Haar enthousiasme werkte aanstekelijk, hoewel nog steeds niemand wist wat hen precies te wachten stond.

Na het oponthoud trokken ze weer verder. De honden hadden

geen moeite met de beklimming van de berg en hielden de vaart er behoorlijk in.

Marieke volgde het vertrouwde oranje jack van Brian, die vlak voor haar reed. Van tevoren had ze niet gedacht dat ze het rijden met een hondenslee zo geweldig zou vinden. Het was haar nog meer meegevallen dan de sneeuwscooters. Nog nooit had ze zich zo vrij en zo verbonden met de natuur gevoeld als nu, achter op een slee die getrokken werd door vier honden. Het was een prachtig verhaal. Alleen jammer dat er thuis niet veel mensen waren aan wie ze zo'n verhaal kon vertellen.

Op de huskyfarm had ze de Alaskanen nog een beetje bedreigend gevonden: de rashonden waren heel krachtig en energiek, wat ze onberekenbaar vond, maar inmiddels had ze een gevoel van verstandhouding opgebouwd met de vier dieren die voor haar slee uit renden.

De groep jakkerde tegen de berg op. Het nauwelijks zichtbare pad dat ze volgden voerde tussen plukken bomen en rotspartijen door, en bracht hen via slingerwegen en haarspeldbochten naar boven.

Eenmaal boven de boomgrens werd Marieke de adem benomen door het onafzienbare, spectaculaire uitzicht dat ze hadden over het dal en het glooiende, besneeuwde heuvellandschap onder aan de berg. Ze voelde zich totaal overweldigd door zoveel eindeloze schoonheid. Al gauw waren ze op de hoogvlakte, waar weidse vergezichten hen om elke bocht wachtten. Af en toe dwarrelde hen wat sneeuw tegemoet. Nog nooit was de wereld Marieke zo ongerept voorgekomen als nu. Haar hart bonkte in haar borst en toch kon ze er niet genoeg van krijgen.

Dit ging ze vaker doen, dat wist ze zeker! Waarom waren niet veel meer mensen verslaafd aan hondensleeën? In zo'n prachtige, ongehoord indrukwekkende omgeving als hier, halverwege Noorwegen bij de Zweedse grens?

Tegelijkertijd was ze blij dat het massatoerisme de pure, frisse schoonheid van dit winterse landschap nog niet had ontdekt. Ze moest er niet aan denken dat het hier zo overbevolkt zou zijn als in sommige Zwitserse of Oostenrijkse skioorden.

Ze was bijna teleurgesteld toen de honden vaart terugnamen en Brian het gebaar maakte dat ze gingen stoppen. Wat haar betreft had deze tocht eindeloos mogen duren.

# 37

'Eerst de honden!' riep Sverre.

Gehoorzaam zorgden de zes Nederlanders eerst voor hun honden. De dieren werden uitgespannen en twee aan twee vastgemaakt aan de paaltjes die Sverre op een paar meter afstand van elkaar in de grond sloeg. Daarna kregen ze stukken vlees en hompen samengeklonterd voedsel, die Sverre in grote, afsluitbare blikken had meegenomen op zijn slee, die een slag groter was dan de sleeën van de anderen. De honden vielen op hun eten aan als wolven.

Toen ze eenmaal klaar waren met de honden, keken de reisgenoten om zich heen. In de beschutting van een richel, niet ver van een diepe kloof, waren op het boomloze plateau een viertal grote tenten neergezet, die leken op een lagere en bredere variant van een wigwam. De honden lagen enkele tientallen meters van de tenten vandaan.

'Wat zijn dat nou?' vroeg Martin verrast. 'We gaan toch niet in een tent slapen?'

'Dit is een *lavvo*,' vertelde Sverre, terwijl hij naar een van de grote tenten toe liep en een flap opensloeg, die een ingang bleek te bedekken. 'In het hoge noorden trekken de Sami hiermee rond. Een lavvo beschermt je zelfs boven de poolcirkel nog meer dan genoeg tegen de kou.'

'Wij noemen die Sami meestal Lappen,' zei Eric. 'Al geloof ik dat ze die naam zelf een belediging vinden.'

Martin, die al op weg was om Sverre te volgen, bleef even gebukt staan in de ingang van de tent en keek om naar Eric. 'Jij kijkt te veel van die documentaireprogramma's, jongen.'

Lachend gingen de anderen achter hem aan.

De ingang van de tent was versterkt met hout. Ook het hele binnenwerk van de tent bestond uit een houten constructie, waaroverheen grote leren vellen gespannen waren. Sverre vertelde dat het rendiervellen waren en dat de tent op de traditionele Sami-wijze was gebouwd.

Op het hoogste punt van de tent, waar de dragende lange stokken bij elkaar kwamen, was een gat, dat uitzicht bood op de heldere hemel, waaraan een paar witte wolkjes voorbijdreven.

'Vanbinnen lijkt het veel ruimer dan vanbuiten,' merkte Martin op, terwijl hij om zich heen keek.

Sverre knikte. 'Er zijn ook grotere varianten van de lavvo, waarin wel veertig mensen kunnen. Maar wij houden het op maximaal drie man per tent.'

De anderen keken vragend naar Kim, die glimlachend uitlegde: 'Ja, dat klopt, ik heb de indeling hier een klein beetje veranderd. Alles is nog net zo als de afgelopen nacht, alleen slaapt Sverre nu in dezelfde tent als Eric en Martin. Ik hoop niet dat jullie dat een bezwaar vinden.' Daar konden ze moeilijk iets tegen inbrengen, dus sleepten ze hun bagage in de drie lavvo's.

Daardoor bleef er één tent over.

'Die gebruiken we om te koken,' besliste Sverre. 'Helpen jullie me even mee om alle etenswaren en kookgerei erheen te brengen, dan zal ik er zo een vuur maken.'

Naast elke tent lag een stapeltje hakhout. Toen de sleden waren uitgeladen en achter de tenten waren neergezet, maakten de mannen ook vuurtjes in de daarvoor gemaakte kuiltjes die in het midden van elke tent waren gemaakt. Al gauw was het in alle tenten genoeglijk van temperatuur, ondanks de vrieskou buiten en de kille wind die over de hoogvlakte waaide.

Toen Martin zijn spullen had uitgepakt en de tent uit wilde gaan om Sverre te helpen met koken, riep Eric hem terug. Hij haalde een videocamera uit zijn rugzak.

'Heb jij een videocamera bij je?' vroeg Martin verbaasd. 'Waarom heb je daar onderweg geen opnamen mee gemaakt? Het is hier toch prachtig, man!'

Eric legde zijn vinger op zijn lippen. 'Niet zo hard. Celine en Marieke hebben allebei al heel veel foto's gemaakt. Deze heb ik bij me om Kim te verrassen. Ik ga straks na het eten met elk van jullie een opname maken waarin jullie iets geks of leuks zeggen of doen. Voor Kim, dus.'

Hij zei er niet bij dat die verrassing bedoeld was voor Kims bruiloft, omdat hij haar geheim niet wilde verklappen.

Martin keek er een beetje raar van op, maar leek het toch wel een aardig idee te vinden.

'Oké,' zei hij, 'ik merk het wel.'

Hij ging naar de kooktent.

Daar was Sverre volop bezig met de voorbereiding van de avondmaaltijd. Hij had een grote pan op het houtvuur gezet, waarin al boter spetterde. Op de grond had hij een doek uitgespreid, waarop hij snijplanken, messen, groenten, vlees en zakken met etenswaren had uitgespreid.

Marieke zat naast hem op de grond en schilde iets wat eruitzag als een soort aardappel.

'Kan ik ook iets doen?' vroeg Martin.

'Ja, graag,' antwoordde Sverre en hij keek op. 'Ik heb aanmaakhout gebruikt voor het vuur, maar voor de smaak heb ik eigenlijk wat blokken berkenhout nodig. Kun jij er daar een paar van bij elkaar zoeken? Dat zijn die witte stammetjes.'

Martin knikte en deed wat hem gevraagd werd. Toen hij terugkwam met een arm vol houtblokken en die naast de kookplaats op de grond legde, was Sverre al bezig met het uitbakken van de lappen vlees, die hij in kleine blokjes had gesneden.

'Je weet dat Marieke vegetariër is, hè?' zei Martin.

'Dat ben ik niet vergeten.' Sverre pakte een van de papieren zakken van de doek, vouwde die open en schudde hem uit. 'Bospaddenstoelen,' verduidelijkte hij, wijzend op de gedroogde bruine en zwarte paddenstoelen van allerlei formaten, die op de doek vielen. 'Die heeft Karin speciaal voor haar meegegeven. Ik zal ze straks in een apart pannetje met een aardappel en wat groenten bakken, dan krijgt Marieke die in plaats van het vlees.'

'Maar wat is het voor vlees dat wij krijgen?'

Sverre wees met een houten roerlepel. 'Allemaal specialiteiten van deze streek! We eten lendenstuk van een eland: dat vlees moet veel langer hangen dan dat van een rendier of kleiner vee, maar Gunnar en Karin hadden een beest van 250 kilo dat ze al een tijd lieten adelen, dus dit moet inmiddels heerlijk op smaak zijn.'

Hij wierp een korte blik op Marieke, die onverstoorbaar doorging met schillen.

'Goed, de eland wordt gebakken in organische boter uit de regio, met balsamicoazijn en rode wijn. In de stoofpot zitten verder nog plaatselijke aardappels, diverse groenten, uien en wat room. En dan ga ik zo in een van de andere tenten met een aanzienlijk kleiner pannetje nog bosbessensoep maken, met witte wijn, kaneel, veel suiker en ook room. Een echte specialiteit!'

In de pan kijkend merkte Martin op: 'Ik zie dat je het vet van de eland gewoon meebakt.'

'Klopt. Ik geef de honden ook heel vet vlees. We hebben dat in deze kou gewoon nodig,' zei Sverre. 'Net als zout.'

Naarmate er steeds meer in de pan werd gegooid en het vlees onderin gaar werd, vulde de wigwam zich met het aroma van het voedsel. Het water liep Martin in de mond. Pas nu merkte hij hoeveel honger hij eigenlijk had na een dag op de hondenslee.

Toen de stoofpot naar het oordeel van Sverre klaar was, deed hij een deksel op de pan. 'Kunnen jullie af en toe even goed doorroeren?' vroeg hij aan Marieke en Martin. 'Dan ga ik nu die soep maken in de tent hiernaast. Dat is aanzienlijk minder werk.'

Hij verdween met een pan en een tas vol spullen.

Eric en Brian hadden buiten de kampvuurkuil sneeuwvrij gemaakt en er ook een vuur aangelegd. In de sneeuw om het zitgedeelte heen hadden Celine en Kim bierblikjes en flessen witte wijn gelegd.

'Ik wilde in de kooktent opscheppen,' kondigde Sverre aan, toen hij met de pan soep langsliep. 'Wat mij betreft kunnen we zo eten. Ik moet alleen nog even de paddenstoelen voor Marieke opbakken.'

Kim kwam bij het vuur zitten, tussen Brian en Eric in. 'Ik heb die honden zonet zien eten,' zei ze, 'maar volgens mij ben ik nog hongeriger dan zij.'

'Anders ik wel!' Brian lachte. 'En ik moet zeggen dat het verdacht lekker ruikt, daar bij die kooktent.'

Sverre schepte zeven kommen vol met dampende soep en serveerde die met hompen brood. Iedereen was verrast door de bijzondere smaak. Toen kwam het stevige hoofdgerecht, waar na de eerste happen waarderend op werd gereageerd. Sverre zelf schoof met zijn bord als laatste aan bij het kampvuur. Tevreden keek hij hoe de anderen met smaak zaten te eten.

'Die aardappels zijn veel lekkerder dan bij ons, terwijl we toch in zo'n aardappelland wonen,' merkte Kim op.

'Lekker, hè? Door de kou zijn veel van de smaken van onze groenten, ook bijvoorbeeld van deze worteltjes, heel geconcentreerd. We hebben hier niet zo'n overvloed aan ingrediënten als bijvoorbeeld de volken in het Middelandse Zeegebied, maar onze keuken "doet meer met minder", zegt mijn moeder altijd.'

Martin keek hem grijnzend aan. 'Dat vlees is mooi stevig, precies waar ik trek in had. Komt die sterke smaak ook van het houtvuur?'

Sverre knikte. 'Daarom vroeg ik je om die blokken berkenhout. Die geur trekt in het vlees, en persoonlijk vind ik dat het lekkerste hout om op te koken.'

Allemaal namen ze een tweede bord. Zelfs Kim en Marieke, die zich hadden aangeleerd om altijd bescheiden porties te eten.

Martin en Sverre bedienden zich zelfs nog een derde keer, waardoor alles schoon op ging. Toen de pan echt helemaal leeg was, liet Martin zich met een zucht achteroverzakken. 'Helpen opruimen doe ik zo wel. Nu moet ik echt even uitbuiken.'

'Hé, en mijn verjaardag dan?' riep Kim quasiverontwaardigd. 'En vooral: mijn cadeautjes!'

'Even geduld nog, Kim!' antwoordde Martin met een afwerend gebaar. 'Als ik zo meteen weer kan lopen, sta ik geheel tot je dienst.'

Lachend stemde Kim in met een kwartiertje uitstel. Dat vonden Eric en Celine een goede marge om alvast koffiewater op te zetten.

Terwijl ze daarmee bezig waren, zag Celine haar kans schoon en zei zacht: 'Op mijn werk ben ik iets tegengekomen over jullie vader. Dat wil ik jou en Kim vertellen, als we even rustig met z'n drieën kunnen praten.'

'Over mijn vader?' vroeg Eric scherp. 'Wat dan?'

Celine keek over haar schouder naar de anderen en zag Marieke naar hen toe komen lopen.

'Nu niet,' zei ze snel tegen Eric. 'Als Kim, jij en ik alleen zijn. Het komt wel.'

Met dat antwoord was Eric duidelijk niet blij. Maar hij had geen keus.

# 38

Kim moest toch nog iets langer wachten. Eric gebruikte de tijd waarin de anderen de etensboel opruimden en de vaat deden in opgewarmde sneeuw om Celine, Marieke en Martin een voor een bij zich te roepen achter een van de tenten. Hij liet ze voor zijn videocamera allemaal iets leuks over Kim zeggen. Daarna vroeg hij Martin om de camera over te nemen en sprak hij ook zelf iets in. Daar was hij nog maar net mee klaar, toen Sverre hen allemaal bij elkaar riep.

'De zonsondergangen zijn hier onvergetelijk,' zei hij. 'Dat mogen jullie niet missen.'

De hele groep keek naar de inmiddels oranjerode zon, die langzaam naar de gekartelde horizon zakte. Op het moment dat de gloeiende bol de bergrug raakte, leek de hemel te worden geverfd met een rosse gloed met tal van tinten, variërend van dieprood tot helgeel. Sverre had niets te veel gezegd, moesten ze toegeven, terwijl ze zich vergaapten aan het kleurenfestijn dat laaghangende witte wolkjes veranderde in feestelijke luchtversieringen. Met het wegzakken van de zon en het verdwijnen van de laatste lichtbundels zette de schemering razendsnel in.

Zuchtend van verrukking gingen ze terug naar de tenten.

'Het is hier echt zo onbeschrijfelijk mooi,' zei Martin zacht.

Dat waren ze allemaal met hem eens.

Toen iedereen met een kop koffie of thee rondom het kampvuur zat, keek Kim haar reisgenoten afwachtend aan. Martin zette meteen *Happy Birthday* in en werd snel gevolgd door de anderen. Daarna kwamen inderdaad de cadeautjes tevoorschijn.

Van Celine kreeg Kim een cd-box met salsamuziek, plus de belofte dat ze samen op een salsacursus zouden gaan. Martin had een tegoedbon meegenomen voor tien bezoeken aan een Rotterdamse sauna. En Marieke gaf haar drie boeken over natuurlijke en gezonde recepten, lichaamsverzorging en gezondheidsproducten.

Ook Sverre liet zich niet onbetuigd: hij had in zijn slee een mand met Noorse delicatessen, waarvan hij haar liet beloven dat ze die niet tijdens de reis zou uitdelen, maar mee naar huis zou nemen. Eric had namens Edith, de kinderen en hemzelf een restaurantbon en een abonnement op een tijdschrift naar keuze voor Kim. En Brian had een halsketting voor haar uitgezocht, waarmee ze zo blij was dat ze hem om zijn nek vloog.

Flessen en blikjes gingen rond. Iedereen dronk op Kims gezondheid. En dat vond ze het perfecte moment voor haar eigen verrassing. Ze stond op, vroeg om stilte en haalde een klein doosje uit haar jaszak, dat ze op haar rug hield. Vervolgens ging ze theatraal voor Brian staan en haalde diep adem.

'Brian,' zei ze, terwijl de anderen ademloos toekeken. 'Iedereen die hier bij ons is, mag rustig weten dat ik nog nooit zo gelukkig ben geweest als de afgelopen tijd met jou. Bij jou voel ik me veilig, samen met jou voel ik me compleet. Ik zou niets liever willen dan de rest van mijn leven bij jou zijn.'

Er klonk gejuich toen ze zich op een knie liet zakken. Brian boog zich geëmotioneerd naar haar toe.

Kim haalde het doosje achter haar rug vandaan. 'Daarom, lieve Brian, wil ik van deze geweldige reis, dit vertrouwde gezelschap en deze prachtige omgeving gebruikmaken om jou te vragen: wil je alsjeblieft met me trouwen?'

Ze deed het doosje open. Daarin zat een smaakvolle, eenvoudige gouden ring.

Dolgelukkig nam Brian haar in zijn armen. 'Natuurlijk!' riep hij, met een door tranen verstikte stem. Tijdens de stevige omhelzing fluisterde hij in haar oor: 'Je hebt geen idee hoe gelukkig je me maakt!'

Toen trok hij haar overeind. De anderen stonden op, klapten in hun handen en joelden, terwijl het liefdespaar elkaar langdurig en heftig kuste. Innig verstrengeld ging het tweetal daarna weer bij het vuur zitten. Ook de rest van het gezelschap nam weer plaats.

'Kim, wat ontzettend stoer!' riep Celine.

'Stoer? Romantisch zul je bedoelen,' reageerde Marieke.

'Ja, hè!' Kim keek zielsgelukkig de kring rond. 'Het is zelfs nog mooier dan ik me had voorgesteld. Dit is echt een perfecte reis. Dank jullie wel, allemaal!'

# 39

Ter verhoging van de feestvreugde schonk Eric voor iedereen, behalve natuurlijk voor zichzelf, een bekertje whisky in voor bij de koffie. Samen met Marieke en Celine bracht hij de halfvolle papieren bekers naar de anderen, bij het kampvuur.

De sfeer werd daardoor alleen nog maar losser, de gesprekken kwamen al snel goed op gang. Toch weigerde Eric om nogmaals met de whiskyfles rond te gaan. Omdat ze de volgende morgen vroeg op moesten, vond hij dat ze het maar bij bier en wijn moesten houden. Hijzelf nam bronwater.

Niemand nam het Kim en Brian kwalijk dat ze uiteindelijk als eersten de gezelligheid bij het kampvuur verlieten om naar hun tent te gaan. 'Wat een prachtig paar!' zei Celine zacht, terwijl ze hen nakeek. Ze kon zich bijna niet voorstellen dat ze zich ook zo gevoeld had aan het begin van haar huwelijk. *Kom op Celine, niet zo verbitterd doen.*

'Ja, dit is echt mooi!' viel Martin haar bij en hij keek haar met een schuingehouden hoofd aan. 'Ik overwoog even om jou ook op die manier ten huwelijk te vragen, ter verhoging van de feestvreugde.'

Ze grijnsde naar hem. 'Maar toen bedacht je gelukkig bijtijds dat ik al getrouwd ben, toch?'

Hij hief zijn blikje bier naar haar. 'Dan verhuizen we toch naar een land waar vrouwen meer dan één man mogen hebben?'

Celine trok haar neus bedenkelijk op. 'Ik weet het niet, dat moet ik eerst even met m'n man overleggen, denk ik.'

De anderen lachten, terwijl Martin en Celine elkaar goedgehumeurd toedronken. Op de achtergrond blaften de honden rusteloos, zoals ze dat met grote regelmaat deden.

'Komt dat wel vaker voor tijdens reizen waarbij jij gids bent, dat mensen zo'n huwelijksaanzoek doen?' vroeg Eric aan Sverre.

Glimlachend trok Sverre nog een biertje open. 'Ik heb het wel een paar keer meegemaakt, ja. Meestal wordt dan de vrouw gevraagd door de man. Maar deze variatie vond ik eerlijk gezegd wel verfrissend.' Hij zweeg even. 'Zal ik jullie eens een grappig verhaal vertellen?' vroeg Sverre.

Marieke en Eric keken automatisch naar hun gids, terwijl ook het geanimeerde gesprek tussen Martin en Celine stilviel.

Sverre grinnikte, toen hij ineens alle aandacht had. 'Het gaat over twee gidsen, die samen met een groep Amerikanen op pad waren. Laten we zeggen dat ze ergens in Midden-Noorwegen waren. En dat er bij die Amerikanen een knappe, jonge vrouw was, die onderweg verliefd werd op een van de twee gidsen.'

'Op welke van de twee?' vroeg Eric.

'Doet er niet toe.' Sverre maakte een breed gebaar. 'Het gaat om het verhaal. Goed, dat meisje wordt dus verliefd op hem en maakt avances. Maar hij gaat er niet op in, omdat hij dat niet juist vindt. Dat zou onprofessioneel zijn.'

Hij laat een stilte vallen, die hij gebruikt om nog een slokje bier te nemen. Waarna hij vervolgt: 'Maar die andere gids had het in de gaten. Hij vond die Amerikaanse wel een lekker wijf – sorry, dames, niet neerbuigend bedoeld – en hij maakte gebruik van de situatie. Die nacht gaat hij naar haar tent, om in het donker net te doen alsof hij zijn collega is, en gewoon de hele nacht bij haar te blijven. Waarna de volgende ochtend de hel losbarst, dat begrijp je wel.'

'Gaat dit over jou en Jonas?' informeert Martin.

In plaats van antwoord te geven, vertelt Sverre: 'En dan was er nog die keer dat ik die Duitse man een week lang vergezeld had om zalm te vissen. Ik had wakken voor hem gehakt, z'n spullen verzorgd, alles. Komen we terug bij het agentschap, waar die Duitser moet afrekenen met mijn chef. Terwijl ik me aan het opfrissen ben, vertrekt die Duitser. Geeft hij mijn fooi aan Jonas, die belooft om het geld aan mij door te geven. Geloof me, dat was een dikke fooi! En wat denk je?'

'Hij hield het geld zelf,' raadde Celine.

'Bijna!' Sverre steekt bijna triomfantelijk een vinger omhoog. 'Hij gaf mij de helft. Volgens hem wilde die Duitser hem namelijk ook een fooi geven, omdat Jonas had geholpen om zijn koffers in de auto te zetten. Daarvoor pikte hij de helft in! De vuile klootzak!'

Omdat Sverre zijn stem verhief, sloegen de honden meteen weer aan. 'Sst!' sisten Eric en Celine tegelijkertijd, kijkend naar de tent van Kim en Brian.

'Oké, oké,' mompelde Sverre. Hij dronk zijn bier op en verfrommelde het blikje met één hand, waarna hij het in het vuur wierp. Toen stond hij op. Ineens zag hij er moe en triest uit.

'Weet je wat?' vroeg hij aan niemand in het bijzonder. 'Die vent deugt niet. Hij moet altijd mij hebben. En ik zal jullie een geheim vertellen.' Hij keek om zich heen, alsof hij bang was dat er iemand meeluisterde. 'Je weet nooit wat hij doet. Daar krijg ik de kriebels van, dat zit me niet lekker.'

Somber liep hij naar de tent die hij deelde met Eric en Martin. Bij de ingang draaide hij zich om en zei: 'Goedenacht.'

'Goedenacht,' antwoordden de anderen automatisch.

Ineens was alle vrolijkheid verdwenen.

# 40

Die Martin is prettig gestoord, dacht Celine, toen Sverre naar bed was gegaan en het gesprek langzaam weer op gang was gekomen. Echt een leuke vent. Zonde dat ze hem tegenkwam nu ze nog niet ongebonden was.

Nog niet ongebonden? Ze schrok er zelf van dat ze zoiets durfde denken. Had ze dan echt al besloten dat ze bij Bart zou weggaan?

Starend in het kampvuur dacht ze na. Het waren hectische tijden, met al het gedoe op de zaak. En nu ook die kwestie met Brandsma: daar zou ze tijdens deze reis Kim en Eric over vertellen.

Hoe dan ook, het was niet raar dat haar relatie met Bart in zo'n moeilijke periode onder druk kwam te staan. Moest ze dan niet uitkijken met het nemen van al te snelle, ingrijpende beslissingen?

Maar misschien moest ze wel gewoon op haar gevoel afgaan, hield ze zichzelf voor. Vaak waren de meest intuïtieve beslissingen uiteindelijk de beste, dat had ze toch al wel vaker meegemaakt? Alleen al haar besluit om voor Veldwerk Marketing te gaan werken: dat bleek naderhand toch een van de beste stappen van haar leven te zijn geweest. Toch?

Waarom liet ze zich niet eens een keer een beetje gaan, in plaats van altijd maar te leven volgens strakke regels? Wat was er eigenlijk mis met een vrijblijvende flirt met een leuke vent als Martin?

Ze voelde zich wat verward en kon niet meer zo helder denken. Die whisky was na zo'n zware dag toch harder aangekomen dan ze dacht, vermoedde ze. Zeker omdat ze daarna nog een paar glazen witte wijn had gedronken. En dan was er natuurlijk nog die frisse, wat ijle berglucht.

'Een euro voor je gedachten!' grapte Martin, die vond dat ze opmerkelijk lang stil was.

Celine schrok op uit haar gepeins. 'Ik bedacht dat ik moe ben en nodig moet gaan slapen,' antwoordde ze snel.

Ze rekte zich uit en stond op. Toen glimlachte ze naar Martin. 'Dit was een bijzondere dag. En ons gesprek is nog niet afgerond: daar gaan we morgen mee verder!'

'Daar hou ik je aan.' Martin grijnsde en raakte met zijn hand even haar arm aan. 'Slaap lekker. Droom maar van mij.'

'Alsjeblieft, zeg, ik wil niet misselijk wakker worden!' riep ze plagerig, waarna ze haar hand opstak.

Toen ze langs Eric liep, pakte die haar hand beet en trok haar naar zich toe. Ze hurkte bij hem neer.

Met zijn hoofd vlak bij het hare fluisterde hij: 'Kun je me niet iets vertellen? Ik moet er voortdurend aan denken!'

Celine keek even naar de anderen en trok een grimas naar Eric. 'Ik wil het aan Kim en jou samen vertellen. Ik zal het zo snel mogelijk doen, dat beloof ik.'

'Waarom kun je me nu niet alvast zeggen wat er aan de hand is?' vroeg Eric geërgerd. 'Als je iets te vertellen hebt, doe dat dan gewoon! Je weet hoe belangrijk dit voor me is!'

Martin keek geïnteresseerd toe, maar zei niets.

'Sorry, nu niet, ik heb te veel gedronken, ben ik bang.' Moeizaam ging Celine rechtop staan. Ze maakte een verontschuldigend gebaar naar Eric, waarna ze met een vrolijk 'Slaap lekker, allemaal!' naar haar tent vertrok.

Eric bleef kwaad en gefrustreerd achter.

Tijdens het tandenpoetsen voelde Celine zich een beetje duizelig en er kwam een lichte hoofdpijn opzetten.

'Zie je wel, te veel gedronken,' mopperde ze zachtjes op zichzelf. 'Morgen maar eens een alcoholloos dagje.'

Ze kleedde zich snel om en gleed haar slaapzak in. Nu eerst maar eens een goede nachtrust, dan zag de wereld er morgen vast heel anders uit.

Toen Marieke even later zachtjes de tent binnenkwam, hield Celine zich slapend.

Een paar uur later schrok Celine wakker. Haar ademhaling was snel, maar diep. Ze had honger en dorst, en haar hoofdpijn was er nog steeds. Met een schok ging ze rechtovereind zitten. Aanvankelijk wist ze niet waar ze was. Ze voelde zich dodelijk vermoeid en merkte dat ze zweette alsof ze koorts had.

'Ik moet er even uit,' mompelde ze verward. Ze had frisse lucht nodig, dan zou het vast wel weer gaan.

Moeizaam stond ze op. De hele tent draaide om haar heen. Met een paar onvaste stappen was ze bij de uitgang van de tent. Op haar knieën kroop ze erdoorheen, naar buiten toe.

Het sneeuwde en de wind floot om de tenten. De koude lucht deed haar goed, al bleef ze ademhalen alsof ze zojuist een zware fysieke inspanning had gepleegd. Dat ze over haar hele lichaam begon te beven, weet ze aan de alcohol.

Even een stukje lopen, daar knap je van op, hield ze zichzelf voor. Misschien moest ze proberen over te geven, dat zou weleens voor opluchting kunnen zorgen. In elk geval eerst bij de tenten vandaan, om de anderen niet wakker te maken.

Stram liep ze door de sneeuw in de richting van een rotspartij die beschutting bood tegen de wind. De sneeuw voelde prettig koud aan tegen haar benen. Maar haar ogen leken nog niet erg mee te werken, want ze zag de wereld om haar heen door een waas. Misschien sliep ze nog half.

Stom, ze had wat te eten mee moeten nemen. En iets te drinken: haar keel was gortdroog. Even overwoog ze om een hap sneeuw te nemen, maar toen herinnerde ze zich dat Sverre dat had afgeraden. Waarom wist ze niet meer, maar het was ergens niet goed voor.

Ze voelde zich echt beroerd. Haar lichaam trilde nu zo erg, dat het lopen steeds moeilijker werd. Gelukkig kwam ze nu op een rotsachtig gedeelte, waar minder sneeuw lag. Het leek alsof alles om haar heen begon te draaien. Zou ze niet beter terug naar de tent kunnen gaan?

Of toch eerst proberen over te geven?

Ineens ging het niet meer. Bevangen door een duizeling viel ze op de rotsachtige bodem, op minder dan een meter afstand van de tiental-len meters diepe afgrond die daarnaast gaapte. Ze had het niet in de gaten. Haar lijf werkte niet meer mee, maar had zich helemaal over-gegeven aan het beven en zweten. Wat was dat voor een geluid? Als haar tanden niet zo zouden klapperen zou ze het misschien kunnen horen.

Even ontspande ze zich, toen trokken al haar spieren zich heftig sa-men. Stuiptrekkend verloor ze het bewustzijn.

# 41

Midden in de nacht werd Sverre wakker. Buiten blaften de honden, maar dat was niets bijzonders. Door het gat boven in de lavvo zag hij de sterrenhemel slechts vaag: het was gaan sneeuwen. Het vuur in de tent was uit en gloeide zelfs niet meer na.

Hij moest eruit. Hoe noemden die Nederlanders dat ook alweer? O ja: gele sneeuw maken. Grinnikend keek hij naar de twee donkere contouren die elk aan een andere kant van de tent lagen. Het was niet te zien wie Eric en wie Martin was.

Sverre deed zijn schoenen en zijn jas aan. Zo stil mogelijk ging hij door de verstevigde ingang naar buiten. Hij moest in elk geval niet de kant van de honden op, want dan dachten die dat ze weer op pad mochten, lekker door de sneeuw rennen. En dan zouden ze helemaal iedereen wakker blaffen.

Omdat hij geen gele sneeuw wilde achterlaten in de directe omgeving van de tent, liep hij in de richting van de richel die de tenten beschutting bood tegen de wind. Daar leegde hij zijn blaas tegen een rots.

Terwijl hij zich opmaakte om weer terug te gaan, zag hij vanuit zijn ooghoeken iets bewegen. Door de sneeuw kon hij het niet goed zien. Eerst dacht hij aan een beer en hij zakte al door zijn knieën om het mes te pakken dat hij aan zijn enkel had vastgegespt.

Maar toen zag hij dat het een van de groepsleden was. Die knappe vrouw, Celine, op wie die grote Nederlander duidelijk een oogje had. Zij moest waarschijnlijk ook even gehoor geven aan de roep van de natuur, veronderstelde hij. Vrouwen hadden het wat dat betreft wat lastiger dan mannen: neerhurken in de sneeuw vond hijzelf niet erg aangenaam.

Hij wilde de vrouw haar privacy gunnen door snel naar binnen te gaan, maar iets dwong hem nog een keer naar haar te kijken. Het leek wel alsof ze slaapwandelde. En ze ging helemaal de verkeerde kant op, besefte hij ineens. Ze wist toch dat daar de kloof was?

Geschrokken ging hij achter haar aan. De vrouw was al voorbij de richel, toen hij haar goed zag. Twintig meter bij hem vandaan, ruim honderdvijftig meter van de tenten verwijderd, liep Celine in een grillige lijn naar de rand van het plateau.

'Nee!' riep Sverre. Zijn kreet werd weggevaagd door de wind.

Zo snel hij kon, sprintte hij door de sneeuw achter haar aan. Zijn voet gleed weg, maar hij wist op de been te blijven. Het zou hem niet gebeuren dat er nog eens iemand uit zijn groep een reis niet overleefde, dacht hij grimmig. In hoog tempo kwam hij dichterbij.

Plotseling zag hij haar vallen. Zijn hart sloeg een slag over: was ze over de rand van de afgrond naar beneden gestort?

Vanuit de dikke sneeuwlaag kwam hij op de beschutte rotsbodem, waar nauwelijks sneeuw lag.

Gelukkig, daar lag ze! Opgelucht stormde hij op haar af.

Het ging niet goed met Celine, dat zag hij meteen. Ze had stuipen en haar hele lichaam trilde. Hij voelde haar voorhoofd, maar constateerde merkwaardig genoeg geen koorts. Wel ademde ze onnatuurlijk snel. En ze transpireerde hevig. Zojuist waren Sverres hersenen nog verdoofd geweest door de alcohol, maar nu werkten ze op topsnelheid. Hij moest iets doen! Er zat niets anders op dan deze vrouw door de sneeuw naar de tent te dragen. Maar dan? Ze had verzorging nodig. Waarschijnlijk een ander soort verzorging dan de EHBO die hij kon bieden.

Er naderde iemand door de sneeuw. Sverre keek op, maar herkende de gestalte niet meteen. Overdag waren die Nederlanders niet moeilijk uit elkaar te halen, met hun gekleurde jacks, maar als ze die niet droegen, was het moeilijker.

Mooi, waarschijnlijk had iemand hem gehoord. Hij kon nu alle hulp gebruiken die hij kon krijgen.

'Kom gauw hierheen!' riep hij, terwijl hij zijn zorgelijke blik weer richtte op het trillende en schokkende lichaam van Celine. 'Ze is er niet best aan toe.'

De figuur achter hem zei niets, maar bleef vlak achter hem staan.

'Laten we haar samen naar de tent dragen,' stelde Sverre voor, terwijl hij over zijn schouder keek.

Op dat moment voelde hij twee handen tegen zijn rug. Hij wilde zich schrap zetten, maar het was al te laat: een forse duw zorgde ervoor dat hij naar voren viel, over Celine heen. Sverre schreeuwde, klauwde om zich heen, maar kon niet voorkomen dat hij over de rand van de afgrond schoot. Zijn schreeuw veranderde in een hoog gekrijs.

Het laatste wat hij zag, terwijl hij naar beneden tuimelde, was dat er hoog boven hem, duidelijk zichtbaar tegen de sterrenhemel, nog iemand naar beneden stortte. Meteen wist hij dat dit het bewusteloze lichaam van Celine moest zijn.

# 42

Moe maar gelukkig waren Brian en Kim de vorige avond in el-kaars armen in slaap gevallen.

De volgende ochtend wekte Brian zijn verloofde met een kus. Ze deed haar ogen open, keek hem aan, glimlachte en omhelsde hem. Een kwartiertje later besloten ze poolshoogte te gaan nemen om te zien of het al niet eens tijd was voor het ontbijt.

'Sverre had gezegd dat we vanochtend heel vroeg weer op pad zouden gaan,' zei Kim. 'Kun jij zien hoe laat het is?'

Brian strekte zijn arm ver uit om zijn horloge te kunnen pakken. 'Bijna halfnegen,' constateerde hij. 'Volgens mij zijn we laat.'

Kim schoot in de lach. 'Dan hebben ze ons vast laten liggen. Dat vind ik lief.'

Ze schoten snel hun kleren en jacks aan en gingen naar buiten. Daar liepen ze Martin tegen het lijf.

'Goedemorgen samen!' zei hij opgewekt. 'Ik neem aan dat jullie lekker geslapen hebben?'

'Heerlijk!' verzekerde Kim hem. 'Het was gisteren echt een top-dag!'

Brian keek om zich heen. 'Waar zijn de anderen?'

'Eric is net onze tent in gegaan om z'n pillen in te nemen,' vertelde Martin en hij rekte zich ongegeneerd uit. 'Die twee meiden heb ik nog niet gezien, die nemen het er kennelijk van. En ik weet niet waar Sverre is. Waarschijnlijk wild aan het vangen, of zo. Maar de honden gingen daarnet zo tekeer, dat ik ze maar wat te eten heb gegeven. Hebben jullie ze niet gehoord?'

Kim en Brian moesten beschaamd toegeven dat ze er niets van hadden meegekregen.

'Die honden blaffen ook de hele tijd,' voerde Brian als verdediging aan. 'Op een gegeven moment merk je het gewoon niet meer.'

Martin maakte een wegwerpgebaar. 'Nou, toen het een halfuurtje geleden een beetje licht begon te worden boven de bergen, waren die honden gewoon niet meer te houden. Ze gingen net zolang tekeer tot ik naar buiten kwam.'

'Toen was Sverre dus al weg,' concludeerde Kim peinzend. 'Raar. Als hij vanochtend vroeg iets wilde gaan voorbereiden of zo, zou hij me dat toch wel verteld hebben? En ik vind het ook niks voor hem dat hij niet voor de honden heeft gezorgd.'

'Ja, inderdaad. "De honden eerst", riep hij gisteren nog,' herinnerde Brian zich.

Op dat moment kwam Eric uit de tent.

'Heb jij Sverre ook niet gezien?' vroeg Kim.

Hij schudde zijn hoofd. 'Hij heeft duidelijk wel in zijn slaapzak gelegen. Maar zijn schoenen en jas zijn ook weg. De rest van zijn spullen ligt er nog.'

Kim keek om zich heen. 'Raar. Wat doen we nu?'

Daar had Brian wel een antwoord op: 'Ontbijten, zou ik zeggen.'

'Goedemorgen, allemaal!' Achter hen kroop Marieke uit de lage ingang van haar lavvo. Ze stond op, rekte zich uit en gaapte hartverscheurend. 'Lieve help, wat heb ik geslapen, zeg! Dat wilde wel, na zo'n dag. En dan al die alcohol! Hoe laat is het?'

'Bijna kwart voor negen,' meldde Eric. 'Nu ik m'n pillen heb genomen, moet ik snel iets eten, als jullie het niet erg vinden.'

'Geen punt,' zei Kim. 'We wachten niet op Sverre, maar beginnen gewoon vast.' Terwijl ze naar de eettent liep, vroeg ze: 'Marieke, roep jij Celine ook even?'

Haar vriendin reageerde verbaasd: 'Celine? Ik dacht dat die bij jullie was. Toen ik net wakker werd, lag ik helemaal alleen in de tent.'

De anderen keken elkaar aan.

Martin lachte, maar niet echt van harte. 'O, zit het zo! Die twee zijn er samen even tussenuit! Nou, ik moet zeggen dat ik dat niet heb zien aankomen!'

Ook Eric schoot in de lach. 'Volgens mij is hij jou dan te vlug af, jongen!'

Hoofdschuddend volgde Martin Kim de eettent in. 'Dat kan toch niet! Zeker niet na dat zielige verhaal van hem gisteren!' klaagde hij. 'Dan moet je maar beter je best doen, Martin!' antwoordde Kim opgewekt en ze zoende hem op zijn wang. 'Heb jij ook zo'n honger?'

Eric, die achter hen aan gekomen was, zei: 'Na die elandstoofpot van gisteravond dacht ik dat ik dagenlang niets meer zou hoeven te eten. Maar nu heb ik eigenlijk best trek. Zal ik thee en koffie maken?'

Even later werkte het vijftal in de eettent een stevig ontbijt weg.

Toen ze weer buiten stonden, keek Eric op zijn horloge. 'Nu maken ze het toch wel een beetje te gek,' vond hij. 'We moeten toch weg?'

'Dacht ik ook,' viel Kim hem bij. 'Die honden willen niets liever. En volgens mij moeten we vandaag een flink stuk verder. Sverre had het erover dat we zouden gaan zalmvissen in een bevroren bergmeer. Maar dat zou dan wel bij daglicht moeten gebeuren, dus wilde hij bijtijds vertrekken.'

Martin keek uit over de hoogvlakte. 'Toch vind ik het raar. Waar moeten ze met z'n tweeën heen? Ze hebben geen slee meegenomen, dus zijn ze te voet. Ver kunnen ze niet wezen.'

'Waar zou jij heen gaan als jij je met iemand wilde terugtrekken?' vroeg Eric, terwijl hij naast hem ging staan.

'Als het niet in mijn eigen tent zou kunnen, bedoel je?' Martin spiedde in het rond. 'In de etenstent. Of anders daar bij die rotsen. Dan ben je in elk geval uit de wind.'

'Dan moeten we daar maar eens gaan kijken,' besliste Eric en hij liep er meteen heen.

'Ho, wacht op mij!' Hollend haalde Martin hem in. Eenmaal naast Eric zei hij: 'Ik vind niet dat ze dit kunnen maken tegenover Kim. Op deze manier gooien ze haar hele planning in de war.'

Eric keek grijnzend naar hem op. 'Dat zeg je alleen maar omdat hij jou voor was.'

'Ach, hou toch op, man!' zei Martin beledigd.

Ze kwamen aan bij het minder besneeuwde stuk rotsgrond. Er was niets te zien wat erop wees dat Sverre en Celine daar geweest waren. 'Hier dus ook niet,' concludeerde Eric, en wilde alweer teruggaan naar de tenten.

Maar Martin was voorzichtig naar de rand van de afgrond toe gelopen en keek nu behoedzaam naar beneden, bang als hij was voor de genadeloze diepte. 'Eh... Eric! Kom! God, dat kan toch niet!' riep hij. Eric draaide zich om. 'Wat?!'

Martin keek niet naar hem, maar bleef naar beneden staren. Een gruwelijk voorgevoel maakte zich van Eric meester. Snel kwam hij terug.

'Ik ben bang dat Sverre daarbeneden ligt,' zei Martin schor.

# 43

Rennend kwamen de twee mannen terug naar de tenten.

'Vlug, heeft er iemand een verrekijker?!' riep Eric.

Brian, die bij de honden stond, keek over zijn schouder en antwoordde: 'Waarom, willen jullie ze bespieden? Foei!'

Maar toen hij de gezichten van Eric en Martin zag, begreep hij dat er iets ernstigs was gebeurd.

'Kim!' riep hij. 'Pak je verrekijker eens!'

Kim kwam uit de etenstent, waar ze samen met Marieke aan het opruimen was.

'Wat is er aan de hand?' vroeg ze bezorgd, toen ze de schrik in de ogen van haar broer zag.

Eric wist niet honderd procent zeker dat het ergst mogelijke gebeurd was, dus wilde hij zijn zusje niet nodeloos ongerust maken. Daarom wisselde hij een snelle blik met Martin en vroeg hij zo beheerst mogelijk: 'Kim, mogen we jouw verrekijker even lenen?'

Ze stelde verder geen vragen en ging haar tent in om haar gloednieuwe verrekijker, die ze speciaal voor deze reis had gekocht, uit haar rugzak te halen. Zodra ze het ding aan Eric overhandigd had, renden Martin en hij weer weg.

Onzeker keek Kim naar Brian.

'Daar is iets mis,' bevestigde hij wat zij dacht. 'Laten we erachteraan gaan.'

'Ogenblikje.' Kim rende naar de etenstent en riep naar binnen: 'We zijn even weg, Marieke.'

Zonder op een antwoord te wachten haastte ze zich met Brian achter Eric en Martin aan.

Toen ze bij de overhangende richel aankwamen, zagen ze de twee mannen plat op hun buik bij de afgrond liggen. Geschrokken holde Kim naar hen toe. 'Wat is er aan de hand? Waar kijken jullie naar?'

Martin, die met de verrekijker naar beneden had liggen turen, keek met een doffe blik omhoog. 'Kijk zelf maar,' zei hij toonloos en hij hield de verrekijker omhoog.

'Voorzichtig!' waarschuwde Eric dringend, toen hij zag dat Kim naar hen toe kwam, met Brian vlak achter zich.

Kim en Brian lieten zich op hun hurken zakken en gingen naast de twee mannen op hun buik liggen. Brian legde een arm om Kims schouders, toen ze de verrekijker naar beneden richtte. Het duurde even voordat ze het beeld scherp had.

'Lieve god,' stamelde ze. 'Zeg dat het niet waar is!'

Brian griste de verrekijker uit haar hand en keek ook. Op het diepste punt van het ravijn, een kleine honderd meter lager dan de hoogvlakte waar zij zich op bevonden, lagen de lichamen van twee mensen, niet ver van elkaar. Ondanks de sneeuw was goed te zien dat een van hen een felgeel jack droeg en in een onmogelijke hoek voorover geknakt over een ver vooruitstekende rotspunt lag. Het andere lag wat lager, in een groteske pose ruggelings uitgestrekt, met haar armen en hoofd in een poel van opgedroogd bloed. Het was onmiskenbaar Celine.

Terwijl Kim naast hem in snikken uitbarstte, kreeg Brian het te kwaad. Hij schoof achteruit op zijn knieën en braakte zijn hele ontbijt uit op de rotsen.

'Wat zijn jullie aan het doen?' vroeg een stem achter hen.

Het was Marieke, die hen achterna was gekomen en nu met grote schrikogen naar hen stond te kijken.

Eric stond op en sloeg een arm om haar schouders. 'Daarbeneden liggen Sverre en Celine. Ze zijn dood. Het moet een ongeluk zijn geweest.'

'Wat?' Ze rukte zich los en deed vol afgrijzen een stap achteruit. 'Dat kan toch niet! Dat mag niet!'

Toen nam ze een beslissing en stapte naar voren. 'Geef me die verrekijker,' zei ze op een gebiedende toon tegen Brian. 'Ik wil ze zien.'

Brian veegde zijn mond af met zijn zakdoek en schudde zijn hoofd. 'Geloof me, Marieke. Dit wil je niet zien.'

'Jawel,' eiste ze, met een vasthoudendheid die de anderen niet eerder van haar hadden gezien. 'Ik moet het zien om het te kunnen geloven.'

'Kom maar.' Kim wenkte dat ze naast haar moest komen liggen.

Toen Marieke daar gevolg aan had gegeven, hield Kim haar hand op naar Brian, die haar de verrekijker gaf. Zonder iets te zeggen overhandigde Kim de kijker aan haar vriendin. Gespannen tuurde Marieke door de verrekijker naar beneden. Op het moment dat ze zag wat ze eigenlijk niet wilde zien, begon ze geluidloos te huilen. Kim nam de verrekijker weer van haar over en trok haar bij de rand van de afgrond weg.

'Waarom?' snikte Marieke en ze drukte haar hoofd tegen Kims schouder. 'Waarom liggen ze daar? Wat is er met ze gebeurd?'

'We weten het niet.' Eric ging staan, zette zijn handen in zijn zij en haalde diep adem, met zijn hoofd in zijn nek. 'Waarschijnlijk een ongeluk.'

Martin kwam naast hem staan. 'Raar dat zoiets gebeurt met iemand die zo ervaren is als Sverre.'

Ook de andere drie stonden op. Kim hielp Brian omhoog, die een pijnlijk gezicht trok en naar zijn zere ribben greep.

'Misschien zijn ze gevallen,' suggereerde Marieke, nog nasnikkend. 'Of wilde een van de twee de ander helpen. Of... Ik weet het niet.'

'Wat moeten we doen?!' vroeg Kim. 'Hoe krijgen we ze omhoog?'

Martin draaide zich om en gebaarde naar de steile rotswanden, die de kloof aan alle kanten omgaven. 'Dat gaat ons niet lukken, Kim. Zelfs voor een doorgewinterde bergbeklimmer lijkt me dit behoorlijk lastig. En ik geloof niet dat een van ons dat is, toch?'

'En als ze nog leven?' wierp Marieke fel tegen. 'Wou je ze daar dan gewoon maar laten liggen creperen?'

'Kalm, Marieke,' probeerde Brian haar te sussen. 'We vinden dit allemaal vreselijk. Maar ik weet wel zeker dat niemand een val van deze hoogte kan overleven. Je hebt ze toch zien liggen?'

Marieke knikte en werd meteen weer overvallen door een heftige huilbui.

'Het lijk mij het beste dat we zo snel mogelijk bij de bewoonde wereld proberen te komen om hulp te halen,' zei Eric.

Martin knikte. 'Daar ben ik het mee eens.'

Even bleef het stil. Toen vroeg Marieke, met een snik in haar stem: 'En als het nou eens geen ongeluk was?'

# 44

Alle vier keken ze verbijsterd naar Marieke, bij wie nog altijd de tranen over de wangen liepen.

'Hoe bedoel je?' vroeg Kim met een dun stemmetje.

'Nou, die verhalen die Sverre vertelde. Dat kan toch geen toeval zijn!' zei Marieke fel.

Brian en Kim wisselden een snelle blik.

'Sorry, Marieke, maar waar heb je het over?' vroeg Brian vol onbegrip.

Martin sprong haar bij. 'Kim en jij waren de afgelopen nachten steeds al eerder naar bed. Toen hebben wij bij het vuur nog met Sverre zitten praten. En die vertelde het een en ander over die andere gids, Jonas.'

'Dat is de gids van die Duitsers, die we laatst tegenkwamen,' verduidelijkte Eric. 'Hij was vroeger een collega van Sverre, maar ze hebben ruzie gekregen.'

'Precies!' Marieke ging nu pal voor Kim staan. 'Sverre vertelde dat die Jonas er de schuld van was dat er twee mensen van een groep van hem in een kloof waren gevallen. En die keer dat wij erbij waren, heeft Jonas hem bedreigd.'

'Heeft Sverre dat gezegd?' vroeg Kim, plotseling zeer nerveus.

Marieke knikte. 'Hij zei zelfs dat hij bang voor hem was.'

Kim liep langs Marieke heen, weg van de kloof en draaide zich toen weer om naar de anderen. 'Dit is ernstig. Heel ernstig. Stel dat Marieke gelijk heeft, en het is inderdaad geen ongeluk...'

'Dan zijn wij waarschijnlijk ook niet veilig,' vulde Brian geschrokken aan. 'Want dan zal hij geen getuigen in leven willen laten.'

'We moeten hier zo snel mogelijk weg!' riep Marieke paniekerig.

Ze wilde in de richting van de tenten rennen, maar Eric hield haar tegen.

'Wat we in elk geval niet moeten doen, is ons hoofd verliezen,' hield hij haar voor. 'We moeten nu goed nadenken over hoe we dit gaan aanpakken.'

'En bij elkaar blijven,' zei Martin. 'Want dan zijn we het minst kwetsbaar.'

Zwijgend liepen ze naar de tenten.

'We moeten alles inpakken en iemand zien te vinden die ons kan helpen,' zei Kim, toen ze bij hun kamp waren aangekomen.

Eric knikte. 'Dat zal nog niet meevallen, want we kennen de omgeving niet.'

De honden begonnen allemaal hard te blaffen bij het zien van de mensen.

'En wat doen we met de honden?' vroeg Martin. 'We hebben nu eigenlijk twee sleeën over. We kunnen moeilijk extra honden per slee gebruiken, want ik weet niet of die dieren onderling allemaal met elkaar kunnen opschieten. En ze zomaar achterlaten kan ook niet.'

'En als we de honden en de sleeën van Sverre en Celine nou eens leeg wegsturen?' opperde Kim. 'Misschien gaan die beesten dan wel rechtstreeks naar huis. Dan weten Gunnar en Karin dat er iets gebeurd is.'

'Dat lijkt me een heel goed idee,' antwoordde Eric. 'Ook als iemand anders zo'n lege slee tegenkomt, heb je kans dat ze meteen een alarmdienst of iets dergelijks in werking zetten. Bovendien kunnen wij ze proberen te volgen om zo ook bij de huskyfarm te komen!'

'Dat lijkt me onzin,' reageerde Brian. 'Je weet nooit waar die honden heen gaan. Misschien gaan ze wel helemaal niet naar huis. Dan komen wij wie weet waar uit! En zelfs al zouden ze naar Karin en Gunnar gaan, dan kunnen wij ze nooit bijhouden. Want zonder berijder gaan ze natuurlijk veel sneller dan wij!'

Eric viel stil en wierp hem een vuile blik toe.

'Laat die honden maar gaan,' vervolgde Brian, nu nog vastbeslotener. 'Wij zoeken onze eigen weg. Dan hebben we in feite een dubbele kans.'

Kim viel hem bij. 'We zetten alle bagage die we niet direct nodig hebben in die twee sleeën,' zei ze opgewonden. 'En we doen er een goed zichtbaar briefje bij om te vertellen wat er gebeurd is.'

Marieke had al die tijd stil toegehoord. Nu vroeg ze: 'Maar wat als Jonas zo'n slee als eerste vindt? Dan zijn we nog niet jarig.'

'Dat is een risico,' gaf Martin toe. 'Als die man ons kwaad wil doen, lopen we dat risico toch al wel. Dus vind ik dat we Kims plan moeten volgen.'

De anderen stemden daarmee in.

Ze bepakten snel twee sleeën met de spullen van Celine en Sverre, en bevestigden daar een door Eric geschreven briefje op. Ze spanden de honden in, die dolenthousiast waren dat ze weer op pad mochten. Maar toen ze de twee sleden in de richting hadden gezet waar ze vandaan waren gekomen, maakten de honden geen aanstalten om te vertrekken. De voorste honden keken om naar hun slee en constateerden waarschijnlijk dat die nog niet compleet was, zonder berijder.

Kim klapte in haar handen en begon te joelen om ze op te jagen, maar er gebeurde niets.

'Nee, hè!' riep ze gefrustreerd.

Toen knielde Martin neer naast de voorste honden van de eerste slee, die prompt tegen hem begonnen te blaffen. Hij suste ze, legde voorzichtig een hand op de rug van de oudste hond en wees naar voren. 'Naar Karin en Gunnar!' zei hij zacht. 'Kom op!' Tegelijkertijd gaf hij het dier een tik tegen zijn achterlijf.

De slee kwam in beweging.

Meteen riep Martin naar de honden van de tweede slee: 'Vooruit, naar Karin en Gunnar!'

Even aarzelden de dieren, toen keken ze naar de lege slee die van hen wegreed en gingen erachteraan.

Kim keerde zich even onzeker naar de overhangende rots en de kloof. Het ging verschrikkelijk tegen haar gevoel in om die arme Celine en Sverre daar zo te laten liggen. Maar ze besefte dat ze geen keus hadden. Het was onmogelijk om iets voor hen te doen. En als het echt waar was dat ze hier zelf ook gevaar liepen, dan moesten ze zo snel mogelijk weg.

En dus begon ook zij met inpakken. Al moest Brian haar een paar keer troosten, omdat ze volschoot bij de gedachte aan Celine.

Hoe had deze prachtreis zo vreselijk kunnen uitpakken? Was het haar schuld? Had ze niet zo stom moeten zijn om haar beste vrienden bloot te stellen aan de gevaren van dit ruige land? Was dit toeval, noodlot of kwaadwillige opzet?

Huilend begroef ze haar gezicht tegen Brians schouder.

# 45

Bedrijvig liep het vijftal heen en weer om de hondensleden op te laden. Eric pakte de bagage zo economisch mogelijk in, zoals hij Sverre dat had zien doen.

Marieke was net de tent in verdwenen om haar laatste spullen in te pakken, toen Kim naast Eric stond en plotseling opmerkzaam opkeek.

'Wat zijn de honden ineens stil,' zei ze.

Zonder te stoppen met het vastsnoeren van een koffer antwoordde Eric: 'Ze snappen vast dat we zo gaan vertrekken. Dat zullen ze wel prettig vinden.'

Naast hem bevroor Kim midden in een beweging.

'Eric!' zei ze dringend.

Hij hoorde aan haar stem dat er iets aan de hand was. Dus keek hij op. Toen zag hij het. Op nog geen dertig meter afstand van hen stond een muskusos. Het dier zag er in het echt nog imposanter uit dan op de foto's en de plaatjes die ze gezien hadden in de reisgids die Kim had aangeschaft. Hij rees als één bonk kracht op uit de sneeuw. De adem kwam als wolkjes uit zijn neusgaten.

Eric slikte moeizaam.

'Moeten we wegrennen?' vroeg Kim zachtjes. Met zijn arm hield hij haar tegen terwijl hij langzaam zijn hoofd schudde. 'Dan haalt hij je zo in. Zo'n beest ziet er lomp uit, maar is makkelijk drie keer zo snel als wij. Nee, gewoon blijven zitten. Niks doen om hem boos te maken. Die beesten zijn zo gevaarlijk als een wilde stier. Pakweg vierhonderd kilo spieren, en een paar hoorns waar hij je mee kan spietsen.'

Kim keek meteen heel anders naar het kolossale dier, dat hen rustig stond op te nemen.

In wat een eeuwigheid leek te duren gebeurde er niets. De honden blaften niet, Eric en Kim bleven bij de slee en de muskusos stond besluiteloos in de diepe sneeuw.

Totdat Brian zijn hoofd uit de tent stak en de stilte verbrak door te roepen: 'Kim, kun je mij even helpen met die koffer?'

Kim en Eric schrokken net zo hevig als de muskusos. Het dier gooide zijn kop opzij en zette het op een lopen, van hen vandaan.

Verbaasd keek Brian hem na. Hij kwam de tent uit en vroeg: 'Wat was dat nou?'

Eric lachte zenuwachtig. 'Dat was een muskusos, Brian.'

'Martin, er was hier een muskusos!' riep Brian opgewonden.

Meteen kwam Martin zijn tent uit. 'Echt waar? Waarom hebben jullie me niet even geroepen?'

Eric sloot zijn ogen en haalde diep adem.

'Zijn jullie zover? We moeten weg,' zei hij met onvaste stem.

# 46

Nadat ze gezamenlijk nog een laatste blik hadden geworpen op Celine en Sverre, op de bodem van het ravijn, vertrok het vijftal.

Ze wisten slechts vaag uit welke richting ze gekomen waren, omdat de weg door de bergen kronkelig was geweest. Doordat hun mobiele telefoons geen bereik hadden, hadden ze ook helemaal niets aan de gps, Google Earth en andere handige plaatsbepalers die ze in de Randstad inmiddels als vanzelfsprekend waren gaan beschouwen. De enige telefoon die het had kunnen doen, was de satelliettelefoon van Sverre, maar die had hij blijkbaar bij zich gedragen of hij was gestolen, want ze hadden hem niet tussen zijn bagage gevonden.

Eric reed voorop en hij keek scherp om zich heen, maar zag al snel na het verlaten van de hoogvlakte geen bekende punten meer waarop hij zich kon oriënteren. Het enige houvast dat hij nog had, was de stand van de zon. Hij wist dat ze ruwweg een zuidwestelijke richting zouden moeten aanhouden om weer onder de mensen te komen.

Maar het kon best zijn dat ze daar één of misschien zelfs twee dagen over zouden doen. Zeker omdat ze nu in een aanzienlijk lager tempo reden dan tevoren met Sverre, die deze streek op zijn duimpje kende. Die overwegingen had hij voor hun vertrek niet met de anderen gedeeld. Alleen al omdat hij hen niet onnodig wilde verontrusten. Vooral Kim niet, want hij had gemerkt hoe nerveus ze werd, na alles wat er was gebeurd. Als ze dit wist, zou dat alleen maar erger worden.

Hij zou er heel wat voor overhebben als het hen lukte om de husky-farm van Gunnar en Karin te vinden. Want als ze daar eenmaal waren, zou alles goed komen.

Kim reed helemaal achteraan. Met elke kilometer die ze aflegde werd ze zenuwachtiger. Eric wist toch wel waar ze heen moesten? Wat moesten ze doen als ze de weg niet zouden vinden? Stel je voor dat ze door de bossen aan het dwalen waren als het vanmiddag donker werd: hoe zouden ze dan de nacht doorkomen?

Ze huiverde bij de gedachte alleen al.

Onwillekeurig zag ze het beeld voor zich van Celine, die lieve Celine, die daar helemaal beneden op de rotsen lag. Wat een vreselijke val moest ze hebben gemaakt. Denk je eens in: Celine was helemaal naar die afgelegen plek gereisd om juist daar haar noodlottige dood te vinden. Onder in een ravijn. O, god, de kleine Hannah. Die moest nu zonder moeder verder. Het zou een helse tijd voor Bart worden. En voor haarzelf. Ze kon het niet geloven. Ze kon zich niet voorstellen dat ze Celine nooit meer zou spreken, nooit meer met haar zou lachen...

Haar ogen vulden zich weer met tranen. Die veegde ze bruusk weg. Ze moest opletten, nu niet instorten. De groep liep nog steeds gevaar. Met moeite schudde ze de gedachte aan haar overleden vriendin van zich af. Zou die Jonas er echt iets mee te maken hebben? En zat hij nu misschien achter hen aan? Om geen getuigen achter te laten? Zelfs als dat niet zo was, liepen ze zonder gids gevaar. Ze had aan alles gedacht tijdens de organisatie van de reis, maar hier was ze niet op voorbereid. Hoe kon dat ook? Het was zo onwerkelijk.

Ineens kwam het sprookjesachtige sneeuwlandschap, waar ze de dagen ervoor nog zo van genoten had, haar kil en vijandig voor. Haar prachtige reis was uitgelopen op een catastrofe. Hoe was het toch mogelijk? Dit mocht toch niet?

Of het nu door de tranen in haar ogen kwam, of omdat ze onderschatte hoe scherp de bocht was die de honden moesten nemen om de slee van Marieke te kunnen volgen: Kim maakte een stuurfout. Daardoor kon ze niet voorkomen dat de rechterglijder van haar slee in een greppel terechtkwam. Meteen kantelde de hondenslee vervaarlijk en viel ze eraf.

Een golf van paniek overrompelde haar, toen ze in de sneeuw terechtkwam. De val zelf deed geen pijn, maar ze zag de honden met haar slee voor zich tussen de besneeuwde bomen door verdwijnen.

Geschrokken schreeuwde en gilde ze, maar ze wist op hetzelfde moment dat waarschijnlijk niemand haar hoorde.

Waarom was ze ook zo stom geweest om de laatste slee te nemen, foeterde ze tegen zichzelf. Dat was toch vragen om moeilijkheden! Als ze het aan Martin had gevraagd, had hij vast haar plaats ingenomen, zo was hij wel. Nu was hij door alle opwinding stomweg niet op het idee gekomen dat hij beter achteraan had kunnen rijden.

Verbeten holde ze in de richting waarin de slee was verdwenen. Natuurlijk ging ze lang niet zo hard als de honden, maar op die manier verloor ze in elk geval niet nog meer terrein. En zolang het licht was en niet sneeuwde, was het niet moeilijk om de sporen van de hondensleden te volgen.

Na nog geen vijf minuten bleef ze hijgend staan. Hardlopen was al niet haar ding, maar rennen door de sneeuw was helemaal een beproeving, zeker met de dikke kleren die ze aanhad.

Waarom was ze ook zo stom geweest om te vallen? Ze wist toch hoe gevaarlijk het kon zijn, als je uit onervarenheid of onoplettendheid een fout maakte in de wildernis? En ze had zich nog wel zo goed voorbereid, door alles na te trekken en te lezen wat ze over dit soort reizen had kunnen vinden.

Terwijl ze nog druk was met mopperen op zichzelf, hoorde Kim in de verte een schot. Meteen dook ze in elkaar en rende ze gebukt van het pad af. Zich verschuilend achter een boom spiedde ze in het rond.

Waar was dat geluid vandaan gekomen? En wie had er geschoten? Haar hart bonkte in haar keel. Ze voelde een straaltje zweet vanonder haar ijsmuts langs haar slaap lopen, maar nam niet de moeite om het weg te vegen.

Ze wachtte lang, tot ze dacht dat de kust veilig was. Net toen ze aanstalten maakte haar weg te vervolgen over het pad, hoorde ze weer iets. Vlug nam ze de plek achter de boom weer in.

Dat was niets te vroeg, want even later kwam met hoge snelheid een hondenslee langs en verdween in de richting waar zij en de anderen vandaan waren gekomen.

Op de slee stond een man met een geweer om zijn schouder. Op zijn bagage, vlak voor zijn voeten, lag op een stuk plastic het nog dampende lijkje van een blijkbaar zojuist geschoten konijn.

In een flits was de man voorbij. Maar Kim had hem herkend: het was Jonas.

# 47

Zodra de hondenslee van Jonas uit het zicht verdwenen was, wankelde Kim achter de boom vandaan. Geschokt, bang en dodelijk nerveus rende ze een stukje, maar al snel was ze bekaf. Hijgend ging ze zitten op de ijzig koude stam van een omgevallen boom, die langs het pad lag. Ze hield zich vast aan een merkwaardige, vraagtekenvormige uitstulping boven op de stronk en voelde de kou door haar kleren heen binnendringen.

Tot overmaat van ramp begon het ook nog te sneeuwen. Ze wist wat dat betekende: binnen korte tijd zouden de sporen van de sleeën van Eric en de anderen niet meer te zien zijn.

Ze was moederziel alleen in een onafzienbaar groot bos, ver weg van alle beschaving. Vertwijfeld pakte ze haar mobiel, maar natuurlijk had ze geen bereik. Uit pure frustratie smeet ze het ding van zich af, tussen de bomen.

Wat had ze hier ook te zoeken? Ze hoorde helemaal niet in dit rare, ruige land met zijn bergen en zijn sneeuw. Waarom was ze niet gewoon in Rotterdam gebleven, waar ze veilig en warm was, midden tussen de mensen?

'Ik weet het niet meer,' jammerde ze en ze begon zachtjes te huilen. De tranen voelden eventjes warm aan op haar wangen, maar werden al snel ijskoud.

Was dit het einde? Moest het zo met haar aflopen, alleen in de sneeuw? Een rilling voer door haar hele lijf en wilde niet meer weg: bibberend sloeg ze haar armen om zich heen, in een poging om warm te blijven.

Kim sloot haar ogen. Het was gebeurd. Ze zou hier misschien wel helemaal alleen sterven. Net als Celine. Nee, die had tenminste nog samen met Sverre daar onder in dat ravijn gelegen. Waarom hadden de anderen haar schreeuw niet gehoord? Of zouden ze ook schuilen na het schot?

Toen vermande ze zich. Zo mocht ze niet zijn! Zelfmedelijden is een verachtelijke eigenschap, hield ze zichzelf voor. Niets is nuttelozer en gevaarlijker dan jezelf zielig vinden. Als ze iets geleerd had in die jaren therapie, was het wel dat zelfmedelijden en je angst accepteren twee heel verschillende dingen waren en dat het eerste je nergens bracht. Het was een excuus om niet meer te hoeven vechten. Om jezelf te kunnen koesteren in de verleidelijke rol van slachtoffer. Maar dat zou haar niet gebeuren. Niet meer! Dat was de oude Kim, die ze achter zich had gelaten.

'Kom op, Kim,' zei ze hardop tegen zichzelf. 'Denk na!'

Ze stond op, haalde diep adem en brulde zo hard ze kon: 'Brian! Eric!'

De echo van haar stem stierf weg tussen de bomen.

Ook al sneeuwde het steeds harder, ze weigerde nog bij de pakken neer te blijven zitten. En dus zette ze haar handen om haar koude mond en riep nog een keer, uit alle macht: 'Brian! Eric! Ik ben hier!'

Het had geen zin. Niemand hoorde haar. Kim pijnigde haar hersenen, terwijl ze keek naar de sneeuw, die de sporen van de sleeën uitwiste en het pad langzaam veranderde in een egaal witte deken.

Terwijl de sneeuw knerpte onder haar laarzen, schreeuwde ze nog een keer uit alle macht: 'Hier ben ik! Brian! Eric!'

Met de moed der wanhoop liep ze verder. Als ze hier dan toch dood moest gaan, dan zou ze blijven lopen tot ze niet meer kon. Kim Romeijn gaf zich niet zo makkelijk over. Ze zou de dood laten zien dat ze een vechter was.

Verbeeldde ze het zich nu, of hoorde ze iets? Ze bleef doodstil staan en luisterde. Van een grote afstand, ver voor haar, klonk geluid. Stemmen. Iemand riep haar naam.

'Brian!' brulde ze, met alle lucht die in haar longen zat. 'Eric! Hier ben ik! Hier!'

Ze zoog de koude lucht naar binnen, zo gretig dat die pijn deed in haar longen. Maar dat gaf niet. Nog nooit had ze zich zo levend gevoeld.

# 48

Uit een mist van sneeuw kwamen de hondensleden naar Kim toe. Eric en Brian sprongen van hun slee en verdrongen elkaar om als eerste bij haar te zijn. Achter hen had Martin de tegenwoordigheid van geest om de honden van alle sleeën eerst vast te zetten aan een boom, voordat hij zich in de groepsomhelzing stortte.

Kim liet haar tranen de vrije loop, zo blij was ze. Brian veegde de sneeuwvlokken van haar wenkbrauwen en probeerde haar te kussen, maar er waren gewoon te veel hoofden vlak bij elkaar.

'Ik was bang dat ik jullie nooit meer terug zou zien,' wist Kim uit te brengen.

'We schrokken ons wezenloos toen we merkten dat je slee leeg was,' vertelde Eric.

'En we hadden geen idee waar je was,' viel Brian hem bij.

Marieke keek haar schuldig aan. 'Ik heb helemaal niet in de gaten gehad dat je er niet meer was. Ben je eraf gevallen?'

Kim knikte. 'En de honden gingen gewoon door, die gingen gewoon achter de rest aan. Ik ben er nog achteraan gerend, maar ze leken wel in trance. En toen hoorde ik dat schot.'

'Welk schot?' vroeg Eric scherp. 'Waar?'

Kim draaide zich om en wees. 'Een klein stukje terug. Het was Jonas. Hij ging die kant op. En hij had een geweer bij zich.'

Iedereen schrok. 'We moeten hier zo snel mogelijk vandaan,' zei Eric beslist. 'Kim, kun jij rijden?'

Kim keek naar haar slee. 'Ja, maar ik wil niet meer achteraan.'

Martin glimlachte. 'Dat doe ik wel. Als jullie beloven dat je af en toe omkijkt.'

Ze maakten de honden los en bestegen allemaal hun slee. Pas toen ze weer onderweg waren, merkte Kim hoe moe ze was. De val en wat erna gebeurd was hadden al haar energie opgeslurpt. Het kostte haar moeite om haar evenwicht goed te bewaren, ook al gingen de honden niet op topsnelheid. Maar ze beet liever haar tong af dan er iets van te laten merken aan de anderen.

Vooraan had Eric serieuze problemen met de oriëntatie. Door de steeds heviger wordende sneeuwbui kon hij de zon niet meer zien. En dus had hij geen enkele houvast om hun koers goed te kunnen bepalen.

Het werd een barre tocht. Langzaam maar zeker raakte Kim ervan overtuigd dat ze niet aan Jonas zouden kunnen ontkomen. En dat ook zij slachtoffers zouden worden van zijn moordzucht.

Eric stak zijn vuist op en minderde vaart. Geleidelijk kwamen de hondensleden tot stilstand. Terwijl hij zijn teugels vasthield, stapte Eric af.

'Ik weet niet hoe ver we hier verwijderd zijn van de bewoonde wereld,' zei hij, 'maar als het goed is, hebben we een behoorlijk gat geslagen met Jonas. Die zal ons niet snel meer vinden.'

'En nu?' vroeg Marieke.

Eric keek om naar zijn slee en het pad voor hen. De sneeuw stapelde zich steeds hoger op en bovendien werd het zo langzamerhand donker. Hij trok een bijna verontschuldigende grimas. 'Hopelijk vinden we gauw een plek waar we kunnen schuilen.'

Op dat moment keek Kim naast het pad. Daar lag een omgevallen boom. Boven op de stronk zat een vreemd gevormde uitstulping, die wel iets weg had van een vraagteken.

De schrik sloeg haar om het hart.

'Eric!' riep ze. En toen de andere vier naar haar keken, wees ze op de boomstam. 'Hier hebben jullie mij daarstraks opgepikt. We hebben in een rondje gereden.'

# 49

Dit was ernstig, besefte het vijftal. Ze bevonden zich midden in een uitgestrekt bos, maar hadden geen idee waar ze heen moesten. Met deze kou konden ze niet buiten blijven. En als ze niet snel weer in beweging kwamen, raakten ze ingesneeuwd. De luchtige vlokjes van daarnet werden steeds venijniger en de wind trok aan.

Kim had de grootste moeite om een paniekaanval te onderdrukken. Ze moest kalm blijven, hield ze zichzelf voor. Anders zorgde ze alleen maar voor meer moeilijkheden.

Intussen kregen Brian en Eric een felle woordenwisseling over wat hen te doen stond. Eric wilde gewoon verder gaan en desnoods maar zien waar ze terechtkwamen. Volgens Brian had het geen zin om als een dolle in het rond te gaan rijden, zonder plan. Martin wierp zich op als vredestichter, maar kon ook niet veel meer bieden dan sussende woorden.

'Hoe moet het nou verder, Kim?' vroeg Marieke terneergeslagen.

Kim probeerde haar op te beuren. 'Het komt goed. Vast!' beloofde ze, maar ze hoorde tegelijkertijd hoe hol haar woorden klonken.

Minutenlang stonden ze besluiteloos te bekvechten bij de boomstam, toen Marieke ineens riep: 'Stil, ik hoor wat!'

Inderdaad vingen ze door de sneeuw heen geluiden op. Was dat een hondenslee?

'Daar is iemand!' riep Martin opgewonden. 'Die kan ons helpen.'

Kim greep zijn arm en vroeg dringend: 'Maar als het Jonas is, wat dan?'

'Hij zal ons hier toch niet allemaal zomaar neerschieten?' reageerde Brian, maar in zijn stem klonk twijfel door.

'Dat risico kunnen we niet lopen,' vond Eric. 'Hou de honden stil, hij mag ons niet horen!'

Alle vijf probeerden ze hun honden tot stilte te manen, maar toen de dieren eenmaal hoorden dat er een ander span sledehonden in de buurt was, begonnen ze eensgezind te blaffen en te janken.

Er was geen houden aan, merkten Kim en de anderen tot hun groeiende wanhoop. Angstig wachtten ze af. Ze konden niets meer doen: wat gebeuren zou, kon niet meer worden tegengehouden. Ze waren overgeleverd aan het noodlot.

Uit de sneeuw kwam een slee met zes honden hun richting uit. Het geblaf van hun eigen honden veroorzaakte een hels kabaal dat abrupt stopte toen de bestuurder van de komende slee zijn honden tot stilstand bracht en luid een enkel bevel in het Noors riep.

De stilte die daarop volgde was nog luider dan de herrie daarvoor. Bang en gespannen keken de vijf Nederlanders naar de man. Het was Jonas. Toen hij van zijn slee af stapte, liet hij zijn geweer van zijn schouder glijden en hield dat horizontaal in zijn hand. Kim zette zich schrap en wachtte op het ergste. Ze zouden neergeschoten worden als dolle honden, daar was ze nu wel van overtuigd.

Maar tot haar opluchting gooide de Noor zijn geweer op zijn slee en beende hij met een bezorgd gezicht naar hen toe.

'Man, wat ben ik blij dat ik jullie gevonden heb!' riep hij vriendelijk. 'Ik schrok me wezenloos toen ik een van jullie sleeën leeg tegenkwam in het bos. En helemaal toen er spullen van Sverre in bleken te zitten. Wat is er gebeurd?'

Het vijftal keek elkaar even aan, maar bleef voorzichtig.

'Er is een ongeluk gebeurd in de bergen,' vertelde Eric. 'Daarbij zijn Sverre en een van ons om het leven gekomen.'

Jonas keek om hen heen naar hun sleden. 'Zijn ze dood? Hebben jullie ze bij je?'

Brian schudde zijn hoofd. 'Ze liggen heel diep, we konden er niet bij. Daarom gingen we hulp halen.'

'Waar is dat?' wilde Jonas weten. 'Weten jullie een naam?'

'Nee, dat niet,' antwoordde Eric. 'Maar het is op een hoogvlakte. We hebben daar geslapen in Sami-tenten. Er stonden er vier, niet ver van het ravijn waar Sverre en Celine in liggen.'

Jonas knikte begrijpend. 'Dan weet ik waar het is. Daar zal ik hulp heen sturen.' Hij wierp een misprijzende blik omhoog. 'Maar dat zal wel morgen worden, want nu moeten we snel onderdak vinden. Het wordt zo donker.'

Eric keek van Brian naar de anderen. Ze wisten nog altijd niet of ze hun angst voor Jonas wel veilig konden laten varen. Maar tegelijkertijd beseften ze dat ze eigenlijk geen keus hadden: ze moesten hem volgen.

'Waar gaan we naartoe?' vroeg Martin. 'We kunnen niet meer al te ver reizen. Volgens mij is Kim bekaf.'

Kim keek hem dankbaar aan. Ze had het zelf niet durven opperen en was daarom des te blijer dat hij voor haar opkwam. Hij deed dat tenminste, dacht ze schamper; Eric en Brian waren veel te druk met onderling ruziën. Wat was dat toch met die twee?

'Ik weet een blokhut,' zei Jonas. 'Niet erg luxe, want we zullen met z'n allen in die ene hut moeten slapen. Maar het is beter dan buiten blijven.'

Dat waren ze allemaal zonder meer met hem eens.

'Hoe ver is het nog?' vroeg Marieke kleintjes.

'Niet erg ver,' beloofde Jonas. 'Een paar kilometer. Nog even volhouden, dan maak ik een vuur en warm eten. Daar zullen jullie wel aan toe zijn.'

Jonas ging hen in een ziedende vaart voor, dwars door de sneeuw. Kim had geen idee wat hen te wachten stond, maar wist één ding zeker: een blokhut met een vuur was in elk geval duizend keer beter dan het koude bos, waar de sneeuw steeds heviger werd en de wind om hun oren floot.

# 50

Net toen Kim begon te twijfelen of ze ooit nog bij de blokhut zouden aankomen, bereikten de hondensleden een open plek bij de bosrand. Half verscholen tussen de bomen stond een grote blokhut, en daarnaast een overkapt gedeelte en een hek.

Jonas sprong van zijn slee, pakte een paar grote tassen uit zijn bagage en gebaarde dat zij de honden moesten vastzetten. Ze spanden de honden uit, zetten ze twee aan twee aan de paaltjes die op enige afstand van de blokhut tussen de bomen in de grond waren geslagen en schoven de sleden onder de overkapping.

Terwijl ze de bagage aan het uitladen waren, kwam Jonas naar buiten met een groot tienliterblik. Het zat vol met bevroren vlees, dat hij in enorme hompen uitdeelde aan de honden. De leiders onder de honden kregen de grootste stukken.

Alle bagage was intussen uitgeladen en iedereen ging naar binnen. Jonas zette zijn geweer naast de open haard, die hij meteen na aankomst had aangestoken.

De blokhut was groter dan de hutten waarin ze eerder geslapen hadden. Hij was gebouwd uit stevige houtstammen, bevatte slechts één deur en één raam. Onder het raam was een geïmproviseerde keuken met een aanrecht, een fornuis met een gasfles en een paar kastjes. Verder stond er een houten tafel met vier houten stoelen en waren er langs de raamloze muren vier houten, lege bedden neergezet.

'Ik zal zo iets warms te eten maken,' zei hij. 'Voor wie er trek in heeft, heb ik brood, boter en kaas. En nemen jullie eerst wat te drinken.'

Eric had een pil genomen voordat hij begon te eten. Verbaasd constateerde hij dat hij minder pillen overhad dan hij gedacht had. Maar hij had te veel honger om er lang bij stil te staan. Waarschijnlijk waren die andere pillen los in zijn tas terechtgekomen of zoiets, dacht hij. Nu wilde hij eerst eten.

Toen Eric zijn ergste honger gestild had, veegde hij zijn mond af met zijn mouw.

'Bedankt,' zei hij eenvoudig tegen Jonas. 'Ik weet niet wat we zonder je hadden moeten doen.'

'Graag gedaan,' antwoordde Jonas. 'Jullie waren er ook niet best aan toe. Kan ik me best voorstellen, als je zoiets hebt meegemaakt. Arme Sverre. Weten jullie hoe het is gebeurd?'

Eric wisselde een snelle blik met Kim. 'Volgens ons was het een ongeluk. Op de een of andere manier zijn ze in het ravijn gevallen.'

'Was er niemand van jullie bij?' informeerde Jonas.

'Nee, niemand,' zei Brian met volle mond, wat hem op een afkeurende blik van Eric kwam te staan.

Jonas fronste zijn wenkbrauwen. 'Merkwaardig. Sverre was een van de meest ervaren gidsen in dit gebied. Dan verwacht je niet dat hij zo onvoorzichtig is.'

Marieke was bij hen komen staan en keek Jonas indringend aan. 'Daar weet jij alles van, toch?'

Hij reageerde verbaasd. 'Hoe bedoel je?'

'Op de avond voordat hij doodging vertelde Sverre dat jullie tweeën ruzie hebben gehad. Dat het jouw schuld was dat er twee toeristen waren gestorven, maar dat je hem ervoor had laten opdraaien. Dat je hem bedreigd had. En dat hij bang voor je was.'

Marieke had het er allemaal uitgeflapt. De anderen keken bezorgd toe hoe Jonas zou reageren. Ze waren er nog altijd niet helemaal gerust op dat hij hen niets zou aandoen.

Jonas hief zijn handen op. 'Ho, ho, dat is nogal wat! Nu begrijp ik waarom jullie niet zo heel erg blij waren om mij te zien.' Bedachtzaam ging hij op de hoek van de tafel zitten. 'Dus dat heeft hij allemaal gezegd, hè? Oké, dan zal ik jullie nu mijn verhaal vertellen.

Sverre en ik kennen elkaar al heel lang. Hij is zonder meer een van de beste gidsen die ik ken en we hebben jarenlang goed samengewerkt. Over dat ongeluk: het klopt dat er bij een reis die wij gezamenlijk begeleid hebben twee mensen uit onze groep om het leven zijn gekomen. Dat was een gruwelijke tragedie. Daar kan ik moeilijk de schuld van krijgen, want Sverre was bij hen toen het gebeurde. Dat is ook de reden waarom hij weg moest bij Norskguidedtours, de organisatie waar ik nog altijd werk.'

Brian, die samen met Martin was blijven staan, wierp tegen: 'Dat kun je nu wel zeggen, maar dat is dus jouw woord tegen het zijne.'

'Nou nee, hoor,' antwoordde Jonas koeltjes. 'Hij heeft aanvankelijk nog wel geprobeerd om het mij allemaal in mijn schoenen te schuiven. Maar ik was bij een paar andere groepsleden, toen die arme mensen naar beneden stortten. En diezelfde groepsleden hadden Sverre met die twee zien weggaan. Dat kun je navragen, als je wilt. Er moet zelfs een politierapport van zijn.'

'Is hij daarvoor veroordeeld?' vroeg Kim.

Jonas schudde zijn hoofd. 'Gebrek aan bewijs. En dat is maar goed ook, want Sverre was hoe dan ook al zwaar genoeg gestraft. Volgens mij is hij dat ongeluk nooit helemaal te boven gekomen.'

'Ik weet het niet, wie zegt dat jij nu niet gewoon de boel aan het schoonpraten bent?' vroeg Brian.

Juist omdat Brian zijn twijfel toonde, kwam Eric meteen voor hun nieuwe gids op. 'Laat die man toch even rustig het woord doen! Val hem niet meteen zo aan!'

'Jongens, ophouden!' zei Kim scherp.

Marieke wendde zich weer naar Jonas. 'En hoe zit het dan met die bedreigingen?' wilde ze weten. 'Sverre zei dat je hem, toen we je ontmoetten met die groep Duitsers, had bedreigd. En volgens mij was hij echt bang voor je.'

'Toen heb ik hem, nadat we elkaar een hele tijd niet hadden gezien, juist voorgesteld om weer normaal tegen elkaar te gaan doen,' riep Jonas uit. Hij schudde zijn hoofd. 'Maar die man zat vol wrok. Hij wilde me daar alleen maar weg hebben. Terwijl ik het echt met hem wilde uitpraten!'

Daar waren de anderen even stil van.

'Door wat Sverre verteld had, waren we bang dat jij misschien met hem afgerekend had. Maar als jij er niks mee te maken hebt, moet het dus toch een ongeluk zijn geweest,' concludeerde Marieke.

'Of niet,' zei Martin. 'Dat zal wel duidelijk worden als de politie de lijken heeft onderzocht.'

'Als daar nog iets aan te zien is, tenminste.' Eric sprak deze woorden langzaam en bedachtzaam uit, want ineens besefte hij iets. Hij liep naar zijn weekendtas en haalde daar zijn pillenetui uit. Hij telde de pillen. Daarna haalde hij zijn hele tas overhoop, maar hij vond niets. 'Zie je wel!' Hij draaide zich om naar de anderen en zei in het Nederlands: 'Ik ben vier pillen kwijt.'

'Hoe weet je dat zo precies?' vroeg Martin.

'Omdat ik genoeg pillen had meegenomen voor de hele reis, plus vijf reserve, voor alle zekerheid. Ik slik die elke dag, dus ik weet precies hoeveel ik nog heb. Gisteravond voor het eten had ik ze nog allemaal. Vanochtend in de consternatie heb ik er niet zo op gelet. Maar nu ben ik er beslist vier kwijt.'

'En waarom is dat zo belangrijk dat je er nu een beetje interessant over gaat lopen doen, terwijl we het over heel iets anders hebben?' vroeg Brian geïrriteerd.

Eric keek Brian koel aan. 'Omdat deze pillen voor een diabeet heel heilzaam zijn, maar voor andere mensen zijn ze niet minder dan een moordwapen.'

'Wat bedoel je, Eric?'

Eric keek van de een naar de ander. 'Een niet-diabeet die een of meer van mijn pillen krijgt toegediend, raakt totaal gedesoriënteerd en kan zelfs evenwichtsstoornissen en hallucinaties krijgen.'

# 51

'Eric, dat meen je toch niet serieus?' vroeg Kim verbijsterd.

Hij knikte met een verbeten zekerheid. 'Reken maar.'

Omdat de laatste paar zinnen in het Nederlands gewisseld waren, kon Jonas het gesprek niet meer volgen. Hij trok met een kolderieke grimas zijn wenkbrauwen op. 'Ik geloof dat ik me maar eens met de maaltijd ga bezighouden,' kondigde hij aan en hij begon spullen uit te pakken op het aanrecht. De anderen letten niet meer op hem. Zij hadden alleen nog maar oog en oor voor elkaar.

'Maar dat zou inhouden dat een van ons...' begon Martin.

'Precies,' onderbrak Eric hem. 'Dat een van ons verantwoordelijk is voor de dood van Sverre en Cecile.'

Brian schudde vol ongeloof zijn hoofd. 'Sorry hoor, maar dat kan ik gewoon niet geloven.'

'Een andere verklaring kan ik er niet voor vinden,' zei Eric grimmig. 'Tenzij je me nu gaat vertellen dat Cecile of Sverre mijn pillen heeft weggenomen omdat het wel lekkere snoepjes leken. Maar dat ga je niet beweren, zeker? Zie je wel!'

'Het kan ook dat een van de twee die pillen heeft gepakt omdat ze dachten dat het aspirines waren,' suggereerde Martin, die nu op de hoek van de tafel plaatsnam waar net Jonas nog had gezeten.

'Ja, hoor!' sneerde Eric. 'En dat zonder het mij te vragen. Of een van jullie. Of wacht, nee, ze dachten natuurlijk: hé, we gaan eens even lekker langs de rand van het ravijn lopen. Wat zou daar een goede combinatie mee zijn? O ja, die pillen van Eric!'

'Doe niet zo lullig, Eric,' reageerde Brian fel. 'Dit slaat allemaal helemaal nergens op.'

'O nee?' vroeg Eric, niet minder fel. 'Ik zal je nog eens meer vertellen: we gingen ervan uit dat, als dit een moord was, Sverre het doel-wit was.' Hij keek even naar Jonas, maar die was bezig met het snij-den van groente. 'Maar als inderdaad iemand mijn pillen heeft gesto-len om er een ander mee te vermoorden, dan ben ik daar niet zeker meer van. Waarom zou iemand die duidelijk toegang tot mijn bagage had, onze gids, van wie we afhankelijk zijn, willen vermoorden in *the middle of nowhere*?! Daarom ben ik bang dat Cecile het beoogde slacht-offer was.'

Even bleef het stil. Toen vroeg Marieke. 'En Sverre dan?'

'Die zou dan gewoon pech gehad hebben dat hij op het verkeerde moment op de verkeerde plaats was.'

'Moet je hem nou zien,' sneerde Brian. 'Doet net alsof hij de grote speurder is.' Hij porde met zijn uitgestoken wijsvinger tegen Erics schouder. 'Nou, vriend, ik ben helemaal niet onder de indruk van je mooie redeneringen. En als iemand die twee om het leven heeft ge-bracht, zou jij dat wat mij betreft heel goed kunnen zijn. Het zijn per slot van rekening jouw pillen. En jij weet het beste hoe die werken.'

'Brian!' riep Kim kwaad.

Maar Eric duwde met een geïrriteerd gezicht de beschuldigende vin-ger van Brian weg. 'O ja? En waarom zou ik dat dan in godsnaam doen? Denk jij nou dat ik zomaar pillen zou geven aan een van onze reisgenoten? Je bent niet goed bij je hoofd, man. Waarom zou ik dat doen?'

Zo makkelijk liet Brian zich niet intimideren. Hij bracht zijn gezicht vlak bij dat van Eric. 'Misschien wel omdat jij gisteravond, vlak voor-dat Celine naar bed ging – ja, vlak voordat wie dan ook van ons haar voor het laatst heeft gezien – ruzie met haar kreeg. Zij wilde iets niet vertellen en daar werd jij boos om. Maar zij had geen zin om er op dat moment over te praten. Dat heeft Martin me zelf verteld. Had het soms iets te maken met je financiën, waar je altijd zo geheimzinnig over doet?'

Nu werd Eric pas echt kwaad. Een ader op zijn voorhoofd klopte hevig. 'O, en dat zeg jij? Meneer met de mooie praatjes, die mijn zus inpalmt voor het geld.' Hij maakte een bezwerend gebaar toen Brian en Kim allebei boos wilden reageren. 'Nee, dat hoor je heel goed! Of wou je soms ontkennen dat je mij voor de vakantie gebeld hebt omdat je een heleboel geld nodig had voor jouw schimmige praktijken. Misschien heb je ook wel bij Celine aangeklopt, toen je van mij niks loskreeg. Nou?'

Kim keek onthutst van Eric naar Brian. 'Klopt dat, Brian? Heb jij Eric om geld gevraagd? Waarom ben je niet naar mij...?'

'Ach, hou toch op!' riep Brian en hij deinsde een paar stappen achteruit. 'Nu wordt het ineens allemaal naar mij toe gedraaid. Ja, ik heb inderdaad geld aan Eric gevraagd. Tevergeefs, trouwens. En nee, Kim, ik heb dat niet aan jou gevraagd, omdat ik jou er niet mee wilde lastigvallen. Maar wat heeft dit allemaal te maken met die moord?'

'Dat is waar, dat zie ik ook niet zo,' zei Kim aarzelend. 'En Eric, wat was dat met jou en Celine?'

Nu zat Eric in het nauw. Hij wilde Kim niet ongerust maken met Celines mededeling dat ze iets wist over hun vader. En bovendien: als hij dat zou vertellen, werd hijzelf in de ogen van vooral Brian misschien alleen nog maar verdachter.

'Daar gaat het nu niet om, Kim,' probeerde hij een ontwijkende manoeuvre uit te voeren. 'Ik denk dat de politie maar moet uitzoeken hoe het precies zit met de dood van Celine en Sverre.'

Al die tijd hadden Martin en Marieke gezwegen. Daarom wendde Kim zich nu naar hen. 'Wat denken jullie?'

Ze keek Martin indringend aan. Natuurlijk was hij degene geweest die steeds met Celine had zitten flirten. En Celine had hem afgewezen, zo leek het. Zou hij daarom...

Het was alsof Martin haar gedachten kon lezen. Hij kneep zijn ogen tot spleetjes en vroeg: 'Denk jij nou: die Martin heeft met Celine zitten flikflooien, daarom heeft hij haar waarschijnlijk vergiftigd? *Think again, lady*! Ik kom in mijn werk genoeg aantrekkelijke dames tegen. En ik ben niet zo lichtgeraakt. Of jaloers, zoals sommige anderen in dit gezelschap.'

Marieke keek hem als gestoken aan.

'Wat bedoel je?' vroeg Kim voorzichtig.

214

'Nu we toch alle kaarten op tafel gooien: deze dame hier heeft nog geen twee weken geleden bij mij in het café tegen me gezegd dat ze Celine haatte. En dat ze jaloers op haar was.'

'O, klootzak!' riep Marieke uit en ze begon prompt te huilen. 'Dat heb ik je in vertrouwen gezegd. Hoe durf je zoiets aan Kim te vertellen?'

'Marieke, wat krijgen we nou?' vroeg Kim, die niet wist wat ze hoorde.

'Het spijt me, Kim,' zei Marieke met een betraand gezicht. 'Maar dat heb ik gezegd. Omdat ik het niet kon uitstaan dat Celine jouw beste vriendin is. Terwijl ze zo anders is dan jij en terwijl ik je veel beter begrijp. Ik bedoel: wij hebben een echt contact, samen. En zij stelt alleen maar belang in haar werk en haar gezinnetje en...'

'Hou op!' viel Kim haar scherp in de rede. 'Ik wil niet dat je zo over haar praat, zeker niet nu ze zich niet meer kan verdedigen. Nooit meer...' Nu begon ze zelf ook weer te huilen.

Marieke sloeg haar armen om de nek van haar vriendin. 'Het spijt me: ik vond Celine een zelfzuchtige trut en ik was bang dat ze jou voor zichzelf alleen wilde hebben. Maar je denkt toch niet dat ik haar daarom zou vermoorden? Kim? Toch?'

Als ze eerlijk was, wist Kim helemaal niet meer wat ze moest denken. Als het echt zo was dat iemand Celine en Sverre vermoord had, was ze er eigenlijk alleen zeker van dat de dader een van de mensen in deze blokhut moest zijn.

Jonas was het vast niet, want die had geen reden en kon nooit geweten hebben waar hij Erics pillen kon vinden. Als die de oorzaak waren. Ook dat wisten ze niet zeker voordat alles onderzocht was. Maar het was wel vreemd dat Eric die pillen miste. Daarover zou hij nooit liegen.

Brian kon het onmogelijk zijn, want die was vrijwel de hele tijd bij haar geweest en bovendien vertrouwde ze hem volledig.

Zoals ze ook Eric vertrouwde. En het zou ook niet logisch zijn dat hij meteen met die pillen op de proppen kwam als hij er zelf iemand mee vermoord had.

Marieke was natuurlijk nerveus en onevenwichtig, maar Kim achtte haar niet in staat om zo'n moord te plegen. Die kon nog geen mug doodslaan.

Dat laatste gold eigenlijk ook voor Martin: binnen de groep was hij de gangmaker en een soort vaderfiguur. Niet iemand die zich snel van z'n stuk liet brengen. En zelfs al zou Celine hem niet zien zitten, dat zou voor hem nooit een reden zijn om haar te vermoorden.

Maar wie had het dan gedaan? Ze keek naar de mensen om zich heen: haar broer, haar partner, twee van haar beste vrienden, en dan nog de robuuste gids die hen vanmiddag gered had. Was een van hen een moordenaar?

'Zijn jullie klaar met dat geruzie?' vroeg Jonas streng. Toen vervolgde hij sussend: 'Ik weet niet wat jullie net allemaal besproken hebben, maar we krijgen er Sverre en jullie vriendin niet mee terug en jullie zitten elkaar volgens mij alleen maar op te fokken. Het is enorm stressvol wat jullie meemaken, maar kalmeer en eet wat. Je zult je krachten moeten sparen om zo snel mogelijk terug naar de husky-farm te komen. Pas dan kunnen we voldoende hulp krijgen en hun lichamen ophalen. Ga zitten en eet.'

# 52

Hoewel Jonas duidelijk zijn best had gedaan om een smakelijke en voedzame maaltijd met veel groenten klaar te maken, aten ze allemaal stilletjes en zonder veel enthousiasme. Om hen alvast voor te bereiden probeerde Jonas hen uit te leggen hoe ze gehandeld hadden toen de twee reizigers in de groep die hij met Sverre had geleid waren omgekomen. Daarna probeerde hij ze af te leiden en gerust te stellen met andere heldenverhalen. Ze luisterden lusteloos naar hem en hadden geen energie meer om alle mogelijkheden en invalshoeken te bespreken over wat hen was overkomen. De angel was er een beetje uit, maar in plaats van elkaar aan te vallen, hield iedereen zijn zorgen en theorieën nu voor zichzelf. Na het eten hielpen Martin en Brian met de vaat en het opruimen van de etenswaren. Jonas probeerde de zender aan de praat te krijgen, die hij in zijn tas had meegenomen. Maar door de sneeuwstorm die buiten woedde had hij geen ontvangst.

'Dat is al een paar dagen zo,' zei hij. 'Het schijnt iets te maken te hebben met het noorderlicht.'

Meteen kreeg hij een idee. Uit een van de kastjes in de keuken haalde hij twee lantaarns, waarvan de ruitjes bestonden uit kleurig geverfde stukjes glas. Hij stak de lantaarns aan en hing elk ervan aan een andere kant van de steeds donkerder wordende blokhut. Het gevolg daarvan was dat er gekleurd licht scheen over het interieur van de hut en iedereen die zich erin bevond.

Martin lachte triest. 'Net alsof we weer in de Arena der Illusies zitten.'

'Het voelt zelfs een beetje zo,' beaamde Kim.

Eric had zich na de woordenwisseling met Brian op de vlakte gehouden. Hij zat op een van de bedden, met zijn videorecorder in de hand. Het kon hem niet meer schelen dat hij daarmee de verrassing voor Kim verpestte. Wat hem betreft kwam er geen bruiloft. Hij wilde de fragmenten bekijken in de vage hoop iets te vinden wat hem meer over de dood van Celine kon vertellen. Om de anderen niet te storen, deed hij de oortjes van zijn koptelefoon in. Kim had nog niet in de gaten dat hij daar met een videocamera zat, omdat ze een moeizaam gesprek met Marieke probeerde te voeren, die zich nu enorm schuldig voelde over wat ze over Celine had gezegd.

Eric startte de film. Marieke had een verhandeling gehouden waarin yin en yang, karma en wedergeboorte, de astrologische tekens van Kim en haarzelf, en nog allerlei andere spirituele overwegingen over vriendschap een rol speelden.

Martin somde de voor- en nadelen op van een dertiger zijn. En hij kon het weten, voegde hij er met een grijns aan toe.

Met een brok in zijn keel bekeek Eric het fragment met Celine, die stralend voor de camera vertelde dat haar leven niet hetzelfde geweest zou zijn zonder Kim, en dat ze nog altijd zo gek op haar oudste vriendin bleef alsof ze een familielid was. En dat ze hoopte dat ze tot in lengte van dagen vriendinnen zouden blijven. Het was moeilijk om haar zo vrolijk en springlevend te zien en nog moeilijker om aan haar levenloze lichaam in het ravijn te denken. Snel bekeek hij zijn eigen stukje.

Hijzelf had natuurlijk een ernstige tekst ingesproken, waarin hij zijn zus en aanstaande zwager het allerbeste wenste en de vurige hoop uitsprak dat ze elkaar zouden ondersteunen op hun gezamenlijke levenspad.

Terwijl hij de beelden voorbij liet komen, viel hem ineens iets op. Hij spoelde terug en keek ingespannen, van het begin af aan.

Pas toen hij het zeker wist, wenkte hij Martin zo onopvallend mogelijk.

'Moet je eens kijken,' zei hij, en hij maakte een plaats naast zich vrij.

Martin kwam naast hem zitten. Vergenoegd zag hij waar het om ging. Hij keek glimlachend naar Eric en wilde een van diens oortjes overnemen, om te kunnen luisteren.

Maar Eric hield hem tegen met een handgebaar en wees vervolgens met een ernstig gezicht op het scherm. Toen speelde hij de beelden af. Het was raar om Marieke te zien praten zonder geluid. Even was de display zwart, toen verscheen Martin zelf, die geen enkele angst voor de camera had. Hij werd gevolgd door Celine. En Eric sloot de rij. Toen de filmpjes afgespeeld waren, wierp Martin een onderzoekende blik op Eric. Wat wilde die hem nu laten zien?

Zwijgend ging Eric terug naar het begin. Hij liet Marieke haar verhaal doen, maar toen Martin in beeld kwam, liet hij de video vertraagd afspelen. Daardoor was te zien hoe Marieke op de achtergrond een tent inging. Eric spoelde wat sneller door, tot de passage waarin hijzelf aan het woord was. Doordat hij ook dat stuk film vertraagde, kwam goed in beeld dat Marieke daar diezelfde tent weer uit kwam.

'Ja?' vroeg Martin onzeker.

Eric bracht zijn hoofd wat dichter bij dat van Martin voordat hij fluisterde: 'Dat is onze tent, de tent van de mannen. Daar lagen mijn pillen.'

# 53

De twee lantaarns zetten de blokhut en de bewoners ervan nog altijd in een snel veranderende schakering van licht, toen Eric de beelden op zijn video liet zien aan Kim.

Geschrokken stond ze op, nadat Eric haar zachtjes had uitgelegd waarop ze moest letten. Ze liep naar Marieke toe, die bij het fornuis koffie aan het zetten was met gesmolten sneeuw en oploskoffie.

Kim ging naast haar vriendin staan, slikte moeizaam en zei toen: 'Marieke, je moet me de waarheid vertellen.'

Marieke, die dacht dat ze net alles met Kim had uitgepraat, keek snel van Kim naar Eric en Martin, die allebei op een bed zaten en haar nauwlettend in de gaten hielden. Aan tafel zaten Jonas en Brian zachtjes pratend gebogen over een landkaart, die extra verlicht werd door een grote kaars die Jonas had aangestoken.

'Wat bedoel je?' vroeg Marieke op haar hoede.

'Ik heb net iets gehoord waar ik nogal van geschrokken ben.' Kim keek haar recht in de ogen. 'Klopt het dat jij de tent van de mannen in bent gegaan om die pillen van Eric te pakken?'

Met een klap zette Marieke de koffiepot op het aanrecht. 'Hoe kom je aan die onzin?'

Kim bleef kalm. 'Je bent gezien en daar is geen twijfel over mogelijk. Maar je hebt mijn vraag niet beantwoord: heb jij Erics pillen gepakt?'

Trillend van woede keek Marieke terug. 'Durf jij te zeggen dat ik Sverre en die trut heb vermoord?' Het was eruit voor ze er erg in had. De spanning van de hele dag begon haar te veel te worden. Zeker nu Kim haar woord weer in twijfel trok.

Het kostte Kim moeite om niet kwaad te worden. 'Je geeft geen antwoord op mijn vraag. Heb jij die pillen gepakt? En wat deed je anders in die tent? Je bent er een minuut of zes geweest, zag ik op de timer van de video.'

Mariekes ogen zochten vol haat de videocamera van Eric. 'Ik moest daar even wat wegzetten,' probeerde ze nog.

Eric schudde zijn hoofd en hield de camera omhoog. 'Hier is duidelijk zichtbaar dat je niks bij je had toen je onze tent inging. En toen je uiteindelijk weer buiten kwam, had je ook niks in je handen. Dat hoefde ook niet, want je had die pillen natuurlijk in je zak gestoken.'

Iedereen keek nu naar Marieke. Hoewel het hele gesprek in het Nederlands gevoerd werd, had ook Jonas in de gaten dat er iets ernstigs aan de hand was.

Marieke besefte dat ze zich hier niet meer uit kon praten. De stress en de angst maakten dat ze niet meer helder na kon denken. Gejaagd gingen haar ogen over het fornuis en het aanrecht, waar ze bleven rusten op het messenblok. Met een snelle beweging greep ze een groot mes, dat ze dreigend voor Kims gezicht hield.

De lantaarns zorgden voor groteske, kleurige schaduwen, waardoor alles een onwerkelijke aanblik kreeg.

Alle anderen sprongen meteen op.

'Die trut dacht dat ze beter was dan ik!' riep Marieke met een schelle stem. 'En jij liet het zo. Je kwam altijd voor haar op, terwijl je wist dat ik een veel betere vriendin voor je was!'

'Marieke,' stamelde Kim ongelovig. 'Heb je echt...'

Maar haar vriendin liet haar niet uitpraten. Ze haalde uit met haar mes en hoewel Kim de steek probeerde te ontwijken, werd ze geraakt in haar hals en op haar schouder. Haar trui spleet open en er sijpelde meteen bloed uit een snijwond.

Met twee sprongen stond Brian tussen de twee vrouwen in, net op tijd om de tweede aanval op te vangen voor de weerloze Kim. Het mes raakte hem vol in zijn zij. Kreunend zakte Brian op de grond.

Omdat ze zag dat Jonas, Martin en Eric nu van drie kanten op haar afkwamen, zwaaide Marieke woest met het mes om zich heen. Met een doordringende gil rende ze langs de bloedende Kim en Brian, en dwong Jonas haar doorgang te verlenen door het mes dreigend in zijn richting te houden. Toen griste ze haar jas van het rek bij de in-gang, rukte de deur open en sprintte naar buiten, de sneeuwstorm in.

'Kijk uit dat ze de honden niet loslaat!' riep Jonas, die meteen zijn geweer pakte en ook naar buiten rende.

'Ga met hem mee!' zei Eric tegen Martin, en hij duwde hem in de richting van de deur. 'Ik zorg wel voor Kim en Brian.'

Terwijl Martin zijn jas pakte en naar buiten holde, inspecteerde Eric de steekwonden.

De hevig geschrokken Kim was er relatief het beste aan toe, ver-moedde hij: haar hals was alleen door het mes gekrast, maar in haar schouder zat een diepere snijwond.

Brian was erger geraakt. Voorzichtig deed Eric Brians trui omhoog om de schade te inspecteren. Het mes was gestuit op de ribben en was er niet tussendoor gegaan. Dat was vooral te danken aan het stevige drukverband, dat nog altijd om Brians gepijnigde borstkas zat. Toch was het mes door het verband heen gegaan en had het een lelijke, bloedende wond veroorzaakt.

'Pff, jij hebt mazzel, man,' zei Eric opgelucht. 'Voor hetzelfde geld was je hartstikke dood geweest.'

'Mazzel?' Brian lachte moeilijk. 'Zo voelt het niet. Het doet behoor-lijk zeer.'

Eric pakte de EHBO-doos uit zijn koffer en begon Kims schouder strak te verbinden, waardoor de bloeding stopte. Terwijl hij het verband afplakte, zei hij zijdelings tegen Brian: 'Bedankt, jongen.'

'Waarvoor?'

'Dat je m'n zusje hebt gered.' Eric glimlachte warm naar zijn aan-staande zwager. Ontroerd keek Kim toe hoe de twee mannen van wie ze het meest hield elkaar op de schouder klopten.

# 54

Buiten riepen Jonas en Martin nog een aantal keren de naam van Marieke, voordat ze weer binnenkwamen en de deur achter zich dichttrokken. Jonas barricadeerde de deur door een stoel schuin onder de deurknop te zetten. Pas toen zette hij zijn geweer terug.

'En?' vroeg Kim, die ondanks haar wond toch ongerust was over Marieke.

'Ze heeft de honden met rust gelaten en is meteen het bos in gerend,' rapporteerde Jonas. 'Dat wil niet zeggen dat ze niet terugkomt. Daarom moeten we goed opletten of de honden niet aanslaan: die kan ze in geen geval ongemerkt naderen.'

'En hier binnenkomen is ook niet zomaar mogelijk,' voegde Martin daaraan toe.

Eric keek naar de gebarricadeerde deur. 'Wat mij betreft komt ze er alleen maar in als ze eerst dat mes heeft afgegeven. En natuurlijk leveren we haar zo snel mogelijk uit aan de politie.'

Jonas liep naar de twee gewonden en inspecteerde hun verwondingen. Goedkeurend keek hij naar het verband dat Eric om Kims schouder had aangelegd en naar de pleisters in haar nek. 'Goed werk,' zei hij.

Eric, die nog bezig was met het vastplakken van een nieuw, ditmaal wat minder strak verband bij Brian, keek op. 'Zo komen al die EHBO-lessen toch nog eens van pas.'

Maar Kim kon de lichtheid van zijn toon niet waarderen. Ze keek door het raam, in de hoop een glimp van Marieke op te vangen.

'Laten we haar nu zomaar buiten?' vroeg ze. 'Ze kan wel doodgaan.'

Jonas zuchtte diep. 'Eerlijk gezegd hebben we geen keus. Als ze echt is weggevlucht, kunnen we haar niet met de hele groep achternagaan: dat durf ik niet aan met de verwondingen van jou en Brian. En er is ook geen sprake van dat ik alleen of met een van jullie op zoek ga. Want als er dan iets gebeurt, breng ik de rest van de groep net zo goed in gevaar. Dat is veel te link.'

'Hij heeft gelijk, Kim,' zei Martin bedachtzaam. 'Ik vind het vreselijk voor Marieke, maar kijk nou wat ze jou heeft aangedaan! En wat ze Celine en Sverre heeft aangedaan. Die meid is hartstikke labiel.'

Ook Kim kon er niets tegen inbrengen, al kostte het haar moeite om zich daarbij neer te leggen. De anderen kenden Marieke niet zoals zij haar kende en dat was blijkbaar nog steeds niet goed genoeg geweest. Kim wist van Mariekes angsten en frustraties, maar niet dat ze ook op hun vriendschap van toepassing waren geweest. En dan nog begreep ze deze drastische daad niet. Er moest meer aan de hand zijn.

'Het lijkt me het beste als we proberen wat te slapen,' stelde Jonas voor. 'We moeten hoe dan ook allemaal in de blokhut blijven tot het weer licht wordt. En we moeten waakzaam zijn. Dus ik hou als eerste de wacht. Martin, kan ik op jou rekenen voor de tweede shift? En Eric, op jou voor de derde?'

'En ik dan?' vroeg Brian.

'Jij hebt genoeg gedaan,' zei Eric. 'Ga jij maar gewoon slapen. Je zult je energie morgenochtend nodig hebben.'

Jonas blies de kleurige lantaarns uit, waardoor de blokhut nog slechts verlicht werd door een paar kale kaarsen en de smeulende resten van de houtblokken in de open haard. Meteen was de onwerkelijke sfeer weg. Wat overbleef was een schemerduisternis.

Met Brians arm om zich heen lag Kim even later naast hem op een van de bedden. Aan zijn ademhaling kon ze horen dat Brian al vrij snel in slaap viel. Zelf kon ze het eerste uur de slaap niet vatten. Steeds weer moest ze denken aan Marieke, aan wat ze had gedaan en dat ze daarbuiten ergens in haar eentje door het koude bos liep. Zachtjes huilde ze om haar. En om wat ze kapot had gemaakt. Celine. En Sverre.

# 55

In het vroege morgenlicht haalde Jonas voorzichtig de stoel voor de deur van de blokhut weg. Hij keek eerst door een kier voordat hij de deur helemaal opendeed. Met zijn geweer in de hand en Martin vlak achter hem ging hij naar buiten en keek snel om zich heen. Marieke was nergens te zien.

Het was gestopt met sneeuwen.

Behoedzaam inspecteerden ze de directe omgeving van de hut. De honden reageerden geestdriftig op hun komst, maar verder zagen ze niets opvallends.

'Ik ben bang dat ze inderdaad is weggevlucht,' zei Jonas tegen Martin. 'En dan vrees ik eigenlijk het ergste. Zelfs getrainde jagers overleven zo'n sneeuwstorm in een bos niet, als ze niet ergens onderdak vinden.'

Ze zochten nog even door op de paden die naar de hut leidden, maar gingen toen weer terug.

'En?' vroeg Kim hoopvol, toen ze weer binnenkwamen.

Jonas schudde zijn hoofd.

Kim beet op haar lip. Het duurde even voordat ze met een dun stemmetje vroeg: 'En wat nu?'

Jonas zette zijn geweer naast de open haard en gooide zijn jas op het rek. 'Nu pakken we in en gaan we weg.'

'En Marieke dan?' protesteerde Kim. Ze kon zich niet voorstellen dat Marieke hen nog meer kwaad zou doen. Haar actie van gisteren-avond was totale paniek geweest. Maar die paniek had haar juist verraden. Het kon niet anders of ze had Celine vergiftigd. God, dit was zo verwarrend allemaal! Hoe kwam ze uit deze hel? Verraden door een jaloerse vriendin om een andere vriendin en nu was ze hen allebei kwijt. Het begon steeds meer op een klassieke tragedie te lijken in plaats van haar echte leven.

'Als ze hier nog in de buurt is, zal ze blij zijn dat we weggaan,' zei Jonas. 'Want dan kan ze de blokhut weer in. Als ze verder weg is gegaan, is het door al die verse sneeuw onmogelijk om uit te zoeken welke kant ze op is gegaan. Dus kunnen we maar het beste zo snel mogelijk naar Gunnar gaan, dan kan die de politie waarschuwen. Die zullen haar zeker kunnen vinden.'

Tegen die logica kon Kim niet op, al vond ze uit een verwrongen solidariteitsgevoel en de behoefte om Mariekes verhaal te horen dat ze moest blijven om haar te helpen.

Nadat ze ontbeten hadden, laadden ze snel en efficiënt alle bagage op de sleeën. Jonas maakte de slee van Marieke aan de zijne vast, omdat hij de honden niet achter kon laten. In de keuken lieten ze wat kleding, eten en een thermoskan koffie achter, voor het geval Marieke nog terug zou komen.

Toen gingen ze op weg. Jonas had geen zichtbare moeite om het tempo hoog te houden, zelfs niet nu er een complete extra slee aan de zijne vastzat.

Kim probeerde haar gewonde schouder zo veel mogelijk te ontlasten door de teugels losjes vast te houden en met haar andere arm bij te sturen waar nodig. Ook Brian liet de honden zo veel mogelijk zelf het werk doen en hij was blij dat ze weer een echte gids hadden die hen snel door het bos loodste.

Nog voor het middaguur kwam het vijftal het bos uit, het open veld in. Meteen herkenden ze de huskyfarm, die langs het brede pad stond. Ze hadden de sleden nog maar nauwelijks stilgezet aan de achterkant van de grote schuur, of Olin kwam al naar buiten rennen om hen te helpen.

Even later sloten Gunnar en Karin hen in hun armen.

'Arm kind, wat zijn er nog maar weinig van jullie over!' zei Karin triest, terwijl ze Kim tegen zich aan drukte.

Daardoor kreeg Kim het meteen weer te kwaad. 'We moeten de politie bellen,' bracht ze snikkend uit. 'Want Marieke is daar nog ergens in het bos en Celine en Sverre zijn dood.'

Terwijl Gunnar zich al het huis in haastte om een noodsignaal te laten uitgaan, riep Eric hem na: 'Vergeet niet aan de politie te melden dat diezelfde Marieke zeer waarschijnlijk de moordenares is van onze twee andere reisgenoten!'

# 56

Daags na hun thuiskomst uit Noorwegen moesten Kim, Eric, Brian en Martin op het politiebureau aan het Eendrachtsplein komen. Het was tien uur 's ochtends toen ze zich daar bij de balie meldden en vervolgens ontvangen werden door een besnorde, kalende man die zich voorstelde als Bert van Oord. Hij was in burger en bleek bij het rondje voorstellen een inspecteur bij de recherche te zijn.

Nadat hij alle vier zijn gasten gecondoleerd had, nam hij hen mee naar een vergaderkamer waarin een lange tafel en acht stoelen stonden en een whiteboard aan de muur hing. De ramen waren afgehangen met gesloten luxaflex. Van Oord deed de tl-lichten aan en schonk uit een thermoskan koffie in plastic bekertjes. Er waren plastic roerstaafjes en zakjes met melkpoeder en suiker voor de liefhebbers.

Toen iedereen voorzien was, keek Van Oord de tafel rond. 'Wat een reis,' zei hij.

'Zegt u dat wel,' verzuchtte Kim. 'Het was bedoeld om mijn verjaardag te vieren. Uiteindelijk heb ik er mijn twee beste vriendinnen door verloren. En onze gids, natuurlijk.'

De inspecteur bladerde even in een stapeltje papieren dat hij voor zich had neergelegd. 'Eens even zien. We hebben uitgebreid contact gehad met onze Noorse collega's, die vanzelfsprekend het onderzoek leiden. Afijn, u hebt allemaal met ze gesproken, en de zaak is vrij duidelijk, moet ik zeggen.'

'In zoverre,' corrigeerde Eric hem, 'dat er nog altijd niet echte duidelijkheid is over het motief van Marieke. Ik bedoel: we hebben haar allemaal horen zeggen dat ze jaloers was op Celine, maar zou dat de reden zijn geweest om twee mensen te vermoorden?'

Van Oord trok een meelevend gezicht. 'Ik kan me voorstellen dat u zich dat afvraagt, meneer Romeijn, maar wij bij de politie zien wel merkwaardiger zaken. Jaloezie kan een sterke drijfveer zijn, net als geld. Of liefde. Dat komen wij hier elke dag tegen.'

Eric keek even naar Kim en besloot niet op dit thema door te gaan. In plaats daarvan vroeg hij: 'Is er nog iets belangrijks uit het forensisch onderzoek gekomen?'

Weer keek Van Oord in zijn papieren. 'Het autopsierapport heeft geen bijzonderheden opgeleverd. Op grond van uw verklaring over uw diabetespillen heeft het lab zowel bij het bloedonderzoek als bij het onderzoek van de maaginhoud van de beide slachtoffers extra getest op de aanwezigheid van de stof repaglinide, maar die is niet aangetroffen.'

'Dat kan kloppen,' zei Eric droog, 'want die is al binnen een paar uur helemaal verdwenen, als het goed is.'

Van Oord knikte. 'Zoiets concludeerde de patholoog-anatoom ook al, ja. Maar gezien de bekentenis van mevrouw Koedam tegenover u allen, en natuurlijk ook haar gewelddadige reactie daarna, is het in elk geval zeer waarschijnlijk dat zij minstens een van de slachtoffers een aantal van uw pillen heeft toegediend. Dat zou op zich al genoeg hebben kunnen zijn als doodsoorzaak, begreep ik, maar de val van de rotsen heeft een en ander bespoedigd.'

'Is er iets duidelijk geworden over wat zich daar heeft afgespeeld?' vroeg Brian. 'Hoe is Sverre, onze gids, daarbij betrokken geraakt?'

'Daar zijn op grond van het sporenonderzoek geen eenduidige conclusies over te trekken,' meldde Van Oord. 'Het zou zelfs zo kunnen zijn dat meneer Sjöbrend ook pillen toegediend heeft gekregen, maar daar zijn geen bewijzen van gevonden. Van het tegendeel dus ook niet.'

Martin keek hem somber aan. 'En we hebben begrepen dat Marieke gevonden is?'

'Ja, dat is u al meegedeeld, toch?' Toen ze alle vier knikten, vervolgde Van Oord: 'Het heeft een paar dagen geduurd, mede door de zware sneeuwval in het betreffende gebied, maar de collega's in Noorwegen hebben haar uiteindelijk aangetroffen. Ze moet diezelfde nacht al door onderkoeling zijn overleden.'

Kim haalde even diep adem. Het bleef moeilijk om de feiten over de dood van haar naasten te horen. En dat Marieke niet heel ver van hen vandaan gestorven moest zijn. 'Hoe ver van de blokhut is ze eigenlijk gekomen?' vroeg ze uiteindelijk.

'Dat. Zal. Ik. Even. Nakijken,' zei Van Oord langzaam, terwijl hij de papieren tussen zijn vingers door liet gaan. 'Eens even zien. O ja, hier wordt wel een locatie genoemd, maar zo te zien is dat een deel van een bosperceel. Wel van hetzelfde bos waar uzelf verbleef, maar er wordt geen afstand genoemd tussen de beide locaties. Moet ik dat voor u navragen?'

'Nee, dank u wel,' antwoordde Kim snel. 'Ik was alleen nieuwsgierig.'

'Hebt u verder nog iets gevonden wat ook voor ons van belang zou kunnen zijn?' vroeg Brian.

Van Oord legde zijn papieren neer. 'Wij hebben achtergrondonderzoek gedaan naar mevrouw Koedam, maar geen buitengewone dingen aangetroffen. Natuurlijk hebben we ook contact gehad met haar familieleden, zoals ook met de familie van de slachtoffers. U ook, neem ik aan?'

Kim knikte. 'Volgende week worden de lijken vrijgegeven om te worden vervoerd naar Nederland. Wij hebben contact met het gezin van Celine, en ook met de familie van Marieke, over hun begrafenis. Bart, de man van Celine, is erg droevig. En haar dochtertje Hannah natuurlijk ook.'

'We proberen ook naar de begrafenis van Sverre Sjöbrend te gaan,' vertelde Eric. 'Maar zoals het er nu uitziet is die op dezelfde dag als die van Marieke, dus dat zal moeilijk worden. We houden in elk geval wel contact met zijn ouders.'

'Mooi,' vond Van Oord. 'Het is voor uzelf ook goed als zo'n traumatische periode wordt afgesloten met een begrafenis. Zo'n ritueel biedt houvast en troost.'

Even bleef het stil. Toen zei Van Oord: 'O ja, dat wilde ik u nog vragen. De Noorse collega's hebben onder meer het mobiele telefoonverkeer van mevrouw Koedam nagetrokken. Nu blijkt dat ze in de beginfase van uw reis enkele malen telefoon- en sms-contact heeft gehad met ene meneer Brandsma van een firma Stokebrand Invest-ments. Zegt u dat iets? Wij moeten nog contact met hem opnemen, misschien kan hij ons meer over haar vertellen.'

'Ik zou het niet weten,' antwoordde Kim nadenkend. 'Misschien een van de leveranciers van de winkel waarin ze werkte?'

'Het zou kunnen. Maar het is waarschijnlijk niet van belang voor deze zaak, gezien het persoonlijke karakter van het motief van de daad.' Van Oord wachtte even of een van zijn gasten nog iets te zeggen had, pakte toen zijn papieren bij elkaar en stond op. 'In elk geval hartelijk dank voor uw komst. Schroom vooral niet om contact met mij op te nemen als er nog iets mocht zijn.'

Ze namen afscheid en stonden even later weer buiten.

Brian sloeg zijn kraag omhoog tegen de kou. Hij wachtte even tot er een tram voorbij was gereden om verstaanbaar te zijn en stelde toen voor: 'Zullen we vanavond even bijpraten in Het Kennisvat?'

Dat leek de anderen wel een goed idee.

'Ik ga ervandoor,' zei Martin. 'Ik zie jullie vanavond.'

'Ga jij nog met ons mee, Eric?' vroeg Kim.

Eric schudde zijn hoofd. 'Ik moet vanmiddag nog wat regelen. Tot vanavond!'

# 57

Eric had meer verwacht van het bezoek aan het Rotterdamse politiebureau. In Noorwegen waren ze goed opgevangen, nadat Gunnar
alarm had geslagen. De Noorse agenten hadden hen begeleid en
ondervraagd, en het leek erop dat ze een grondig onderzoek instel-
den naar het drama dat had plaatsgevonden bij het kamp in de bergen.

Maar nu bleek dat onderzoek dus al gestaakt te worden. Dat zinde
Eric helemaal niet. Goed, ze hadden hun makkelijke oplossing, want
Marieke had onmiskenbaar aangetoond dat zij de dader was. En nu
was ze ook nog dood, dus niemand kon haar nog vragen stellen.

En dat was nu juist wat hem dwarszat. Oké, Marieke was jaloers
geweest op Celine. Misschien kon je zelfs wel stellen dat ze haar haatte. Maar zelfs dan verklaarde dat volgens hem niet waarom zo'n verlegen, zachtaardige vrouw, die nota bene in een natuurwinkel werkte,
zo ver zou gaan dat ze iemand vermoordde. Niet één, maar zelfs twee
mensen! Daar kon Eric met zijn verstand niet bij. En hij weigerde het
ook voetstoots aan te nemen. Er moest iets anders zijn waar ze nog
banger voor was dan voor deze daden.

En er was nog iets wat hem niet lekker zat: wat Celine gezegd had
over zijn vader. Ze had op dat moment te veel gedronken – of misschien was ze zelfs al wel onder invloed van de pillen, bedacht hij nu
pas – maar ze had in elk geval nooit meer de kans gekregen daarop
terug te komen. Terwijl ze wel had beloofd het erover te hebben met
Kim en hem. Zelfs nog tijdens de reis! Dus zo belangrijk moest dat
geweest zijn.

Met grote, vastberaden passen liep hij naar het station. Daar zocht hij
uit welke tram hij moest hebben. Maar voordat hij instapte, pleegde

hij eerst een telefoontje. Goede voorbereiding is de sleutel tot succes, hield hij zichzelf voor.

Een halfuur later meldde Eric zich bij de balie van Veldwerk Marketing. Nadat de receptioniste zijn komst telefonisch had doorgegeven, kwam direct een jongeman in een naar Erics smaak iets te modieus pak uit een van de kantoorkamers. Hij was jonger dan Eric hem zich had voorgesteld.

'Hallo, Frits ter Velde,' stelde hij zich voor, nog terwijl hij met een uitgestoken hand op Eric afliep. 'Wij hebben elkaar net gesproken over de telefoon.'

'Dat klopt. Ik ben Eric Romeijn.'

'Oké, Eric. Mag ik Eric zeggen?' De jongeman plaatste zijn rechterhand met gespreide vingers tussen Erics schouderbladen en loodste hem zo met zich mee naar de nog openstaande kamerdeur. 'Laten we hier even praten.'

De kantoorkamer was ruim en licht. Naast een bureau met een opmerkelijk leeg bureaublad was er een zithoek en een groot raam. Aan de muur hingen Kuifje-platen en in een van de hoeken stond een beeldje van Kuifjes opspringende hond Bobbie.

De jongeman gebaarde naar het bankstel bij de lage salontafel en nam zelf plaats in de fauteuil daartegenover.

'Wat een vreselijke tragedie!' zei hij en hij zette de toppen van zijn wijsvingers op borsthoogte tegen elkaar. 'We waren er hier allemaal behoorlijk kapot van, toen we het hoorden. Is al duidelijk wanneer de begrafenis zal zijn?'

'Dinsdag, heb ik gehoord,' antwoordde Eric. 'En het was inderdaad gruwelijk. Ik had juist de indruk dat Celine zich vreselijk goed vermaakte op onze tocht. Onvoorstelbaar dat het dan zo moet eindigen. Om nog maar niet te spreken over haar gezin.'

De man zuchtte en knikte langzaam. 'Is er bekend of ze heeft geleden? Dat zou ik echt vreselijk vinden.'

'Nee, ze moet meteen dood zijn geweest, na zo'n val... En zelfs als dat niet zo was geweest, was ze waarschijnlijk al zo van de wereld door de pillen dat ze er niets meer van gemerkt heeft.'

'Die pillen! O ja, dat had ik gehoord. En die vrouw die haar ver-moord heeft? Die is toch ook dood, las ik in de krant?'

'Klopt,' bevestigde Eric. 'Ze was totaal doorgedraaid, ben ik bang.'

'Ongelofelijk!' vond Ter Velde en hij keek naar buiten. 'Als ik haar niet had laten gaan, waren we haar nu niet kwijt geweest.' Hij wend-de zijn blik weer naar Eric. 'Want Celine was mijn steun en toever-laat, moet je weten. Ik kan het me nog steeds nauwelijks voorstellen dat ze er niet meer is. Dit is echt een groot verlies. En dan heb ik het niet alleen over de zaak, maar beslist ook over mij persoonlijk.'

Eric wachtte even, maar kwam toen toch ter zake. 'Waarover ik bel-de: de avond voordat ze stierf vertelde Celine me dat ze op haar werk iets gevonden had over mijn vader.'

'O ja, dat zei u. En dat kunt u niet meer navragen bij uw vader zelf omdat...' Hij wachtte demonstratief.

'Omdat mijn vader dood is,' vulde Eric aan.

De jongeman stak in een verontschuldigend gebaar zijn handen op. 'Sorry, dat was lomp van me. Excuus.'

'Geeft niet, dat kon u niet weten.' Eric schoof naar voren. 'Maar juist daardoor is het van groot belang voor mij en mijn zus, zult u mis-schien begrijpen.'

Frits ter Velde stond op, stak zijn handen in zijn broekzakken en ging voor het raam staan. 'En wat wilt u nu precies van mij?'

Eric kwam naast hem staan. 'Uw hulp. Ik wil weten wat ze bedoelde.'

De man keek hem aan. 'Als u me vraagt of u haar computer en haar persoonlijke bestanden mag bekijken, dan zult u op uw beurt wel-licht begrijpen dat zoiets uitgesloten is.'

'Dat snap ik,' zei Eric snel. 'Maar misschien kunnen we dat op een andere manier checken. Mijn vader was Willem Romeijn van Romeijn Holding.'

'Zegt me niets.'

'Hij deed de laatste jaren veel zaken in Zuid-Amerika,' probeerde Eric. 'Vooral Argentinië.'

De jongeman schudde zijn hoofd.

'Misschien heeft het wat te maken met Marieke Koedam?'

Frits ter Velde keek op zijn horloge en begon: 'Luister, meneer Romeijn, ik...'

Eric dacht razendsnel na en vuurde een laatste pijl af. 'Of wellicht ene Brandsma van Stokebrand...'

'... Investments?' maakte de jongeman zijn vraag af. Zijn ogen vernauwden zich en keken Eric onderzoekend aan. 'Dat is een van onze nieuwe klanten. Beoogde nieuwe klanten, moet ik zeggen. Hoe komt u aan die naam?'

'Van Celine,' loog Eric. 'Volgens haar had mijn vader iets met hem te maken. Daar wilde ze me over vertellen.'

'Oké.' Ter Velde liep naar zijn bureau. 'Maar ik ga u geen inzage geven in het dossier van Brandsma en zijn bedrijf, laat dat duidelijk zijn.'

Eric ging hem achterna, zette zijn gebalde vuisten op het lege bureau en leunde ver voorover. 'Maar misschien zou u wel zo vriendelijk willen zijn om dat dossier te scannen op de naam van mijn vader? Wat Celine gevonden had, was blijkbaar belangrijk genoeg voor haar om dat aan mij te willen vertellen.'

Ter Velde dacht even na. Toen ging hij op zijn bureaustoel zitten en liet zijn vingers over het toetsenbord van zijn computer snellen. 'Celine was altijd heel discreet, juist over klantdetails, maar als ze vond dat ze iets niet voor haar vrienden kon verzwijgen, dan moet het wel belangrijk zijn geweest. Het is jammer dat ze dat dilemma niet met mij besproken heeft. Goed. Hoe wordt uw achternaam geschreven? Met e, i-grec?'

'Nee, met e, lange ij.'

Ter Velde tikte de naam in en drukte op enter. Meteen boog hij naar zijn beeldscherm toe en tuurde naar wat er verscheen. Hij wenkte Eric, die om het bureau heen liep en zich naast hem naar het scherm toe boog.

'Dit zal het zijn,' wees hij. 'Oud nieuws, zo te zien.'

Eric knikte gretig. 'Maar wel oud nieuws uit de periode waarin mijn vader overleed. Mag ik een printje van alleen die pagina?'

Even aarzelde de jongeman, toen gaf hij de printopdracht. 'Maar dat is het,' waarschuwde hij. 'Meer krijgt u van mij niet te weten over een van mijn klanten, want die moeten erop kunnen rekenen dat we vertrouwelijk omgaan met hun gegevens.'

'Beoogde klanten,' verbeterde Eric hem. 'En wees maar niet bang, ik zal u niet meer lastigvallen. In elk geval hartelijk bedankt voor uw hulp.'

'Geen dank.' Ter Velde stond op, blij dat hij het gesprek kon beëindigen. 'Ik zal u even uitlaten.'

'Doe geen moeite,' zei Eric, die al op weg was naar de deur. 'Ik kom er zelf wel uit.'

Nog op weg naar de lift zocht hij het telefoonnummer van Stokebrand Investments op met zijn smartphone. Onderweg naar beneden las en herlas hij de informatie op het A4'tje dat Ter Velde voor hem had uitgeprint. En eenmaal buiten belde hij direct het nummer dat hij had opgezocht.

'Stokebrand Investments, met Claudia van Zijl spreekt u, goedemiddag,' hoorde hij aan de andere kant van de lijn.

'Dag, mevrouw Van Zijl,' zei hij afgemeten. 'Mag ik de heer Brandsma van u?'

'Meneer zit in een conference call en kan nu niet gestoord worden. Wie kan ik zeggen dat er gebeld heeft?'

'Dat merkt u zo zelf wel, mevrouw Van Zijl.' Inmiddels klonk Erics stem ronduit kil. 'Zegt u maar tegen meneer Brandsma dat ik er nú aankom. Dat wil zeggen dat ik binnen twintig minuten bij u op de stoep sta.'

'Maar meneer, ik...'

'En vergeet er vooral niet bij te zeggen dat het een kwestie is van leven of dood. Kunt u dat even herhalen, mevrouw Van Zijl?'

'Leven of dood...'

'Precies. Gaat u dat maar zeggen tegen meneer Brandsma. O, en noemt u daar vooral mijn naam bij. Die is Romeijn. Ro-meijn. Tot zo, mevrouw Van Zijl.'

Voordat ze nog iets terug kon zeggen, verbrak hij de verbinding.

# 58

Eric voelde zich sterk toen hij de van veel marmer voorziene ont-
vangsthal van Stokebrand Investments binnenliep en meteen de
schichtige blik ving van de zenuwachtig op kauwgum kauwende
blonde jonge vrouw die aan de balie zat.

'Mijn naam is Romeijn,' meldde hij, zonder haar blik los te laten. 'Ik
heb gebeld.'

'Ja, ja, ik zal meneer Brandsma zeggen dat u er bent,' reageerde ze
gehaast, terwijl ze meteen de telefoon pakte, een nummer intoetste en
aankondigde: 'Meneer Brandsma, uw gast is er. Die meneer Romeijn.'

Eric verbaasde zich erover hoe je met de juiste houding overal binnenkwam, maar bleef stoïcijns voor zich uitkijken. Tot zover was het
gelukt: hij had Brandsma's aandacht.

'Ik zal u even voorgaan,' kondigde de jonge vrouw aan en ze liep om
de balie heen.

Eric volgde haar door een lange gang, tot bij een deur waarop alleen
een bordje stond met de tekst CEO erop. Hij snoof schamper: Brandsma hield er kennelijk van om internationaal en gewichtig over te komen.

Toch was hij enigszins onder de indruk, toen de jonge vrouw de deur
voor hem openhield. De kamer was groot en hoog, en van een heel
andere allure dan het deel van het gebouw dat hij tot dan toe had
gezien. De muren waren voorzien van lambrisering, het grote raam
bood een ruim uitzicht op de Maas, er waren twee boekenkasten met
fraai ingebonden banden en recht onder een bolrond dakraam stond
een enorm notenhouten bureau.

Achter dat bureau zat een gedistingeerd ogende man in een donker-
grijs pak met een visgraat en een zijden das.

De man stond op, glimlachte een perfect verzorgd gebit bloot en stak hem een hand met een zegelring toe. 'Brandsma, aangenaam.'

'Romeijn.'

'Gaat u zitten.' De man gebaarde naar de stoel die aan de andere kant van het bureau stond en zei, zonder naar de jonge vrouw bij de deur te kijken: 'Bedankt, Claudia. Geen telefoontjes.'

Met een 'Komt in orde, meneer Brandsma' verdween ze direct.

Brandsma ging weer zitten en keek Eric bedachtzaam aan. 'Romeijn, hè? Toch geen familie van...'

'Willem Romeijn?' onderbrak Eric hem kortaf. 'Jazeker, zijn zoon.'

Hij liet een stilte vallen, die na enige tijd verbroken werd door Brandsma.

'Ik weet niet wat u wilt, meneer Romeijn. U komt hier zomaar binnenvallen en zegt tegen mijn secretaresse dat het een zaak van leven of dood is. Laat ik u maar meteen zeggen dat ik een drukbezet zakenman ben en dat als dit een grap is we die niet echt kunnen waar...'

'Ikzelf ben advocaat,' onderbrak Eric hem weer. 'En ik kan u verzekeren dat er geen woord van gelogen is: dit is een zaak van leven of dood.'

Als Brandsma hierdoor geïntimideerd was, liet hij dat niet merken. Koeltjes vroeg hij: 'Goed, wat kan ik voor u doen?'

Eric glimlachte minzaam. 'Dat hangt er heel erg van af.'

'Waarvan af?'

'Of u een verstandige zakenman bent of een eenvoudige crimineel.'

Brandsma leunde achterover en deed zijn armen over elkaar. 'Ik begrijp niet wat u bedoelt.'

Met dezelfde minzame glimlach zei Eric: 'Laten we beginnen bij vier jaar geleden. Toen ging uw bedrijf in Argentinië een joint venture aan met Romeijn Holding. Daar was veel geld mee gemoeid, qua investeringen, maar de mogelijke winst was er dan ook naar. Maar wat gebeurde er? Vlak voordat die winsten gingen binnenkomen verongelukte Willem Romeijn in een, laten we zeggen, onverklaarbare vliegtuigcrash. Waarna de joint venture ontbonden werd en de hele – bepaald niet onaanzienlijke – winst naar Stokebrand Investments ging.'

'Het spijt me bijzonder van uw vader, maar zo gaat dat soms in de zakenwereld, meneer Romeijn. De een z'n dood is de ander z'n brood.'
'Dat kan zo zijn, meneer Brandsma, en dat had ook heel goed het einde van deze kwestie kunnen zijn. Maar nu zijn er ineens dingen gebeurd die de dood van mijn vader in een heel ander daglicht stellen.'
Hij wachtte even, maar Brandsma zei niets. Daarom vervolgde hij: 'Celine Oudjans kwam erachter dat het vliegtuigongeluk van mijn vader wel heel gunstige financiële gevolgen voor uw firma had gehad. Zij wilde mijn zus en mij daarvan op de hoogte brengen, maar wat gebeurde er? Voordat ze ons iets kon vertellen, werd ze vermoord!'
'Dat is uiterst ongelukkig,' begon Brandsma, 'maar...'
Opnieuw liet Eric hem niet uitspreken. 'Maar deze keer hebt u zich vergist, meneer Brandsma. Want ik weet alles. Ook al is Marieke Koedam dood, ik ben op de hoogte van al uw machinaties.'
De hand van Brandsma ging naar een van de laden in zijn bureau.
Snel zei Eric: 'O, en laat ik u even tijdig waarschuwen: alle bewijsstukken heb ik neergelegd bij mijn notaris. Mocht mij iets overkomen, ook al is het een ongeluk, dan gaan die gegevens direct naar de politie. Het lijkt me goed dat u dat beseft.'
Brandsma haalde een doos sigaren uit zijn la en hield die Eric voor. 'Rookt u?'
'Nee, dank u. En ik zou het op prijs stellen als u dat ook niet doet, in mijn nabijheid.' Hautain wachtte hij tot Brandsma de doos had teruggezet, voordat hij verderging met zijn bluf: 'Kortom, het lijkt me tijd om orde op zaken te stellen, meneer Brandsma.'
De man tegenover hem slikte moeizaam. 'Hoe weet ik dat u niet bluft? En u had het over ene Marieke Koedam, toch? Die ken ik niet eens.'
'Onzin!' zei Eric scherp. 'De politie heeft telefoongegevens waaruit blijkt dat u zelfs nog contact met haar hebt gehad toen ze al in Noorwegen was. Als u mijn intelligentie wilt beledigen, meneer Brandsma, dan zijn we gauw klaar. En ik kan u verzekeren dat de politie er geen moeite mee zal hebben om één en één bij elkaar op te tellen, als ik hen mijn informatie geef.'

'Nee, nee,' antwoordde Brandsma haastig. 'Maar wat wilt u van me? U beseft toch wel wie u voor u hebt?'

Eric wist nu dat hij de man precies had waar hij hem hebben wilde.

'Heel eenvoudig,' zei hij. 'Ik wil het hele verhaal horen. Nu. Als ik merk dat u ook maar iets weglaat, of als ik in de gaten krijg dat u me probeert voor te liegen, dan praat u verder niet meer met mij, maar met de politie. En ik waarschuw u: het zal u verbazen hoeveel ik al boven water heb gekregen over uw louche praktijken.'

Brandsma keek hem lang aan en vroeg toen: 'En wie zegt mij dat u dan niet alsnog naar de politie gaat?'

'Heel eenvoudig,' antwoordde Eric prompt. 'Die garantie hebt u omdat ik ook nog een aanzienlijke som geld van u ga krijgen. En dat geld wil ik natuurlijk niet kwijt.'

Geld was een taal die Brandsma verstond. 'Over hoeveel geld hebben we het?' vroeg hij argwanend.

Eric dacht razendsnel na. Hij had ruim anderhalf miljoen euro nodig om de verliezen van zijn investeringen met het kapitaal van Kim en hemzelf recht te trekken. En bij een man als Brandsma kon hij er zeker van zijn dat die zou gaan marchanderen. Daarom kwam hij met een wedervraag: 'Hoeveel was de totale winst van het joint-venture-project dat u met mijn vader had? Netto.'

'Netto? Zo'n drie punt vier miljoen. Dollars, natuurlijk.'

'Oké, dan wil ik van u tweeënhalf miljoen. Euro. Zie dat maar als het deel van mijn vader, plus rente. En een strafheffing voor achterstallige betaling.'

Brandsma nam hem schattend op. 'Dat is veel te veel, zoveel kan ik nooit...'

'Een bedrijf als het uwe kan zoveel geld wel vrijmaken. Ik geef u drie werkdagen. Als ik het totale bedrag dan nog niet heb, lever ik mijn hele pakket met bewijzen in bij de recherche. Dan wordt het ongetwijfeld levenslang voor u. En ik ga beslist nog civiel tegen u procederen om het geld van mijn vader alsnog te incasseren.'

Er verschenen zweetdruppels op het voorhoofd van Brandsma. Een tic bij zijn rechteroog begon te trekken. Uiteindelijk zei hij: 'U realiseert zich dat u nu doet waar u mij van beticht, nietwaar? U perst mij af. Kunt u me garanderen dat het bij dit bedrag blijft? Dat u de informatie die u hebt nooit met iemand anders zult delen? En dat u me verder met rust laat?'

'Op voorwaarde van betaling binnen drie dagen. En uitsluitend als u me nu het hele verhaal vertelt. Anders is de deal alsnog van tafel. Geloof me, als advocaat heb ik genoeg ervaring met leugenaars en de mazen van de wet. U wilt mij niet bedonderen.'

Brandsma keek hem scherp aan. Die Willem had zijn zoon 'goed' opgevoed. Normaal gesproken wist hij wel raad met dit soort lui. Hij had het niet voor niets zo ver gebracht. Iedereen had een zwakke plek. Bij Willem was dat geld geweest, maar Eric had niet zoveel meer te verliezen nu zijn beide ouders overleden waren. Hoewel, zijn zwakke plek zou dat labiele zusje van hem wel zijn, maar daar kon hij Peter Koedam nu niet meer voor inzetten. Dat zou niet alleen gaan opvallen, maar die man was na de dood van zijn dochter ook niet meer te vertrouwen. Hij was hier van de week al eens helemaal over zijn toeren naar binnen gestormd. Ook al wist Peter niet dat zijn dochter was ingezet om zijn eigen hachje te redden, Brandsma was er niet zeker van dat hij zijn mond kon houden, nu dit zo uit de hand gelopen was. Brandsma kon niet een tweede risico met deze Romeijn lopen, die bovendien heel geslepen en gedreven leek. Opeens realiseerde hij zich dat dit onvermijdelijke moment er altijd aan had zitten komen. Hij had zich verheven gevoeld boven andere mensen, omdat hij steeds met alles weg was gekomen. Maar daar leek nu een einde aan te komen.

Het was al fout gegaan toen hij Marieke benaderde. Hij had moeten zien dat ze een te zwakke schakel zou zijn. Zou hij nu dan zijn gevoel voor het vak verliezen? Zou dit de afstraffing zijn van zijn hoogmoed? Hij werd hier ook te oud voor. En hij kon het zich niet veroorloven om vlak voor zijn pensioen alles waar hij keihard voor gewerkt had te verliezen. Zeker niet door zo'n snotjong tegenover hem of een van zijn losgeslagen 'werknemers'.

# 59

Eric werd lichtelijk nerveus toen Brandsma zo lang zweeg. Die leek zijn opties te overwegen. Eindelijk knikte de man en boog zijn hoofd. 'Goed dan. Ik zal opdracht geven om twee punt vijf miljoen euro te laten overmaken op een rekening van uw keuze.'

'Heel goed, dat nummer geef ik u nog door. En nu de waarheid.'

'Oké.' Brandsma haalde diep adem. 'U noemde mijn manier van zakendoen "louche", maar datzelfde woord is van toepassing geweest op een paar van de meest winstgevende projecten die Willem Romeijn in uitvoering had. Wat dat betreft konden hij en ik het prima met elkaar vinden: we deden allebei graag zaken op het scherpst van de snede. En de appel valt niet ver van de boom, zo te zien.'

Hij keek Eric even indringend aan en draaide zijn stoel naar het raam om naar buiten te kijken, terwijl hij vervolgde: 'Argentinië was een gouden deal. Dat bleek naderhand wel: onze investeringen hebben we er dubbel en dwars uitgehaald.'

'Niet "we", maar u,' verbeterde Eric hem.

Brandsma knikte. 'Dat klopt. Maar dat lag helemaal aan uw vader zelf. Hij had een manier gevonden waarop hij mij buitenspel kon zetten en die zaken kon voortzetten met twee Amerikanen. Daar wilde hij onze complete gezamenlijke investering voor opgeven.'

'En daar hebt u een stokje voor gestoken,' zei Eric.

Brandsma twijfelde. Hoeveel wist Eric? Hij kon alles op Koedam afschuiven en zeggen dat die hem had afgeperst om niets te zeggen, maar dat zou Eric ongetwijfeld meteen uitzoeken, als hij dat niet al gedaan had. Zeker nu Koedam zichzelf niet was en hem misschien weleens verantwoordelijk voor de dood van zijn dochter kon gaan houden. 'Dat klopt, ik had niet veel keus. Dus toen Willem nog een extra dealtje ging maken in Paraguay, heb ik Peter Koedam ingezet, die regelmatig lastige klusjes voor me deed. Maar dat had u inmiddels waarschijnlijk al ontdekt?'

'Ja, natuurlijk,' loog Eric, die nu pas begreep hoe Brandsma macht had kunnen uitoefenen op Marieke.

Brandsma maakte een verontschuldigend gebaar. 'Enfin, toen Koedam dat vliegtuig gesaboteerd had en uw vader... nou ja, dat weet u. In elk geval is toen de aanvankelijke deal toch nog rondgekomen.'

Erics hart ging als een waanzinnige tekeer, nu hij eindelijk wist wat er met zijn vader gebeurd was. Hij had de neiging die man bij zijn zijden das te grijpen en met zijn kop door het bureau te rammen. Zo droog als hij het allemaal kon navertellen. Alsof de dood van zijn vader een simpele transactie was geweest. Maar Eric had om de waarheid gevraagd en hij moest zijn hoofd koel houden. Hij had altijd wel vermoed dat er meer achter de schimmige deals van zijn vader zat, maar hij had het nooit willen geloven. En hij wist maar al te goed dat hij hierover nooit iets tegen Kim zou kunnen zeggen.

Zo koel mogelijk vroeg hij: 'En hoe is het daarna gegaan met die deal die mijn vader gesloten had met die Amerikanen?'

'Daar had ik geen enkel belang bij,' verzekerde Brandsma hem haastig. 'En volgens mij hebben die Amerikanen na Willems dood die hele joint venture naar zich toe getrokken, net als ik.' Hij keek Eric schuin aan. 'Maar u zult bij hen nooit kunnen gaan claimen zonder ook mijn rol in dit geheel bekend te maken.'

'Wees maar niet bezorgd,' zei Eric. 'Dat ben ik niet van plan. Ga verder: hoe ging het vervolgens met Celine Oudjans?'

Brandsma zuchtte diep. 'Die belde mij. Ik had nooit gedacht dat iemand onze oude jaarverslagen zo nauwkeurig zou lezen. Ik heb haar laten natrekken, en toen bleek ze bevriend te zijn met uw zus. Zo goed dat ze zelfs met haar en u op reis ging naar Noorwegen, kreeg ik te horen via een bron op haar kantoor. Toen moest ik iets doen, want het risico was te groot dat ze u op mijn spoor zou zetten.'

'En toen hebt u Marieke Koedam ingeschakeld voor het vuile werk,' concludeerde Eric. 'Hebt u haar gechanteerd?'

Er verscheen een vage glimlach op het gezicht van Brandsma. 'Gechanteerd is een groot woord. Laten we zeggen dat juffrouw Koedam erg bereidwillig bleek toen ik haar aanbood om de rol van haar vader bij de dood van uw vader geheim te houden.'

'Chantage is inderdaad iets vreselijks,' zei Eric ironisch. 'Hebt u haar ook gezegd hoe ze Celine moest vermoorden?'

'Nee, ik heb de manier waarop ze mevrouw Oudjans het zwijgen zou opleggen geheel aan haar overgelaten. Hoe minder ik daarvan wist, hoe beter.'

Eric stond op. 'Ik heb u niet kunnen betrappen op onwaarheden. Als u zich aan het resterende deel van onze afspraak houdt en het geld inderdaad binnen drie dagen overmaakt, zijn we wat mij betreft rond.'

Gretig stak Brandsma zijn hand uit. 'Dan hebben we dus een deal.'

'Dan hebben we een deal,' verzekerde Eric hem.

# 60

'Je bent de eerste, Kim!' riep Martin bij wijze van groet, toen Kim binnenkwam.

'Ja, Brian komt zo,' antwoordde ze. 'Die ging nog even langs zijn broertje.'

Het Kennisvat zat zo vroeg op de avond nog niet echt vol. Toch had Martin een bordje met GERESERVEERD gezet op zijn beste tafeltje, dat hij haar trots presenteerde.

'Ik kom er zo bij zitten,' beloofde hij. 'Voor vanavond heb ik een hulpkracht ingeschakeld, maar die is er nog niet. Ik wist niet dat je al zo vroeg zou komen.'

'Dat is oké,' zei Kim en ze ging zo zitten dat ze de deur in de gaten kon houden. 'Heb je misschien alvast een kop koffie voor me?'

'Tuurlijk,' antwoordde Martin vrolijk. 'En denk erom: alles wat je vanavond drinkt is van het huis!'

'Dan moest ik vanavond maar eens stevig doordrinken.'

Zodra Martin weer achter de bar stond, verzonk Kim in gepeins. De reis had haar hele leven op z'n kop gezet. Ze had er haar twee beste vriendinnen door verloren. Op dit moment was ze helemaal leeg. Na alle hectiek, spanning, verdriet en tranen, had zich een hol gevoel in haar genesteld. Ze kon zich niet voorstellen zonder haar vriendinnen te leven, maar dat had ze ook niet gedacht na de dood van haar ouders. Het was te bizar voor woorden wat er gebeurd was en ze sloot niet uit dat ze nog heel wat gesprekken met haar psycholoog nodig zou hebben, maar het verdriet beangstigde haar niet meer. Het leek wel of het zaadje van zelfvertrouwen dat ze had geplant tijdens de organisatie van de reis en dat tijdens de eerste geweldige dagen van hun trip steeds werd gevoed, wortel had geschoten. Natuurlijk, ze zou nog dagen piekeren. Hoe het kon dat ze Marieke zo verkeerd had ingeschat, hoe het verder moest zonder de vriendschap van Celine, de gesprekken met Marieke...

Maar ze wist ook dat het niet haar schuld was dat dit alles gebeurd was. Ondanks wat Marieke haar in de schoenen geschoven had. Het was Mariekes probleem geweest. Niet het hare. En toch...

Eigenlijk was de reis bedoeld geweest als afsluiting van de rouwperiode voor haar vader, haar ouders. En daarmee als een nieuw begin. Dat laatste was in elk geval wel uitgekomen, ondanks de gruwelijke dingen die ze hadden meegemaakt en de dodelijke gevolgen daarvan. Ze wist nu zonder enige twijfel dat Brian net zoveel van haar hield als zij van hem: hij had zelfs zijn leven gewaagd om haar te redden. Op een macabere wijze had deze reis hen dichter bij elkaar gebracht. En hen niet alleen.

Ook Eric bleek Brian nu te respecteren.

Ze voelde aan haar nek, waar nog altijd een brede pleister over haar wond zat.

Wat ze in elk geval niet zou laten gebeuren, was dat ze weer in een depressie terechtkwam, hield ze zichzelf voor. Als ze in de Noorse sneeuwstorm één ding had geleerd, was het wel dat ze beschikte over de wil en het doorzettingsvermogen om haar eigen plan te trekken, om voor zichzelf op te komen en om haar eigen leven op de rails te zetten. Haar gedachten werden onderbroken door de binnenkomst van Brian, die op de voet gevolgd werd door Eric.

'Zijn jullie samen hierheen gekomen?' vroeg Kim verbaasd, terwijl de mannen hun jassen uittrokken.

'Nee, ik zag Brian hierheen lopen en kon hem net niet meer inhalen,' vertelde Eric.

Brian grijnsde en legde een hand op zijn nog altijd pijnlijke zij. 'Zelfs onbewust en onfit loop ik jou er nog makkelijk uit.'

Lachend gingen ze aan het tafeltje zitten, Brian naast Kim en Eric recht tegenover haar.

Martin bracht hen koffie en kon zich even later, toen zijn aflossing was gearriveerd, bij hen voegen.

'Hoe was het met Ruben?' vroeg Kim aan Brian.

'Het ging goed met hem.' Brian keek naar Eric. Hij draaide even op zijn stoel. 'Ik wil vanaf nu volkomen eerlijk tegen jullie zijn. Dus ik kan het je nu wel vertellen: die 25.000 euro waar ik jou destijds om vroeg, had ik nodig om hem uit de problemen te helpen.'

'Had dat maar gezegd, dan had ik er nog eens over nagedacht!'

'Op dat moment zou dat niet veel hebben uitgemaakt, ben ik bang,' zei Brian grijnzend. 'Maar in elk geval bedankt. Ik wou dat we toen al zo met elkaar omgingen als nu.'

'Hoe heb je dat toen opgelost?' wilde Eric weten.

'Niet, eigenlijk,' bekende Brian. 'Ik heb het geld moeten lenen van mijn bedrijf. En nu moet ik het terugbetalen voordat de accountants erachter komen. Ik zal maar eens met mijn bank gaan praten.'

'Geen sprake van,' zei Eric beslist. 'Ik sta erop dat ik je dat geld leen. Renteloos. Dat is wel het minste wat ik voor je kan doen.'

'Nou, nou,' zei Kim lachend. 'Zo onzakelijk heb ik je nog nooit gehoord. Ben je ziek of zo?'

Eric glimlachte. 'Laten we het erop houden dat ik een meevallertje heb gehad in een deal met een investeringsmaatschappij.'

'Als je dan toch bezig bent,' grapte Martin, 'dan mag je mij ook wel een paar ton lenen. Die heb ik nodig om deze prachttent hier over te nemen.' Hij gebaarde om zich heen. 'Dat is een koopje, toch? Maar het is wel *take it or leave it*, want m'n baas wil vanavond nog antwoord.'

'Is dat serieus?' vroeg Kim, ineens ernstig.

'Reken maar van yes,' antwoordde Martin met een trieste grimas. 'Anders is het over en sluiten voor Het Kennisvat.'

'Dat zou toch zonde zijn,' vond Kim. 'En hoe moet het dan met jouw leven, Martin?' Ze keek haar broer aan. 'Wat denk je, Eric, heb ik nog genoeg geld over van ons familiekapitaal om een gezonde investering te doen in een ongetwijfeld zeer winstgevende buurtkroeg?'

Eric glimlachte naar haar. 'Dat lijkt me niet zo'n probleem, zusje. Als jij dat een goede investering vindt, ga ik daar graag in mee.'

'Even serieus. Willen jullie dat echt voor mij doen?' vroeg Martin stomverbaasd. 'Zo had ik dat helemaal niet bedoeld, ik...'

'Stil maar,' suste Kim. 'Ik zeg ook niet dat je er niets voor hoeft te doen.'

Martin zuchtte. 'Daar was ik al bang voor.'

Kim schoot in de lach. 'Je moet er maar even over nadenken, maar ik had zojuist een toekomstvisioen van mezelf als café-uitbater. En in die toekomst staan jullie allemaal naast mij.' Ze sloeg haar armen om de schouders van de twee mannen naast haar. 'Jullie weten hoe gek ik op jullie ben, toch?'

Brian keek voor Kim langs naar Martin. 'Eigenlijk niet, nee. Martin, weet jij daar iets van?'

Martin trok een gekke bek. 'Ik dacht dat jij daar alles van wist, maar nee.'

Lachend verstevigde Kim haar greep en trok de hoofden van de twee mannen naar zich toe. Haar lach leek opeens in haar keel vast te zitten. Moeizaam slikte ze de brok weg. 'Weet je hoe gek ik op deze mannen ben, Eric?' vroeg ze aan haar broer. 'Als ik een avontuurlijke reis zou gaan maken, zou ik ze allebei meenemen.'